庫特利亞芙卡的順序

王華懋　譯

米澤穗信

目錄

出版緣起

駭High，在推理的迷宮中

編輯部

推理小說到底有什麼魅惑之力，能夠讓世界上無數的熱愛者爲之痴狂？是鬥智、解謎的樂趣？是抽絲剝繭，終於揭露眞相時豁然開朗的暢快？是驚歎於陽光之外人性潛伏的深沉危機與社會百態的詭譎複雜？還是感佩於作家布局的巧思或高超的說故事功力？

好的小說只有一個評斷標準——好不好看（用文言一點的說法是「引人入勝」）。有的小說好看得讓人不忍釋卷、廢寢忘食，非一口氣讀完不可；有的則是讓人捨不得立刻讀完，寧可一個字一個字細細地咀嚼品味。

好的推理小說更是如此。

在台灣，歐美推理和日本推理各擅勝場，各有忠實的讀者群。推理小說是日本大眾文學的兩大顯學之一，也可說是日本大眾文學極致發展最具代表性的成熟類型閱讀，不但各大出版社都闢有「Mystery」系列，培養出眾多匠心獨運、各領風騷，甚或年年高踞納稅排行榜前茅的大師級作者，如松本清張、橫溝正史、赤川次郎、西村京太郎、宮部美幸、東野圭吾、小野不由美等，創作出各種雄奇偉壯、趣味橫生、令人戰慄驚歎、拍案叫絕、甚或影響深遠的傑作；同時也一代又一代地開發出無數緊緊追隨、不離不棄的忠實讀者。而台灣，在日本知名動漫畫、電視劇及電影的推波助瀾下，也有愈來愈多人愛上日本推理小說的明快節奏與豐富的情報功能，閱讀日本小說的熱潮儼然成形。

二〇〇四年伊始，商周出版（獨步文化前身）推出「日本推理名家傑作選」系列以饗讀者，不但引介的作家、選入的作品均爲一時精粹，更堅持以超強的譯者及顧問群陣容，給您最精確流暢、最完整的中文譯本與名家導讀，眞正享受閱讀推理小說的無上樂趣。

如果，您是個不折不扣的推理迷，歡迎進入更豐富多元的日本推理迷宮；如果，您還是推理世界的新手讀者，正好奇地窺伺門內的廣袤世界，就讓「日本推理名家傑作選」引領您推開推理迷宮的大門，一探究竟。從一根毛髮、一個手上的繭、一張紙片，去掀開一個角，去探尋、挖掘、對照、破解，進到一個挑逗您神經與腎上腺素的玄奇瑰麗世界！

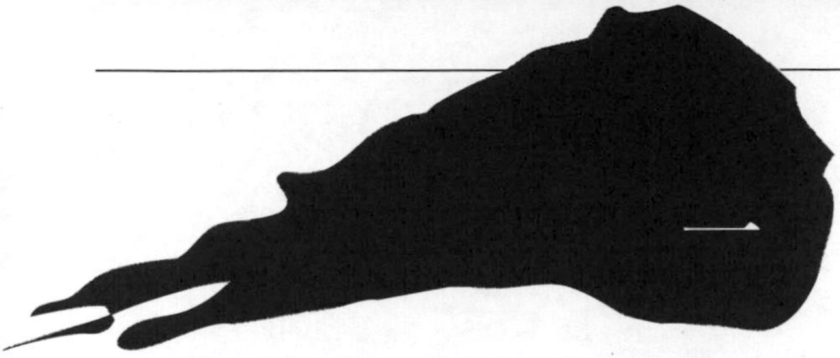

一 無法成眠的夜晚

1 001～004 無法成眠的夜晚

001—♥01 我無法成眠，悄悄走出家門。

千反田家的歷史，似乎可追溯到江戶時代初期。

現今的神山市北方的大片田園地帶，過去是一整座農村。千反田家是這座村子的村長，坐擁遼闊的農田，除了自己耕種，也出租給佃農。千反田家並且代表村莊，負責與領主折衝，談判租稅等問題；對於一些單純的糾紛，也扮演法官角色。此外，千反田家也指揮農地改良工程，並在春秋祭典代表村莊參加。

這一帶絕非得天獨厚的良田美地。雖然土質肥沃，但經常遭受颱風侵襲，冬季則是大雪深鎖。而且水源匱乏，直到江戶中期進行灌溉工程，才有所改善。只要碰上一點天候不順，當年就必定歉收。因此人們對於神佛的敬畏之心，自然也就益發強烈了。

在這當中，千反田家做為當地富豪，一直擔任祭祀時的世俗代表。據說對於神社的各種捐獻，向來皆是出於千反田家的私財；而插秧前和收穫後，以及中元、新年，千反田家都會大設宴席，宴請鄰近村人。能夠做到這些，也意謂著千反田家進項之豐。主要的收入，應該是來自於出租土地的收益。

戰後由於農地改革，千反田家也如同日本各地的大地主，失去了大半的土地。可是當時的當家千反田庄之助是個識時務之俊傑，以投機賺來的錢做為本錢，率先將千反田家的農業技術現代化，更進一步擴大了財富。庄之助用賺來的錢慢慢買回失去的土地，結果在我父親那一代時，千反田家已經收回了過去約一半的土地。在昭和後期，那算是一片面積相當可觀的土地。

聽起來或許像是在往自家人臉上貼金，不過千反田庄之助這個人並非只善於經商，還人品兼備，廣受愛戴。這位庄之助其實就是家祖父，家祖父很早就離世了，所以我對他並沒有什麼印象。

如此這般，千反田家在戰爭前後的混亂中勉強保住家財，順利度過了難關。然後現在仍肩負著祭祀的重責大任。

不過，現在的千反田家也沒有福部同學說的那麼家財萬貫，因此設宴招待鄉里的活動，也從一年四次減少為春秋兩次，而且舉行宴會時，也會以酒錢的名目收取實質上的活動費。這麼一來，與其說是宴請，更接近單純的聚會、酒會呢！不過我不能喝酒，所以未曾參加過。

春秋祭典是在一座「村神」規模的小神社舉行。舞獅和神轎遶境等活動結束後，千反田家的人會代表村中信眾進入神社。春季時祈求一年豐收，秋季則感謝一年來的風調雨順。

我也從懂事時便開始參加這種儀式。鄰近朋友問過我，我們都在神社裡做些什麼？其實也沒做什麼特別的事。唯一比較不同的，大概就只有大人會叮嚀我們在祈禱結束前盡量不能弄出聲響。所以雖然會行鞠躬禮，但不會行拍手禮。

我自認信仰並不算特別虔誠。如果能夠量化計測，大概和其他同學差不多吧！可或許是因為我有像這樣參加祭祀活動的經驗，每次一碰上煩惱，就會來到這座神社，向神明祈禱，這成了我不為人知的習慣。不清楚這是因為我其實信仰著八百萬神明，或是這種行為本身已經系統化，成為一種紓解不安的自我暗示裝置。有時我會非常好奇究竟是如何，卻難以釐清答案。

最近的話，我在參加高中入學考時去祈禱了。還有福部同學命名為「冰菓」事件的那個時候也是。

而今晚，我又前往神社。

明天起就是神山高中文化祭了。我們神山高中多彩多姿的學藝類社團之一——「古籍研究社」，碰上了極為棘手的狀況。該如何突破困境，我們毫無頭緒。雖然自認我們已經盡了全力……但有時似乎也需要一點運氣。

我在香油錢箱投入了百圓硬幣，然後在只有月光照耀的神社境內，雙手合十閉上眼睛，想起古籍研究社的成員。

伊原摩耶花同學、福部里志同學、折木奉太郎同學。

摩耶花同學睡得好嗎？

摩耶花同學似乎認為古籍研究社目前面臨的困境，責任全在她身上。明明錯不在她的。是我太依賴能幹的摩耶花同學了。如果我更積極地協助摩耶花同學的工作，一定就可以避免這樣的狀況了。從這個意義來說，我也有部分責任。

福部同學睡得好嗎？

我一直懷疑福部同學那種享樂主義式的言行有幾分是出自真心。至少那不一定就等同於利己主義。我不認為摩耶花同學那樣自責，福部同學會笑著坐視不管。

折木同學睡得好嗎？

……一定睡得很安穩吧！如果折木同學不是那樣穩若泰山，我反而會感到不安。

折木同學偶爾表現出來的那種看透事物的敏銳，總是令我敬佩萬分。甚或可以說是感動。可是平日的折木同學，怎麼說，是個很難請得動的人。他究竟能不能依靠，教人難以判斷。

我在心中想著大家，獻上祈禱。

祈禱接下來的三天，我們能夠受到好運眷顧。祈禱我們能夠成功克服這場難關。

睜開眼後，我在甩不開的不安驅使下，從錢包裡再掏出了五十圓硬幣。

002—♣01

我睡不著覺，從枕頭底下抽出導覽手冊。

參加團體一行感言（登記順序）

• 劍道社　神山高中對神山工業邀請賽。全縣首屈一指的高手對決。主將賽特別值得矚目。
• 霹靂街舞社　霹靂街舞社揸綱開幕表演。新人水準優異。敬請期待。
• 社交舞社　第二天三點半開始，包下體育館舉行室內舞會。歡迎前來共舞。
• 合唱社　第二天十點在體育館進行表演。社員招募中（笑）。
• 戲劇社　第三天九點起開演。原創劇本。戲碼改編自縣大賽版本。
• 偵探小說研究社　第一天十一點半起，舉辦推理小說敘餐會。
• 服裝研究社　每天上午十一點及下午兩點於服裝室舉辦服裝秀。誠徵模特兒。
• 漫畫研究社　於第二預備教室展出社刊。必讀特輯《古今漫畫一百本評介》。
• 化學社　請來見識鈉的威力吧！危險實驗，風險自負。化學實驗室。
• 2—F　播放錄影帶電影作品《萬人的死角》。你能識破那令人驚愕的結局嗎？放映時程請參考別頁。
• 應援團&啦啦隊聯合　第一天兩點半起，於操場進行聯合演出。
• 茶道社　KANYA祭傳統——超級露天茶筵。今年當然照例舉行。地點在城山公園！
• 美術社　於美術室舉辦美術展。請務必前來參觀縣美術展得獎作《青之禮讚》。

- **樂旗隊**　第三天兩點起，在體育館舉行室內遊行演奏。
- **水墨畫社**　與美術社在美術室舉辦聯合展覽。
- **開運同好會**　在二年E班教室舉行各種活動。也販賣開運小物唷！
- **文藝社**　於第三預備教室及二樓通道展售社刊《回聲》。每本兩百圓。
- **百人一首**（註1）**社**　拜、拜託……誰來和我們對戰……
- **超常現象研究社**　在一年F班教室舉辦展覽。本社團嚴肅探討超常現象，謝絕看戲。
- **猜謎研究社**　第一天下午一點，在操場舉行超級猜謎大挑戰7。獎品豐富，等你來挑戰！
- **天文社**　KANYA祭是白天欸，哪有星星可以看啦？沒辦法，我們做了太陽系展示。
- **1－C**　第一天兩點起，在體育館舞台演出《真的好好玩的安徒生童話》。
- **廣播社**　每天中午十二點半起，透過校內廣播介紹KANYA祭的最新消息。不想聽也得聽！
- **珠算社**　表演電視節目中出現的超高速心算。專科大樓二樓第四預備教室。
- **辯論社**　借用三年B班教室，第一天十一點起至第三天兩點，舉行英語辯論大賽。
- **古箏社**　上午兩次，下午一次，於和室舉行演奏會。詳細時程請見和室前布告。
- **落語**（註2）**研究社**　第一天九點起開演。還以為咱們是第一棒，居然被舞蹈社搶去……（泣）

31

註1：蒐集百位代表性和歌歌人的作品集，以藤原定家編纂的《小倉百人一首》最為知名。江戶時代以後，流行將和歌拆成前後印於紙牌上，念前半搶答後半的紙牌遊戲。

註2：一種日本傳統表演藝術，類似單口相聲。

- **書法社** 在書法室展覽。
- **花道社** 在一樓走廊舉辦展覽。請各位稍微停下腳步欣賞一下吧……
- **生物社** 展示神山生物環境模型。不是老王賣瓜，全景模型之精緻，讓你搞不清楚這是什麼社團的展覽！
- **將棋社** 神高盃淘汰賽，一人限制三十分。獎品豐富（有誇大嫌疑）。地點在1－G教室。
- **工藝社** 在物理教室展覽。企業號附艦載機。現場販賣可愛小物。
- **錄影帶電影研究社** 播放獨立電影《了》。於視聽教室。放映時程參見別頁。
- **攝影社** 於3－G展覽。現場並展示傳統鎂光燈攝影。
- **電影研究社** 於視聽教室舉行《新天堂樂園》（一九八九・義法）放映會。
- **SF研究社** 於視聽教室播放去年星雲獎媒體部門得獎作。片名（略）。
- **物理社** 展示我們自做的機器人。雙腳步行的，不過得推著嬰兒車前進。
- **全球行動社** 於三年E班教室舉辦展覽。請務必前來參觀。
- **歷史研究社** 用模型重現以「城山」聞名的神山城，驗證其防禦力，追蹤其失守的經緯。
- **手工藝社** 展示曼荼羅繡毯。不是自誇，看起來功德十足！
- **糕點研究社** 在「符合社團活動主旨的適切範圍內」於烹飪教室前販賣糕點。要來買唷！

・**輕音樂社**　樂團系表演請一定要先登記為輕音樂社。全天包下武術道場表演。

・**圍棋社**　於第二預備教室舉辦初學者指導講座。當然也可對奕。

・**無伴奏合唱社**　固定於3－C表演。第一天十一點半起在中庭公開演唱。請大家欣賞！

・**壁報社**　KANYA祭期間每兩小時發行一次號外。預定報導最新、最熱門的話題！

・**御料理研究社**　第二天十一點起，在操場舉行料理比賽「野火料理大對決」！歡迎報名參加。

・**園藝社**　烤地瓜。……這算園藝嗎？是農業吧？社長，你說話啊?!

・**銅管樂社**　每天一點半起在體育館表演。每日曲目不同。

・**魔術社**　在2－D進行近距離魔術表演，第一天十一點半起在體育館舞台表演。

・**占卜研究社**　三樓樓梯處。

・**古籍研究社**　神高文化祭為何稱為「KANYA祭」？答案就在社刊《冰菓》中！於地科教室販賣，一冊兩百圓。

執行總部

陸山宗芳（學生會會長．KANYA祭執行委員長）　你們別我給瘋過頭啦！以上。

八崎慶太（學生會副會長）　文化祭期間執行總部設於學生會室。任何報告、連絡、諮詢請盡速。

庄川晴美（學生會副會長）總算走到這一步了……我只有這句話。大家，青春無悔！

船橋勝治（文化委員長）除了KANYA祭三獎，今年還設立了部門獎。年輕人，爭奪吧！

田名邊治朗（總務委員長）垃圾桶設置數量充足無虞，請各位配合做好垃圾分類。

大略瀏覽過一遍，我對成果十分滿意，將導覽手冊擺到床邊。導覽手冊的封面大大地用黑體字印著《KANYA祭指南》，底下則用小字印著「第四十二屆神山高中文化祭」。製作單位為總務委員會，也就是我——福部里志所屬的委員會。

附帶一提，我一方面是光榮的總務委員，同時也是個手藝高超的手工藝社員，並且身兼驕傲的古籍研究社社員。若問在我心中，哪一個身分最為重要……哪一邊呢？還是古籍研究社吧！

加入總務委員長親自指揮的導覽手冊製作小組時，我以為只是照抄去年的導覽手冊就OK的簡單工作，沒想到卻非如此，實際動手一做，竟是個相當難纏的差事。不過沒有一點難度，做起來就沒意思了。

算是解決難題的獎勵嗎？我也得到了一些額外好處。釐清濫用權力與額外好處的界線，也是件相當有意思的事。就這份導覽手冊來說，我在最後的單元「參加團體一行感言」玩了點惡作劇。

直到去年，這個感言欄都是依五十音的順序排列的，而我偷偷地把它改成了依登記順序排列。我告訴委員長的理由是，「無伴奏合唱社（akaperabu）只因社名開頭是五十音的第一個音，就可以每年占據官方宣傳刊物的感言欄最醒目的位置，算不上公平」，但其實我的目的更要單純多了。我只是想讓我所屬的團體之一——古籍研究社的感言出現在更醒目的位置而已。委員長一開始有些困惑，但很快就全面贊成我的意見。但既然規矩是依登記順序，我也不能撇開真的搶第一登記完畢的劍道社，把古籍研究社放到第一個來；不過取而代之，我把古籍研究社排到最後一個。這樣應該比夾在中間更來得顯眼多了。

雖然實質上也沒有多大的宣傳效果啦！動這種小手腳，與其說是想要宣傳古籍研究社，更是為了讓我享受一下發揮導覽手冊製作小組成員權限的優越感罷了。

話說回來，就像庄川學生會副會長在感言中提到的，我也是充滿了「總算走到這一步」的心情。總務委員會的工作是很累人，但手工藝社更要累人。是誰說要縫什麼曼荼羅繡帳的啦！——我埋怨著，但一針一線都繡得嘔心瀝血。這是我自己喜歡而參加的社團活動，所以一點都不以為苦，但這也實在太操勞眼力了。時間都花在總務委員會和手工藝社上面，沒能為古籍研究社的社刊出太大的力，令我有些遺憾。不過橫豎一介資料庫也沒辦法做出結論。縱然有時間，我能不能寫出有趣的文章也是個問題。

明天要從哪裡開始參觀才好？猜謎研究社的活動絕對不能錯過。由於是謎研主辦的，他們自己人不參加，這麼一來我就有希望奪冠了。第二天的話，料理大賽好像滿有意思的。只要使出我必殺的海鮮炒飯，不可能有人贏得過我。

唯一擔心的是摩耶花會不會太沮喪。不過摩耶花很堅強，而且客觀地想，她並沒有太大的責任。千反田好像相當擔心，但這部分我倒是頗為樂觀。船到橋頭自然直，總有辦法的。

啊啊，好期待。文化祭令人期待，我們古籍研究社會怎麼挽回失敗，也令人期待。有問題能夠去克服，世上還有比這更棒的事嗎！

總之現在先好好睡上一覺，為明天養精蓄銳吧！難得大好活動，萬一玩到一半就沒電了，那可會是福部里志一輩子的屈辱。

003—♠01

我是個夜貓子，所以遲遲感覺不到睡意。

我想看個書好了，架上卻找不到適合當下心情的作品。下樓來到客廳，拿起遙控器想看電視，卻也沒有吸引我的節目。無可奈何，只好打開客廳角落蒙了一層灰的桌上型電腦。

這台電腦是姊姊用舊的，現在已經成了折木家的公共網路終端機。不過實際上會用它的只有我，而我又沒有遨遊網海的興趣。雖說是舊型了，但它一定具備我望塵莫及的演算能力與記憶能力；然而說到它的任務，卻只有一星期頂多顯示一、兩次入口網站的新聞版面。這麼一想，這台電腦也真是太大材小用了。

我來到入口網站，本想看看新聞，但轉念一想，輸入關鍵字「神山高中」。循著幾個連結按下去，來到我就讀的高中網站。我不是第一次來這個網站。除了學校的沿革、歷史、課外活動介紹等制式單元外，還有在校生專用的留言版和聊天室，以前我用過這裡的聊天室。

畢竟這可是夙負盛名的神山高中文化祭，網路上應該也有什麼活動。不出所料，網站的首頁用斗大的明朝體顯示著「距離KANYA祭倒數一天」。畫面角落，有穿著神山高中制服的男女卡通角色正在搬運東西的動畫圖案。目錄上也有活動時程、參加團體一覽、交通介紹、訪客注意事項，甚至還有網購區，內容看來相當豐富。

雖然不曉得是哪個單位負責的，但網站製作得相當用心。雖然放了很多照片、插圖和手繪地圖，但畫面清楚明瞭，資訊也容易找到。我大致看了一下，然後準備來看我所屬的社團——古籍研究社的介紹時，網路斷線了。不曉得是哪裡有問題，這部電腦的網路有時會突然斷線。想想算了，也差不多該睡了，這時傳來從二樓下來的腳步聲。那輕快的步伐讓我猜出是姊姊。我不想在狹窄的走廊跟她相讓，便又重新靠坐在椅子上，打算等她走了再上樓。

腳步聲進入客廳旁的廚房，接著是開冰箱的聲音。鏘，取出杯子的聲音。我準備回房，突然被叫住了。

「奉太郎。」

腳步聲鑑定果然神準，就是姊姊沒錯。聲音聽起來還沒睡醒。

「明天就是文化祭了吧？」

我把臉轉向廚房。

「是啊！」

「早點睡吧！」

「什麼？」

我錯愕地反問。姊姊從來不會對我囉嗦快點睡覺、吃飯要細嚼慢嚥、不要忘記帶面紙和手帕這類瑣事。她會跟我說的都是些教人想拒絕、「礙難從命」的麻煩事。今天吹的是什麼風？我正困惑不已，只聽見液體倒進杯中的聲音，還有喝光的咽喉咕嚕聲逕自響著。

「……反正你們碰上麻煩事了，對吧？」

我沒有回話。

倒東西的聲音再次響起，這次的量比剛才要少。

「看你的態度就知道了。或者說，古籍研究社的文化祭沒有一次是風平浪靜地結束的。這是傳統。」

哦，詛咒啊？

「誰叫你活該要加入那種麻煩的社團。」

「是唷！」

我忍不住想要頂嘴。因為叫我加入古籍研究社的就是姊姊。

今年進入神山高中就讀的我，在古籍研究社畢業學姊的姊姊拜託下，抱著只當個掛名人頭的心態，加入了古籍研究社。我預定當那唯一的幽靈社員，盡情享受愜意的放學時光，然而天不從人願，一個叫千反田的女生為了某個目的，也加入了古籍研究社。歷經與她的「目的」有關的幾樁麻煩事後，古籍研究社的社員最後成了四個。這一連串麻煩事被里志命名為「冰菓」事件，我把它拿來當成社刊的主題。

附帶一提，這古籍研究社不曉得是為了什麼目的而存在的。既然叫古籍研究社，或許應該研究個古典文學才對，但目前的古籍研究社社員裡面感覺沒人會去做那種事。因為沒有學長姊指點我們「古籍研究社是做這種事的社團」，因此它失去了存在意義。不過以我個人來說，這真是令人慶幸。

好了，我之前說我打算只當個掛名人頭，但既然它做為一個社團存在，就必須進行社團活動。古籍研究社是學校官方認可的社團，也領有活動費。那少得可憐的活動費，名目就叫「社刊製作費」。有預算就得消耗，所以我們決定製作社刊《冰菓》。雖然中間碰上了一點曲折，不過《冰菓》總算是完成了。

明天開始的文化祭，我們要販賣社刊。

……不過就是這部分出了一點問題，所以姊姊說的「反正你們碰上麻煩事了」，嗯，一針見血。

附帶一提，姊姊應該知道古籍研究社過去都做些什麼活動才對。可是姊姊一直不在日本，最近才剛回來，而她回來的時候，我對古籍研究社原本是做什麼的社團已經不怎麼在意了。

總之，主觀而言，我不認為自己進了一個特別討厭的社團。所以我沒有反駁姊姊，而是這樣說：

「如果有那種作祟般的傳統，至少也送我個護身符，保祐一下吧！學姊。」

「你這是在跟我討東西？」

一段沉默後，背後有什麼東西飛了過來。她真的要給我護身符？望過去一看，她扔過來的是個看起來沒半點保祐的玩意兒——一支鋼筆。雖然沒保祐，卻風格獨具。深黑色的筆身配上暗銀色鑲邊，應該不是便宜貨。

「那給你。」

「……我該道謝嗎？」

「不過那支筆沒水了，而且筆尖開岔。」

別拿垃圾當禮物好嗎？在把東西收進冰箱的聲音後，腳步聲出了廚房。走廊又傳來一句話：

「……如果有空，我就去逛逛。」

「不，不要來。」

我當場回話。麻煩事已經夠多了，再被她跑來攪局還得了。沒聽見回答，腳步聲上了二樓。

床上。

我只是在等待睡意降臨，並沒有在想什麼。沒多久，我閉上眼睛，深深地嘆了一口氣。

今天——不，正確地說是昨天，一整天都在準備文化祭。現在的神山高中文化祭活動為期四天，但準備就花掉一整天，所以實質上是舉辦三天。明天開始就是正式活動。

里志好像準備把文化祭徹底玩透透。他當然會這麼做！我不意外。可是文化祭是「用來享受的」，絕對不是「非做不可的事」。即使躲在校舍角落打盹，文化祭也會過去。然後雖然我不會乖僻地說什麼「文化祭?哼，無聊」，但還是會高唱我真誠的信仰告白：「沒必要的事不做，必要的事盡快做。」我應該不會積極地去參與。

說真的，即使不必做任何稱得上「參與」的行動，文化祭也會過去。頂多就輪流顧攤賣社刊，當天應該可以盡情享受什麼都不必做的優閒時光。

不過對於已經發生的問題，我並不打算怪罪任何人。說難聽點，我們每個人都有責任。所以我也有錯，而擦自己的屁股，很遺憾的，是屬於「必要」的事。

問題是能不能「盡快解決」。

可是即使無法解決，也可以說只是錢的問題，並非不可挽回。千反田想得太嚴重了。應該更輕鬆、更節能地去看待才對。

不過度悲觀，但也不過分樂觀，懷著一種Que sera sera的順其自然態度，我等待睡意降臨。

004—◆01

我在夜半忽然睜眼，沉思起來。

像折木就好像誤會了，但我並不是一個完美主義者。準備或調查不周而造成的失敗當然不值一提，但做了符合一般要求水準的準備工作，卻仍然失敗的情形，我認為當然也是有的。所以別人失敗是理所當然，我會失敗也是天經地義。然後我必須像原諒別人那樣，也原諒自己才行。可是我這人生性易怒，即使是別人能夠容忍的事，有時候我也無法忍受。自己的失敗，真的會讓我氣到不行。為什麼呢？

以前阿福曾經這麼說我：

「摩耶花，如果人可以照自己的希望控制感情，天下人就都不用愁嘍！妳那是自尋煩惱。」

「我又沒在煩惱。而且我也不想聽你那種泛泛之論。」

阿福盤起手臂垂下頭去，「唔～」地大聲低吟。那種誇張的動作很有阿福的特色，我並不討厭。

「……可是依我看啊，其實妳對於成功或失敗、完美或不完美，並不怎麼會動怒。」

「是嗎？」

我感興趣地探出上半身。

「那我為什麼會生氣？」

「我也不太會形容耶！我自以為詞彙豐富，實際上腦袋裡沒幾個派得上用場的詞彙吶。」

「你腦袋裡面裝的都是些沒用的詞彙啦！」

「像是戰車載步兵作戰、運鈍根（註）那類的。唷，這些不重要啦！比方說，奉太郎

註：指成功需要三個要素，幸運、毅力和忍耐力。

不是一向信奉『節能』嗎？」

我沒法坦率地點頭。

「但那也只是他這麼自稱罷了。折木真正重視的是不是『節能』，沒有人知道。」

「明明你跟他認識那麼久了？」

「我又不關心折木。」

阿福苦笑說。

「唔，別管奉太郎了。雖然不明顯，不過摩耶花妳其實也有類似的信條，但那一定不是『正確』或『完美』。妳的地雷不在那裡，而是別的地方。」

是嗎？我納悶。不過我不喜歡談論自己，所以那個時候只聊到這裡，就換了別的話題。

總之，現在重要的是今晚我滿肚子火，氣到實在睡不著。真是，居然會遺漏那麼基本的檢查工作，我怎麼會白痴成這樣？而且怎麼會直到最後一刻都沒發現那個錯？更教人氣惱的是，應該要彌補檢查疏失的文化祭當天，我動彈不得。怎麼樣都沒辦法離開漫研。阿福安慰我說「那又不是什麼大錯，別看得太嚴重」，可是……

啊啊，真是氣死人了。好氣自己怎麼那麼大意。

可是一樣教人生氣的是，折木說的也沒錯。那個裝模作樣的傢伙，等到只剩下我們兩個的時候，居然裝瀟脫地撇著臉這麼說：

「別放在心上。如果妳一直放不下，里志也就算了，連千反田都不得不耿耿於懷了，不是嗎？」

確實如此。疏忽的是我，小千卻臉色發青，彷彿責任全在她身上。我也就罷了，但不能讓小千用那種表情過完整場文化祭。

所以我決定稍微原諒自己一點。想是這麼想，但是一想起那個情景，叫我怎麼可能心平氣和！

真拿自己沒辦法。

我對神山高中文化祭有著特別的個人感情，所以神經才會特別緊繃也說不定。可是也不能熬上一整夜，明天遊魂似地出門。

我滾出被窩，從藥箱裡拿出安眠藥。我是不太喜歡這玩意兒啦！

把一顆藥丸掰成兩半，一口吞下那白色藥錠。

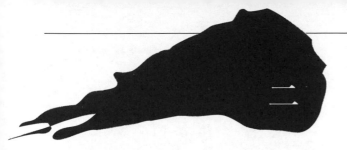

二

無限堆積的那玩意兒

2—1 005〜012 古籍研究社出了什麼事？

005—♠02

徹底享受——這話說得容易，實際上卻是困難重重。個人的理解能力差異是不容忽視的要素，興趣差異更是關鍵所在。即使看的是一樣的魔術，遲鈍的人連百分之一厲害在哪都看不出來。這麼一來，就變成「觀賞魔術表演需要魔術師級的洞察力」；可謂是無論接觸多麼豐富的娛樂，即便可以「盡情享受」，也幾乎不可能「徹底享受」。

早上我比平日更早到校。今天是神山高中文化祭當天。福部里志不停地喊著「好期待，啊啊期待死了」，所以我懷著一絲絲的惡意，這麼對他說道。結果里志怪笑個不停，慢慢地搖了搖頭說：

「我很想稱讚這真是一番卓見，可是奉太郎，你這話太天真了，太天真啦！」

「哦，怎麼說？」

「你這種木頭人再世般的傢伙，居然想教訓我什麼叫做『享受』？這簡直是班門弄斧到家了嘛。」

里志豎起一根食指，以誇張的動作左右搖晃。

「這種事不勞你指點啦！想要吃乾抹淨，連骨頭都不剩，我早就知道這是不可能的。要扮演享樂主義者，最重要的是有自知之明。這是重點，如果奉太郎你哪天準備拋棄『節能』了，這題考試會出，一定要記住呀！」

「才不會有那一天哩！可是怎麼說，既然都有自知之明了，怎麼還能去期待？」

「ＯＫ，我來告訴你吧！第一，我並不想要『徹底享受』，差不多就可以滿足了。你也了解我這人有多乾脆吧?!還有一個觀點，是奉太郎‧ＴＨＥ‧木頭人，你遺漏掉的。」

里志說到這裡暫且停話，就像在問：「懂嗎？」他瞄了我一眼，但我並沒有讓他跌破眼鏡的大志，所以保持沉默。里志看出我沒有回答的意思，像是在告白祕密似地放低了音量說：

「因為即使咱們缺乏『徹底享受』的素養……」

「……」

里志展顏笑道：

「還是可以期待對方『娛樂咱們』啊！」

唷，這樣。

里志沒把我的調侃當一回事，又開始說起「可是真的好期待唷」。我只能沉默苦笑了。

福部里志，我跟這傢伙從國中就認識了。

里志的外貌特徵可以說是那帶棕色的瞳孔顏色，以及遠遠望去會讓人誤以為是女生的瘦小身材。實際上他騎自行車鍛鍊出來的腳力不容小覷，不過外表嘛，就是根豆芽菜。

不過他真正的特徵在於精神面。從剛才的對話也可見一斑，他對於「享受」的執著，強烈到甚至可以讓他滿不在乎地拋下學業社交及其他一切正事。他本來就已經參加了手工藝社和總務委員會，但知道我參加古籍研究社以後，就說「好像很好玩」，也跟著入社了。

里志手裡提著一個束口袋。他總是隨身拎著這個束口袋，至於裡面裝了些什麼，我並不清楚，只知道裝了很多玩意兒。

馬路前方就是神山高中。雖是文化祭，但也不會因此外牆就塗上粉紅色什麼的，從外觀看上去，只是個一如往常的普通高中。不過裡面應該已經完全變身為文化祭樣式了。為了準備文化祭，昨天的課程全部取消。

人行道上的學生們，今天的模樣也異於平日。幾乎都是穿制服，但不曉得是哪些社團的，也有不少人穿便服，而且幾乎所有的學生手上都沒有書包，因為沒必要帶念書的工具來。我可以了解，就是這些微妙的差異，令人對即將開始的特別時間興起期待。

神山高中在這一帶算是一所升學高中。話雖如此，也不是說課外輔導特別多，考上知名大學的升學率也不算特別突出。如果要神山高中的學生舉出這所高中的特色，十個裡面可能不到一個會回答是升學高中吧！至於其餘九人，應該會這麼回答：「這是一所學藝類社團活動特別活躍的高中。」神高的學藝類社團種類繁多，而且大部分都相當活躍。而社團活動的最高潮，當然就是文化祭了。準備一天，舉行三天——這在高中的文化祭裡應該算是破格的。

里志突然以格外開朗的聲音說：

「噯，先別說那些了，奉太郎，那邊那個是不是摩耶花啊？」

他指著一個女生的背影說。女生穿的是便服——紅色開襟罩衫配上白色棉褲。我有點難以判斷那個背影是不是伊原摩耶花。我跟伊原從小學就認識了，可是上了國中以後，就幾乎沒看過她穿便服的樣子。不過既然里志這麼說，那應該就是伊原吧！

伊原向里志告白過好幾次，可是里志明明應該也不討厭伊原，卻一直閃躲著不肯答應。我完全不懂他為什麼會是那種態度，但也不想知道就是了。

「我去鬧她一下。」

里志回頭瞄了我一眼，丟下這句話，小跑步朝女生那裡去了。

006—♣02

走在前面的就是摩耶花沒錯。即使會把奉太郎錯認為路邊無人祭拜的神像，我也不可能會認錯摩耶花。我跑過去拍她的肩膀。

「嗨，摩耶花，早哇！」

我預期她的反應會是瞪我，然後罵：「幹嘛啦，很痛耶！」所以我故意拍得有點猛。然而今早的摩耶花似乎沒那個心情。她的身體繃了一下，慢慢地回過頭來。

「……早。」

她只喃喃了這麼一個字，就別開視線了。哦哦，原來如此——我看出來了。我展露笑容（我很擅長嘻皮笑臉，甚至都忘了嚴肅的表情怎麼擺），想要幫忙拂去摩耶花的擔憂。

「妳穿這樣很好看耶！」

「會、會嗎？」

「那妳是在角色扮……」

才說到一半，一記近身上鉤拳就擊上了我的胃。角度絕佳。如果不是我預料到這一擊，在丹田使勁，可能就要遭受重創了吧！摩耶花的眼睛射出兩道凶光，低聲說：

「不要在一般人面前用那種圈內術語！」

角色扮演罷了，這年頭已經不算什麼禁語了吧？不過我了解摩耶花有多害羞，所以刻意沒反駁。附帶一提，摩耶花今天會角色扮演，這我事先就知道了。因為摩耶花所屬的漫畫研究社向總務委員會申請穿便服上學。為了彌補更衣室的不足，總務委員會採事前申請制，在文化祭期間允許學生穿便服上學。

摩耶花身上穿的是米白色的棉褲和深紅色的開襟罩衫。這身實用派的服裝足以抵擋十月初的秋風。上衣附有裝飾品，罩衫裡面是有領子的白襯衫，然後肚子纏了一條粗粗的腰帶。重點應該是這條皮帶吧！

我從上到下仔細觀察，可是唔，看不出個所以然。再問一次好了。

「那這是什麼人的服裝？」

摩耶花似乎接納了這有如把老鼠說成天花板上的霸王、小心避開禁忌的代換說法。她面朝前方，低低地回答我：

「弗羅爾。」

「弗羅爾？妳說弗羅爾貝里契里．弗羅爾（註）？他穿的是這樣的衣服嗎？」

「嗯……晚點還要戴手套。」

就算聽她說也看不出來。不過這就是摩耶花的目的吧！由於社團方針而非得角色扮演不可的話，害羞的摩耶花當然會選擇乍看之下看不出是在角色扮演的服裝。

伊原摩耶花。我在男生裡面算矮的，而摩耶花在女生裡更算是個子特別嬌小的。如果不是穿著水手制服，不管去到哪裡，她假扮成小學生都不會有人懷疑。而現在摩耶花穿的就不是水手制服。不只是體格嬌小而已，若分析她臉部五官的位置，從導出來的一般結論來看，摩耶花可以說是娃娃臉。

不過摩耶花那強烈的批判精神，讓她那張孩子氣的臉上很難看到孩子氣的表情。大多數的時間她都是氣呼呼地緊抿著嘴唇。不過也因為這樣，使得摩耶花的笑容有了任何事物皆難以取代的珍貴價值（認識了那麼久，奉太郎卻沒有注意到摩耶花笑容的價值，他的眼睛真的完全是長好看的）。

我不再觀察她那違反本人意願的角色扮演模樣，甩了一下束口袋。

「總之辛苦啦！晚點我會去漫研看看。」

摩耶花有些靦腆地微微點頭。

「妳也投稿了漫研的社刊，對吧？」

「嗯！」

註：萩尾望都的科幻漫畫《有十一個人！》（11人いる！）裡的主要角色，是一個雙性人。

「我會看。……真辛苦呢，同時要忙古籍研究社和漫研還有那場活動。」

「就是啊！哪像誰，根本不肯交稿子。」

我是打算慰勞她的，沒想到摩耶花的眼神惡狠狠地刺了上來。不好，打草驚蛇了。拖慢古籍研究社社刊稿子進度的，不管怎麼看都是我，所以無從辯解。既然無從辯解，就只能改變話題了。

「啊～那摩耶花，妳今天要一直待在漫研嗎？」

摩耶花對於話題被轉移似乎有些不服氣，但她點了點頭。

「妳不會來古籍研究社嗎？」

「唔……早上得先去漫研，大概不行吧！接下來可能真的只能去看一下而已。……其實應該要由我負責善後的說……」

我刻意笑得更深，拍了拍摩耶花的背說：

「那件事就別想了啦！既然都發生了也沒辦法嘛！」

摩耶花曖昧地笑了，對我的話點了點頭。唔，不太對。摩耶花真正好看的表情，不是這種曖昧不明的笑容。

奉太郎半點都沒注意到摩耶花的優點，卻似乎對我不斷逃避摩耶花的告白感到訝異。嗳，就算是恭維，奉太郎這人也稱不上洞悉人情世故，即使告訴他理由，他大概連十分之一都難以理解吧！不過這是我和摩耶花的問題，奉太郎完全沒必要理解。

忽然注意到時，我們已經穿過校門了。我回頭確認一看，校門立了一個大大的拱門，上面裝飾著五顏六色的人造花。那是總務委員會的苦心力作，用來歡迎文化祭的來賓。從校舍窗戶垂下的布幕上寫著「第四十二屆神山高中文化祭」。

好啦，祭典就要開始嘍！

可能是我的表情充滿了期待吧！摩耶花用手肘撞了撞仰望校舍看得出神的我。

「阿福。……就算這幾天是文化祭，你也不要鬧出怪事來唷！就算你不覺得丟臉，我也替你丟臉。」

哈哈哈，我這人也真沒信用。

不過我怎麼可能啥都不做呢！

007—♠03

口袋裡有個硬梆梆的東西，從剛才就一直讓我很介意。

鋼筆。正確地說，是過去被當成鋼筆使用的廢棄物。墨水用光、筆尖開岔，姊姊給我的護身符。昨晚因為也不能就這麼讓它扔在地上，所以我把它撿回房間，準備丟掉。然而一早忙亂之中，我好像把它跟手帕一起帶來了。雖然派不上用場，但「不能寫」與日文「不缺」同音，或許也算得上是個吉祥物。

我在口袋裡掰開又扣上筆蓋把玩著，發出「喀嚓喀嚓」聲走上樓梯。目的地古籍研究社的社辦在四樓。

神山高中的鳥瞰圖呈H字型。兩條直線的一邊是普通大樓，主要是教室；另一邊是專科大樓，全是理工科目和藝文科目所使用的專科教室。橫槓是連結這兩棟樓的通道。如果真的鳥瞰，還可以看到有一條通道從普通大樓延伸出去，盡頭處就是體育館。

古籍研究社使用的地科教室位在專科大樓，而且是走廊最盡頭的邊角教室，算得上是神山高中這個小世界裡真正的化外邊境吧。平常這個立地條件，讓人在詛咒它的不便同時也感謝它的靜謐，然而在文化祭時，又加上了一項必須擔憂的疑慮。也就是在校舍這樣偏遠的角落，真的會有客人上門嗎？

各樓的走廊幾乎都被裝飾得五顏六色、眼花撩亂，不是海報就是吉祥娃娃或招牌。然而這些熱鬧的氛圍也只到三樓為止。一上四樓，就變得一片蕭條。沒有彩帶、沒有色紙鏈、也沒有立牌。原本這個樓層就幾乎沒有社團在使用。

即使如此，走廊上還是張貼著幾張海報，其中也有咱們古籍研究社含蓄地自我主張的海報，但總的來看，還是甩不掉被熱鬧的下界拋棄的印象。就我個人而言，我歡迎這樣的靜謐，但對於古籍研究社這微小的組織來說，卻是個大問題，尤其是對社長的某人而言，更是值得擔憂的狀況吧！

我打開地科教室的橫開拉門。坐在冷清教室中央一帶的女學生一看到我，立刻站了起來。

「早安，折木同學。」

對方深深地向我行禮。長長的黑髮輕柔地晃動。是古籍研究社的社長千反田。我已經猜到她應該會第一個到。

千反田愛瑠。她有著一頭披在身後的烏溜黑髮，以及同樣黑亮的眼睛，舉手投足清純可人。個子以女生來說算是高的，身材修長苗條。配上她那穩重的說話口氣，散發出一股好人家大小姐的氣質。不過實際上她也的確是「富農千反田家」的獨生女。

不過要我來說，千反田那種日本古典美女般的形象並非她的本質。

從頭到腳溫柔嫻靜的外貌中，只有一個地方背叛了那種印象——也就是那雙大眼睛，而千反田的本性就在那裡。過去已經爆發過許多次，接下來應該也遲早會爆發的好奇心炸彈，那就是千反田愛瑠。入學以後，她的好奇心把古籍研究社捲進了好幾樁麻煩事裡。我無法抬頭挺胸地宣示在這段高中生活身體力行了我的生活信條「沒必要的事不做，必要的事盡快做」，其實就是她害的。

千反田抬起頭來，嘴唇彎成微笑的形狀。她一向是喜怒形於色，但表情並不誇浮。算是一種矜持吧！

「終於到文化祭了。」

「是啊！」

「一起加油吧！」

「嗯。」

我點頭是點頭了，但——

我望向陳列在我和千反田之間的東西，忍不住埋怨起來：

「……這是加油就有辦法的嗎？」

擺在那裡的東西不是其他，就是古籍研究社的社刊。刊名為《冰菓》。以社刊刊名而言有些特殊，但它的特殊，有段一言難盡的理由。騎馬釘裝訂，焦褐色ＰＰ封面上畫著狗與兔子互咬的插圖。這個圖樣也是有來歷的，《冰菓》的創刊號是水墨畫風，但今年由伊原改畫為稍微可愛的畫風。客觀地來看，我認為品味並不差。

在製作這份社刊時，我和千反田、里志的貢獻可說只有寫稿而已。而若說只要有稿子，社刊就能夠完成嗎？也並非如此。必須確定頁數、挑選字體和紙張、設計排版、決定頁碼位置，最後再向印刷廠發印。這些工程全都由伊原一手包辦了。不僅如此，各個地方的插圖也都是伊原親手畫的。

關於設計，伊原也徵詢過我們的意見，不過我們幾乎都只是同意她準備好的版面而已。瑣碎的編輯工作光看就覺得麻煩，我姑且不論，千反田好像幾次主動說要幫忙。

然而伊原婉拒了。她說她很習慣處理這些事，並不覺得麻煩，作業量在她看來也不算什麼，反倒是要從頭教導不熟悉的人更費事。伊原的話很有道理，所以千反田也聽從了。

然後社刊《冰菓》完成了。精采地完成了，變身為令人激賞的成品了。

據說看到成品，伊原啞然失聲。

看到伊原前天拿來的社刊，我們也啞然失聲。

……《冰菓》在千反田與我之間堆積如山。「堆積如山」這個形容詞並非誇大。或許可以說是「多如牛毛」。即使代換成「滿坑滿谷」，或許都不算誇張。

我們事前議定的《冰菓》發行冊數為三十本。我們一人領一本，然後扣掉給顧問老師和社辦收藏的一本，要拿出來販賣的是二十四本。就連這二十四本，都已經預期應該會賣剩。

然而印刷出來的《冰菓》卻比預定數字多了一些。

只多了**七倍**左右。

我學習到即使是不怎麼厚的社刊，兩百本堆積起來，也會變得「如山一般」。

這不是加油就有辦法的吧！聽到我的嘀咕，千反田語塞了，淡淡的笑容也僵硬地繃住了。

「……呃，也就是說，雖然不能保證加油就能怎麼樣，可是如果不加油，保證麻煩就大了。」

「所言甚是。」

問題是該怎麼具體地加油。

背後傳來開門的聲音。是里志。他一進來就舉起右手高聲大叫：

「嗨，為庫存過剩而煩惱的各位，早安！」

你也是。

千反田被里志如實反映現狀的招呼嚇著了，但仍然像對我做的那樣低頭行禮。

「早、早安，福部同學。……摩耶花同學呢？」

「啊，她說能來就來，可是大概不行吧！」

「這樣啊……」

千反田遺憾地喃喃說。可是嗳，這也早就料到了。

我和千反田除了古籍研究社外，沒有參加其他任何社團，但里志身兼總務委員和手工藝社社員，伊原則是身兼圖書委員和漫畫研究社社員。兩人已經事先提過，文化祭舉辦期間，里志應該會為了總務委員的工作時不時被找去，而伊原應該會一直待在漫研。

「那麼就我們幾個開始吧！」

我和里志點點頭。千反田依序看了看我們，慢慢地開口說了：

「距離開幕典禮沒有多少時間了。……要怎麼樣才能盡可能地賣出《冰菓》？如果有什麼好點子，請各位提出來。」

《冰菓》的定價設定為兩百圓。

伊原與千反田拚命重新計算定價，結果我已經聽說了。原本我們預定要以一本四百圓的價格賣掉三十本。如果以這個價格全部賣完，就可以用社刊收入與社團活動費打平印刷費。

現在《冰菓》印了兩百本。這本身是一樁悲慘至極的失誤，但大量生產效果使得每一本的印刷成本大幅降低了。如果兩百本全部賣完，售價似乎可以降到一百二十圓。

然而實際上實在不可能全部賣完。也為了讓數字完整一些，把價格設定為兩百圓的話，損益平衡點就落在一百二十本。最後由千反田拍板決定，售價為兩百圓。雖然一百二十本也是樂觀到不行的數字……不過我這個只聽不出主意的傢伙也不打算放什麼馬後砲。兩百圓這個價格，以在文化祭販賣的社刊而言，算是非常便宜的吧！

附帶一提，即使全部賣完，收益也不會掉進我們的口袋。因為神山高中文化祭標榜「禁止營利性設攤」，不允許利用活動賺錢。我也聽說一人一千圓以下的小利潤會被放過，但超出這個數字的利潤，規定必須上繳國庫——不，學校。

神山高中的學生數目為一千人。如果以不賺不賠為目標，就必須賣給全校學生的百分之十二；而以《冰菓》全部賣完為目標的話，就必須賣給百分之二十的學生。這難如登天。代換成收視率來想就知道了。說到百分之二十的收視率，就算是門外漢，也知道這個數字有多麼驚人。

不過市場並不僅限於一千人。神山高中文化祭沒有入場限制，應該也會有許多一般民眾前來參加。文化祭在星期四、五、六這三天舉行，如果要鎖定一般客人，重點當然要放在第三天——星期六。可是一般客人能夠貢獻多少營業額，無法貿然預測。

此外……

「問題在於古籍研究社太沒沒無聞，還有社辦立地條件太差呢！」

「是的，我認為這是最大的瓶頸。」

兩人的意見我也有同感。

這間教室——地科教室的立地之差，前面已經提過了。至於知名度更是糟到不行。就連學校有古籍研究社這個社團的事實，肯定幾乎所有的神高生都不曉得。實際上今年如果沒有我加入，古籍研究社應該已經廢社了。這與邀請茶道宗師舉行華麗的露天茶筵而名聞遐邇的茶道社，還有實力堅強、經常被邀請去參加市政府活動的無伴奏合唱社相比，情況完全不同。連聽都沒聽過的社團的社刊，誰會去掏錢購買？

立地條件，還有知名度。我開口：

「也就是說，必須在更醒目的地方設立新賣場，還有宣傳古籍研究社的名氣。這是兩大前提。」

「只是大前提。」

里志打諢說。意思是並非達成這兩項前提，社刊就能全部賣完吧！這我明白。明白是明白，可是也只能做到這樣了，有什麼辦法？

另一方面，千反田佩服似地點點頭說：

「設立新賣場是嗎？我一直在思考該怎麼樣才能把客人招攬過來。折木同學，你那是思考的轉換呢。」

「不，也沒那麼厲害……」

「可是文化祭當天才這麼請求，校方會許可嗎？」

不曉得。這是總務委員里志的管轄。可是里志沒把握地歪頭說：

「我也不是很確定呢。以物理空間來說是有可能，但必須就事論事。可以只讓古籍研究社享有這樣的特權嗎？這得直接去問我們的委員長，要不然就是學生會長才會知道。」

「總務委員長是……」

「二年級的田名邊學長。文化祭期間他會一直待在會議室，去看看吧！」

「你去拜託怎麼樣？」

我忍不住從旁插口。里志曖昧地點點頭說：

「唔，這樣也是可以。……可是其實我對談判不太有自信耶。所以我覺得由千反田同學開口，我在一旁幫腔，或許會比較好。」

原來如此，這樣可能比較好。可是千反田顯得有些不安的樣子。她是個強勢的千金小姐，但碰上必須講理的談判，她也和里志一樣沒把握吧。不過我不打算伸出援手，因為我也不擅長那種事。

現況實在稱不上愉快，里志卻一副喜孜孜的模樣。不過福部里志這個人不管碰上什麼事都可以樂在其中，或許就連麻煩事都讓他求之不得。他興匆匆地說：

「我倒是比較想把主力放在宣傳呢！」

「哦，宣傳？你有什麼主意嗎？」

「當然有了。而且還是個密技。」

我有不祥的預感。畢竟里志根本不可能想得到什麼實用的密技。

「咦，你有什麼好點子嗎！」

千反田大感興趣。里志驕傲地說：

「也就是用古藉研究社的名義參加這場文化祭各處舉辦的比賽和競技活動。只要獲得好成績，自然就可以提升古籍研究社的名氣了！」

「啊，真是個好方法！」

哪裡好了？我搓揉眉頭。千反田被騙了。說穿了只是里志想要到處參加各社團舉辦的活動罷了。那原本應該是里志自己想幹的事，只是把參加名義換成古籍研究社而已。

可是唔，這個方法也沒什麼損失，應該也有宣傳效果吧！說到我們能做的，差不多也只有這樣了。我望向時鐘。

「雖然粗略，不過方針決定了。千反田負責去談判擴大賣場的可能性，里志負責宣傳。」

「暫時就先這樣吧！可是折木同學呢？」

我嗎？

其實我也有個妙計，不僅可以為《冰菓》的銷售做出重大貢獻，同時也不違反我自身的生活信條，堪稱完美。我咳了一聲，威嚴十足地說：

「……我呢？」

「嗯。」

「在這裡看店。」

千反田眨眨眼睛，里志「啊啊」呢喃。

「……唔，也是，得有人看著才行。」

「是呀，需要有人看店呢。」

怎麼樣？無可反駁吧?!

「好了，既然這麼說定了，差不多也該走了。沒剩多少時間了。」

我以眼神指著壁鐘。距離開幕典禮只剩下十分鐘不到。既然文化祭也是教育活動的一環，點名是少不了的。不過考量現況有許多教室被眾多莫名其妙的展示物給淹沒，文化祭期間，所有的學生每天早上都要參加朝會，以取代點名。也就是說，如果開幕典禮晚到，就會被視為遲到。

千反田用力點頭，咳了一聲。然後她深深吸了一口氣，十足社長威嚴地激勵說：

「那麼就照剛才的分配進行，請大家努力盡量多賣出一本社刊。目標是賣完兩百本《冰菓》！大家加油！」

噢、噢、耶～！

……不過我壓根兒就不認為真的能賣掉兩百本。

【剩餘兩百本】

008—♥02

容納了千名神高生的體育館沉浸在黑暗裡。所有的窗戶都用遮光窗簾蓋住，雖然已是十月，但人們的呼吸讓館中的空氣逐漸加熱。在這當中，只有舞台被燈光照得一片明亮，但現在那些燈光也消失了。體育館一瞬間落入完全的漆黑，但很快地，一束聚光燈打上了舞台。站在光中的男生似乎是學生會長。學生會長個子挺拔、相貌精悍、說起話來爽朗明快，感覺再也沒有比他更適合擔任學生會長的人選了。

學生會長面對麥克風，以遠遠望去也能看得一清二楚的大動作深吸了一口氣。然後沒有任何開場白，劈頭便大聲如此宣布：

「第四十二屆KANYA祭現在開始！」

瞬間，震動身體般的低沉音樂陣陣流瀉而出，呼應似地，千名神高生之間傳出嘈雜喧鬧的聲音。神山高中文化祭開幕表演開始了。

根據總務委員會發行的《KANYA祭指南》，開幕表演由霹靂街舞社來擔綱演出。丟臉的是，我從來沒有看過霹靂舞。舞蹈我懂，可是加上霹靂兩個字，感覺總有些可怕。希望那不是我以前不小心看到的，在舞台上四處破壞東西的表演就好了。

紅、黃、藍、綠四色燈光打在舞台上，眼花撩亂地動了起來。我介意光是從哪裡打上來的，抬頭一看，左右的狹窄通道上各有一人忙碌地操縱著投光器。如果那些狂舞的燈光動作是預先排演好的，我覺得動作真是熟練得讓人驚歎。那是即興演出還是預先決定，如果有機會詢問相關人員，我一定要問個清楚。

舞台兩側慢慢地噴出煙霧來。音樂瞬間停止，接著左右各有兩人飛快地跳了出來，就像要踢開煙霧一般。瞬間，音樂以震耳欲聾的音量重新開始。那是搖擺似的電子音樂。是在模擬宇宙的意象嗎？四名學生配合音樂開始跳動起來。

這就是叫做霹靂舞的舞蹈嗎？四個人頻頻做出上鎖似的動作，還有蛙式游泳般的手勢、踢踹的動作。節奏分明，充滿了躍動感。這可以用機械性來形容嗎？感覺有些無機質的動作的確充滿了不可思議的魅力。

哇，跳起來了！

哇，旋轉了！

哇，倒立了！

這次他們倒立著開始旋轉了。我覺得那樣摩擦會全部集中在頭頂，不會很燙嗎？頭頂的頭髮不會被磨斷嗎？真令人好奇。

然後舞蹈的節奏變快了。好快，好快，手腳是怎麼動的，幾乎只剩下印象了。太厲害了。曲子也一口氣進入高潮……唔唔，聲音大成這樣，耳朵聽得好痛。我不是很喜歡太大的聲音。

不久後，五光十色的聚光燈集中到舞台中央，四個人同時靜止，曲子結束了。掌聲響起。我也一起讚美霹靂街舞社的學生們。

曲子似乎要接著進入第二首。這次的旋律很像非洲部落的民族音樂。與剛才截然不同的音樂氛圍，讓我期待他們會展現什麼樣的舞蹈表演。而且我也想看舞蹈表演之後的落語研究社演出……可是不行。

注意到時，大概是要看店或準備活動的學生們三三兩兩地從門口離開了。我也悄悄地、不打擾霹靂街舞社表演地離開體育館。

我用比平常稍大的步幅匆匆經過走廊。不知是哪裡的社團，似乎來不及準備完成，正在教室門口裝飾金銀彩帶。他們的模樣實在太慌忙，我差點忍不住要自告奮勇幫忙。不行不行，現在我們古籍研究社自己也正處在危急關頭。

我在口中不停地練習該如何開口，往會議室走去。《KANYA祭指南》上說，總務委員會似乎設在會議室。

會議室在普通大樓的二樓。以通道與體育館相連的就是普通大樓，所以並不遠。很快地，我已經來到會議室前了。與其他教室樣式相同的拉門上貼了一張紙：「總務委員會」。我敲了敲門。

「……」

咦？

「請問有人在嗎？」

沒有反應。我轉動門把，但門上了鎖。

對了，仔細想想，我是從開幕表演途中溜出來的，總務委員會的人即使還沒有到也不奇怪。看來我來得太早了。

不能浪費時間的想法，似乎讓我有些操之過急了。這種時候最好做個深呼吸。深深地吸氣、吐氣。再一次，吸氣，吐氣。

我左右張望。總務委員會的人沒有要出現的樣子。

門旁的布告欄上貼著文化祭的宣傳海報，十分醒目。我在校內和街上看到許多版本的宣傳海報，但這張海報是我沒看過的。海報用摩耶花同學有時候會畫的漫畫式畫風，畫著正在準備文化祭的男女學生，不過人物造型可愛，身上的制服質感也很棒，我感覺得到極高的水準與練達。

若要說唯一令人不滿的地方，就是海報的標題是「第四十二屆KANYA祭」。神山高中文化祭的正式名稱是「神山高中文化祭」，而「KANYA祭」是意義不怎麼好的俗稱。至於意義怎麼個不好，有點難以說明。我在海報角落看到「學生會執行部」的文字，心想既然是執行部製作的正式海報，應該要避免KANYA祭這種俗稱才對。

看完海報後，我再次東張西望，仍然沒看見人來。唔，這下傷腦筋了。我該在這裡繼續等下去嗎？可是沒有多少時間可以浪費了。

不，愈是這種時候，愈該好好冷靜下來才對。我再一次深呼吸。深深地吸氣，深深地吐氣。……好，再一次……

「……有什麼事嗎？」

「哇！」

突然有人叫住正在進行天人合一深呼吸的我。我嚇一大跳，忍不住發出奇怪的叫聲。我慌亂地揮手，想要掩飾我沒在做什麼，然後向對我說話的人行禮。

「早安，請問是總務委員長田名邊學長嗎？」

我以前在壁報《神高月報》上看過這位學長的照片，所以他一定是田名邊總務委員長沒錯。他臉形細長，戴著一副樣式秀氣的眼鏡，配上剪得短短的髮型，給人一種認真老實的印象。田名邊學長顯得有些訝異，但彬彬有禮地向我回禮。

「哦，早安。我就是田名邊沒錯。……妳找總務委員會有事嗎？」

「是的。」

我點點頭，說出練習過一遍又一遍的台詞。

「請增加古籍研究社的賣場。」

「……什麼？」

田名邊學長睜圓了眼睛。啊，對了，我真是冒失。我這次小心翼翼、慢慢地提出請求：

「對不起，我忘了自我介紹。我是古籍研究社的社長，一年A班的千反田愛瑠。我想要拜託委員會，讓我們增加古籍研究社的賣場。」

田名邊學長皺起眉頭，露出極度為難的表情。我有些不安。

「我不曉得妳們是什麼情況……」

我覺得我說得很簡潔明瞭了呀？

「我們是依規定推動KANYA祭，所以就算妳突然要求增加賣場，我們也不能隨便答應……」

「……不行嗎？」

「不好意思。」

這樣啊。雖然非常遺憾，但既然委員會說不行，那也無可奈何。啊啊，摩耶花同學、福部同學、折木同學，真是對不起。千反田愛瑠沒能達成使命、鎩羽而歸。

我懂了，謝謝你——我想要好好道謝，以免失了禮數，聲音卻不由自主地變得好小好小。然後我尋思著接下來該怎麼辦，準備離開，此時田名邊學長叫住了我。

「啊，妳等一下。我剛才說的是原則，如果有什麼特別的理由，妳說來聽聽吧！雖然不能向妳保證一定能答應。」

理由。

……這麼說來，我好像完全沒有說明理由。以前折木同學就提醒過我，說我有時候太過於單刀直入了。我自己倒不怎麼覺得……或許我有點這樣的毛病吧！得反省才行。

總之我不能辜負了田名邊學長的好意，我把調轉方向的腳再次轉向田名邊學長。

說明來龍去脈。

說明前因後果。

原本應該只印三十本的印刷冊數變成兩百本，這說起來並非摩耶花同學的責任。發印單我也看過了，摩耶花同學確實是向印刷廠發印了三十本沒有錯。只是摩耶花同學同時還向印刷廠委託印刷兩百本個人的刊物。至於為什麼摩耶花同學需要個人發印多達兩百本的刊物，我不知道理由。問題在於摩耶花同學的刊物與《冰菓》的數量搞錯了。摩耶花同學說她犯了「檢查不周」的錯誤，可是誰能料想到這樣的情形呢？

我把這情況也告訴了田名邊學長。雖然有點複雜，但田名邊學長靜靜地聽我說完。

我說完後，田名邊學長的表情變得更為凝重了。

「真不得了呢。」

田名邊學長想了一下，慎重地接著說：

「兩百本啊！就算是漫研，也賣不掉那麼多本。嗯，我了解你們想要擴大賣場、多賣幾本的心情。我是很想幫忙啦……不過每個社團都有自己的難處，也不能破例只讓古籍研究社突然增設賣場……」

的確，印太多社刊完全是古籍研究社自己的問題。這我一開始就知道了，可是……

「還是不行嗎？」

田名邊學長微微點頭。……真遺憾。

可是我再一次道謝，這次真的要離開時，田名邊學長對著我的背影傳授了一個妙計：

「啊，可是如果妳們要把古籍研究社的社刊放在其他社團的賣場寄賣，我們是不會干涉的。」

啊，原來還有這樣的方法！我有種恍然大悟的感覺。的確，如果請既有的賣場讓我們寄賣社刊，就不算獨厚古籍研究社了。

「真是個好方法！」

我忍不住笑逐顏開。

「謝謝學長，我會好好考慮！」

我說道，深深地行禮。

……對了，剛才在地科教室討論的時候，福部同學說要去總務委員會拜託時，他要在一旁幫腔，可是他人是跑哪去了呢？

009—♣03

哇哈哈哈哈哈！

不、不行，嗨過頭了，莫名其妙都會被戳到笑點。就連冷靜想想好像不太及格的哏都可以笑到肚子痛。現在的話，連筷子掉到地上都可以讓我笑破肚皮吧！

講台上的兩個人我認識，都是落語研究社的（附帶一提，這完全是掛羊頭賣狗肉，神山高中的落語研究社根本不研究落語，而是表演漫才（註）和雙人搞笑。神高專門研究落語的社團嘛……我也不曉得有沒有）。

「哎呀，太久沒上高級餐廳、坐包廂吃壽司了，所以忍不住坐了好久。明明得快點趕回去，卻不小心就坐過時間了。」

「哦，然後呢？」

「然後我匆匆跳上車子準備趕回家，到這裡都還好，可是我老哥不曉得是怎麼了，一直不發車，放著引擎在那裡隆隆轉，淨是看著我怪笑。」

「你哥不是那個嗎？老實出了名的。」

「是啊是啊！所以我擔心起來，問說：哥，你怎麼還不快開車？時間要晚嘍，你在那兒傻笑個什麼勁呀？」

註：類似對口相聲的喜劇表演。

「哦哦，然後呢？」

「我老哥露出半哭半笑的表情說：『我腳麻到沒法踩煞車了，這樣你還是要我開嗎？』超危險的，對吧？」

「哎喲，那太危險啦！」

「所以我就說啦：既然踩得動油門，那就快走吧！」

「危險的是你吧！」

哇哈哈哈哈哈！

010—◆02

開幕表演的霹靂舞結束後，我決定離開體育館。離開前我回望沉浸在黑暗中的體育館，好像有約一半的學生留下來看表演。

其實想去古籍研究社的心情比較強烈。沒有仔細確認交給印刷廠的訂單，真的是個過失。我對這件事當然感到自責。可是我也有自知之明，我會想要去古籍研究社，有一半是因為我不想去漫研。

我不是討厭漫研。雖然入學前對漫畫研究社的期待沒能得到滿足，但現在這樣的漫研我也滿喜歡的。我可以自豪地說我熱愛漫畫，可是也不是說喜歡同樣東西的同好聚在一起，就能夠世界大同、毫無摩擦。

……還沒開始就心情沉重，這樣不好吧！我大概是太容易往壞的方向想了。可以用開襟罩衫和棉褲這種輕鬆的打扮在校內行走，即使只看這項特權，文化祭就應該是相當愉快的時光才對。

漫研的社辦位在普通大樓二樓的第一預備教室。與古籍研究社使用的地科教室相比，緊鄰普通教室的位置非常吃香。走廊上只放了寫著「漫畫研究社」的招牌，並沒有太招搖的氛圍。這是社長湯淺尚子學姊的方針。

拉門完全敞開，以迎接應該很快就會上門的顧客。

「早安。」

我不像小千那樣咬字清晰，所以會變成「砸安」似的發音。我覺得這也不是什麼特別的事，不過至今為止，不管是漫畫還是小說，我都還沒看過有人把一早的招呼寫成「砸安」。

「噢，伊原，妳來了。」

親暱地向我打招呼的是二年級的河內亞也子學姊。她個性積極，腦筋動得快，讀的作品很多，創作的水準也相當高，是漫研的中心人物。文化祭時漫研社員要——呃，角色扮演，也是河內學姊的主意。而河內學姊不愧是提案人，她在扮裝上費了很大的心力。

學姊穿著應該全是自行製作的中華服裝。不是旗袍，也不是中山裝，而是類似道教的道士穿的服裝。寬大的紫色長褲配上又大又蓬、直垂到腳邊的黃色袖子。袖子開岔，手可以從旁邊伸出來。身上的衣物是紅色的，但胸口的布料顏色不同。在原作裡，胸口應該是整個露出來的，但學姊似乎不打算忠於原作到那種地步。她頭上戴著朝上展開的帽子，有符咒從帽簷垂到右眼外側。腰上繫著黃色帶子，應該在背後綁了個大蝴蝶結。河內學姊本來就是短髮，眼神又銳利，身材中等，扮起那個角色頗為適合。

「是殭屍嗎？」

「官方說是中國幽靈。」

河內學姊從上到下打量我的打扮，看到我腳下踩著平常的校內拖鞋，說：

「鞋子也該下點工夫吧！」

然後她就去找其他人了。我的服裝一看就知道沒用半點心，可是學姊沒有對這件事說什麼。不過剛才氣氛似乎有那麼一點點緊繃。……因為直到最後都抗拒角色扮演的只有我一個人。

「啊，早。」

旁邊有人出聲，是湯淺社長。

社長穿著神山高中的水手制服，完全沒有角色扮演。不過本來要角色扮演的就只有留在社辦顧攤兼叫賣的五個人而已，社長不算在裡面。湯淺社長只大我一歲，卻有著大人般的寬容，也富有包容力。說得難聽點，她有時候彷彿腦袋空空，什麼也沒在想。我甚至覺得她這人很適合貓和日式簷廊。湯淺社長用她豐滿的臉上那雙雙眼皮大眼睛看了我的打扮一眼說：

「沒花什麼錢？」

「嗯，只有買皮帶而已。」

厚。

「如果有收據就給我吧。」

「不用了，平常也可以用，沒關係。」

社長微笑，沒有硬說要從社費出錢。雖然應該比古籍研究社多，但漫研的預算也不豐厚。

感覺距離客人正式上門還有一點時間。我看了看把桌子排成ㄩ字型的第一預備教室。漫研這次的吸睛焦點是社刊《世阿彌's》，裡面蒐集了古今漫畫一百本的評介。我問為什麼叫《世阿彌's》，社長說因為去年的社刊叫《觀阿彌's》（註）。那麼為什麼去年的社刊叫《觀阿彌's》，總覺得蠢到懶得問了。其他還有一些社員的作品，這些是免費贈送，不是用來賣的。如果想要賣刊物營利，去參加同人誌販賣會就好了。

「嗨！」

「早呦～」

隨著時間過去，漫研社員漸漸到齊了。

不需要角色扮演的社員裡，好像也有幾個自行扮裝過來了。近二十名的社員大致到齊後，自然就分成了幾個小團體。

一個是男生團體。其他學校怎麼樣我不曉得，但神高漫研的男生是少數族群。而且裡

註：觀阿彌與世阿彌父子是日本中世紀的猿樂師，兩人一同將傳統表演「猿樂」集大成，提升為藝術性的「能樂」。

面沒有半個會主動想要做什麼的傢伙，毫無氣概可言，是一群人畜無害的傢伙。

另一個是以河內學姊為中心的團體，人數不算多，但論到發言權，她們就是主流派了。角色扮演的社員大部分都聚集在角色扮演提倡者的河內學姊身邊。或許是在為接下來的生意競爭做準備，偶爾傳來吆喝打氣的聲音。

「好了，大家鼓足幹勁上吧！」

類似這樣。

然後第三個團體，是實在跟不上河內學姊步調的一群人。有些人只是單純地不喜歡吵鬧，也有些人對河內學姊的言談舉止感到說不上來的排斥。而那些人聚集的地方就是……

「欸，摩耶花，妳那是在扮誰？」

「摩耶花，零錢我放在這邊唷。」

「……啊，真想早點結束唷。」

不知為何，就是我身邊。

至於為什麼，大概是因為敢正面反對河內學姊的就只有我一個人吧！

氣氛並不緊繃，也沒有火花迸射。每個人都一樣喜歡漫畫。可是感覺這段期間我還是沒辦法從漫研脫身。而我能夠為古籍研究社做的，頂多只有請社長讓古籍研究社在漫研寄賣《冰菓》而已。如果可以在漫研寄賣《冰菓》，從知名度來看，應該可以賣個二十本左右吧！現在的氛圍有點難開口，我打算等氣氛變輕鬆一點再拜託，盡可能快一點。

古籍研究社。阿福他們在做什麼呢？會是誰在顧攤呢？

……啊，誰會顧攤，想都不用想。

肯定是懶鬼自告奮勇。

「請問已經開始賣了嗎？」

聽到聲音回頭一看，有兩個男生站在打開的門前。我露出做生意的微笑，也為了振奮自己，不必要地高聲大喊：

「歡迎光臨！第一號客人上門嘍！」

011—♠04

不出所料、一如預期，地科教室沒半個人上門。

寧靜、和平、無為。說到唯一的文化祭氛圍，就只有中庭對面的普通大樓傳來的細微喧鬧聲、宛如那殘渣般的嗡嗡聲。太棒了。顧店萬歲。

……一睜開閉上的眼睛，褐色的「書山」便映入眼簾。這太傷眼了。為了維護心靈平安，閉目養神是最好的。

當然，如果能夠處理掉這座山，是再好不過的。因為這些《冰菓》當中也收錄了我的稿子。或者說，將學年一開始發生的「冰菓」事件整理成文章的就是我，所以社刊《冰菓》中占了最大比例的也是我的稿子。

古籍研究社的活動目的不明，這個影響讓《冰菓》的內容也變得毫無章法。不用翻開我也記得，我和千反田寫了「冰菓」事件的來龍去脈，伊原寫了關於被奉為經典的漫畫的文章，里志則寫了有關古典悖論的笑話，權充專欄。

雖然我把它視為必要的事盡快解決掉了，但對於完成的稿子，也並非全無感情。如果可能，我不想看到文化祭結束後，這兩百本社刊淪為丟也不是、留也不是的棘手資源回收物的場面。

即使撇開我對社刊那不值一提的感情，想像千反田和伊原看到這些變成垃圾山的社刊會有什麼反應，也實在令人消沉。

所以就我來說，我非常期待千反田和里志的行動能有成果。我也不是全然不期望他們以我完全無法想像的方法成功地大加宣傳、大打廣告，讓地科教室人滿為患，使得看店的我無法在這兒貪安好逸。

可是現在還是沉浸在和平裡吧！委身於安逸中吧！閉著眼睛，那蕩漾般的淡淡睡意舒適極了。我趴到桌上。

音樂傳進耳朵。

而且是層次豐富的大合唱。

比起霹靂街舞社播放的電子音樂或民族音樂，這更合我的喜好。這是無伴奏合唱。那麼在唱的是無伴奏合唱社，地點是中庭吧！我慢慢撐起身體，走近窗邊。人聲音樂社大概是在熱身，他們一開始的合音就像招攬顧客的笛聲般，把學生們吸引到面對中庭的窗邊去。

五個穿著筆挺制服的學生排成一橫列。其中一人跨出一步，從中庭仰望周圍，朝著在窗邊觀賞的我們行了個禮。掌聲零星響起。他回到隊伍，開始引吭高歌。

一開始算是牛刀小試吧。傳來的歌聲是耳熟能詳的無伴奏合唱曲《獅子今晚睡著了》。

曼曼馬烏耶～

……唔，唱得真棒，可以說幾近完美吧。或許是幾近完美，但這首旋律安穩的歌曲聽在從剛才就一直與睡意嬉遊的我耳裡，無異於一首搖籃曲……

我倚在窗邊，一邊與愈來愈難抵擋的睡魔對抗、一邊想著其實睡著了也無所謂的時候，曲子結束了。熱烈的掌聲從普通大樓和專科大樓傾注在他們身上，我也醒了過來，拍了拍手。無伴奏合唱社的五人同時一鞠躬，圍住放在旁邊的人冰桶。一個人打開冰桶。遠遠地看不清楚，不過冰桶裡好像裝著保特瓶。第二首歌是要先補充水分之後再開始吧！

「……」

咦？

無伴奏合唱社的樣子怪怪的。有人指著冰桶不停地嚷嚷著什麼。其他人或搖頭、或看著冰桶裡面，反應相當古怪。出了什麼事嗎？

不過反正第二首歌不會馬上開始，也沒必要像這樣緊巴在窗邊等待。我離開窗戶，回到剛才的坐位，邊打哈欠，邊等待歌聲重新開始。

哈欠來到最高潮，下巴甚至拉到發疼時——

開著的門口出現了人影。噢噢，來了一個恐怖角色。來人一身破爛襯衫，用安全別針別著，手指和脖子上掛著銀飾品。龐克，有龐克人來了。雖然來人不曉得為什麼眼神提心吊膽的。他是來幹嘛的？我正自訝異，龐克人客客氣氣地問：

「請問，這裡是在做什麼？」

「沒做什麼。……喔，不對，我們販賣社刊。」

「社刊？」

龐克人的眼睛轉向堆積如山的《冰菓》。他直到剛才都沒有發現這座焦褐色的山是社刊。

「好多唷！」

「……有一些苦衷。本來不準備印這麼多的。」

「請給我一本。」

噢噢，是客人嗎？原來他是客人嗎？笑容，要熱情微笑。

「一本兩百。」

啊啊，一點都不親切。哎唷，突然教人一下子熱情起來，也未免太難了。

可是龐克人對我的態度一點都不以為意，掏出錢包。然後他不知為何，歉疚地邊行禮邊接過《冰菓》。他是太閒了嗎？我正這麼想著，龐克人的態度驟然丕變。

「咦，這個！」

怎麼啦怎麼啦？《冰菓》裡面夾了蟑螂嗎？

不對，龐克人是在看丟在《冰菓》山旁的垃圾——那支壞掉的鋼筆。龐克人就像捧起什麼寶貝似地，畢恭畢敬地把它拿起來。

「這支筆！這筆太棒了！」

對方突然在我面前激動起來，我也只好冷下去。我忘了直到剛才都還叫自己熱情相待，冷冷地說：

「那支垃圾怎麼了嗎？」

「啊，唷，不好意思。」

龐克人總算回過神來。

「我是服裝研究社的，我們正在舉辦服裝秀，可是我遺漏了可以搭配正式服裝的胸袋飾品了。基本上都是配白手帕，可是這次的主題是要跳脫既有概念，所以我想要一點變化。不過快沒時間了，我又想不到什麼好東西，真快煩惱死了。這支筆，喏，插在口袋裡，你不覺得很亮眼嗎？喏，很棒吧？我中意它。」

龐克人瞇著眼睛端詳著鋼筆，得意地笑個不停。唔，既然他那麼中意，能去到他身邊，那支筆也算是死得其所了吧！

「送你。」

「咦，真的要送我？」

龐克人說著，已經把它緊抱在懷裡了。

「那、那這個給你。」

龐克人摸摸口袋，掏出一個胸章。說是胸章，也是很簡單的東西，只是寫了號碼的塑膠牌背面用膠帶貼上安全別針而已。這是什麼？我納悶地看著，龐克人把它塞進我的手裡。

「這是我們服裝秀的貴賓入場牌。你帶著它來參觀吧。地點在服裝室。放心，我們會幫你做出最帥氣的造型搭配。說是服裝秀，也不用走台步幹嘛的，不用想太多，要來玩唷！拜拜！」

龐克人一股腦地說完，逃也似地跑掉了。不必慌成那樣，我也不會把筆討回來。不，他是想要盡快拿去跟他的什麼正式服裝搭配吧！

我俯視手中的胸章。總之龐克人的意思就是帶著這個胸章去服裝研究社的會場，就可以擔任模特兒嗎？

誰要啊？我把它扔進書桌裡。

……不過算了，他怎麼說都是值得紀念的第一號客人。兩百本社刊裡，考慮到現況，古籍研究社社員一人領兩本，再加上給顧問老師和保存用的兩本，已經先扣除了十本，所以這下總共還剩下一百八十九本。

非常好。我感到滿足，再次打起哈欠，此時無伴奏合唱社的歌聲又開始了。這次傳來的是快節奏的流行歌。很好，這種歌就不像搖籃曲了。

【剩餘一百八十九本】

012—♥03

六首歌，每一首都精采絕倫。我熱烈地向無伴奏合唱社的社員們獻上掌聲，拍得手都痛了。

聲音會那麼悠揚地回響，與他們在校舍環繞的中庭歌唱一定也有關係。無伴奏合唱社的成員是不是事前在各處排練，才找到音效最好的地點呢？這讓我有些好奇。

我無比滿足地離開窗邊。然後不經意地望向手表。

……咦？

已、已經這麼晚了？都快十二點了。怎麼不知不覺就這個時間了？太糟糕了，一碰上感興趣的事情就停下腳步，這樣豈不是一點都沒辦法達成使命嗎？

我懷著堅定的決心，離開窗邊。

再次往走廊一看，走廊上掛著開運同好會神祕的布簾、福部同學說他竭盡心力製作的手工藝社招牌、攝影社構圖耐人尋味的海報……

啊啊，怎麼不讓我撿到一副只能看到前方的眼鏡呢？

2—2　013～019　猜謎大挑戰

013—♣04

神山高中猜謎研究社主辦，猜謎大挑戰……這是神山市內規模最大的猜謎大賽！

不過也只是因為沒聽說這鎮上還有其他猜謎大賽罷了。

這場猜謎大賽是我第一天的重頭戲，絕對不能錯過。讓我來讓眾人見識見識誰才是真正的資料庫吧！

話說回來，真嚇到我了。老實說，我沒料到會有這麼多人參加。這有沒有兩百人啊？雖然也有幾個一般民眾，不過幾乎都是神高生。這麼說的話，實際動員率高達百分之二十！太羨慕了，能不能各分個一百人給手工藝社跟古籍研究社呢？

這裡是操場一隅，司令台前。聲音嘈雜不絕。

「……結束後要不要去銅管樂社那邊看看？……」

「……電研怎麼樣？希望片子不要太冷門……」

「……真的假的？哈哈哈，那也太慘了吧……」

「……所以嘍，真的會覺得你夠了唷……」

不過會有這麼多人參加，理由我大概可以猜到。我才不相信這兩百人從昨晚開始就摩拳擦掌、迫不及待要參加猜謎大挑戰。這都是宣傳效果。

午餐時間，十二點半起就是全校廣播。廣播社模仿電台節目，以輕快的流行音樂開始，將神山高中文化祭最新最熱門的話題即時帶給每一位聽眾。其中花了大概十五分鐘訪問了謎研社長。內容就像這樣：

「今年是第七屆舉辦。哦，我們準備了相當不錯的獎品，問題的分配應該也不會對所謂『擅長猜謎遊戲的人』特別有利。而且這是理所當然的，雖然是猜謎大賽，但猜謎研究社的社員不會參賽唷。說真的，我覺得這是個大好機會呢！我們希望有更多人來參加。……而且啊，比賽時間正好是在午餐後，在操場的○和×之間跑來跑去，應該非常有助消化唷。」

多吸引人的宣傳詞啊——我不禁有些佩服起來。而且這是全校廣播，多少應該會有效果，沒想到豈止是「多少」而已，除了來湊熱鬧的人以外，光是參加者大概就有兩百人（這是目測數字，或許估得有點多，不過絕對不下一百人）。

而且不能忘了，壁報社也提到了謎研。文化祭期間，壁報社每隔兩小時就會貼出一次號外。在《第一天十二點號外》裡，有篇報導提到謎研的活動應該會很有趣。這些號外會張貼在全校的布告欄上，宣傳效果不容小覷。

為了古籍研究社的宣傳策略，最好記住廣播社和壁報社的影響力。晚點再告訴千反田吧。

不過不管怎麼樣，那都是之後的事。現在要全神貫注在猜謎大挑戰上。這可是爭奪排名的第一場機會。我能夠像這樣毫無顧忌地參加喜歡的活動，也是因為有宣傳古籍研究社這個名目。而且雖然這樣說好像有點不夠意思，不過古籍研究社的社員裡面，有希望在猜謎大賽中獲勝的只有我一個而已。我可不能輕易落敗。

謎研社社長走上司令台。沒看過的面孔。這神山高中裡居然有我不認識的學生，看來他不屬於奇人、怪人一類。他的手中拿的不是擴音器，而是麥克風。揚聲器發出一小段

「嘎嘎」的噪音後，謎研社社長開始致詞了。歡迎參加猜謎大挑戰。看到這麼多人踴躍參加，真令我吃驚。今年的猜謎大挑戰是第七屆，規模應該是歷年最大的一次吧……諸如此類。接著——

「那麼我們立刻開始吧！首先是預賽的○×謎題，左邊是圈，右邊是叉。我們的社員會舉牌指示，請不要弄錯邊了。參加者剩下五人以下，或是我們準備的謎題用完，預賽就宣告結束。限制時間十五秒。好了，那麼猜謎大挑戰7，現在正式開始！」

社長說完後，把麥克風遞給中途上台的女生，走下司令台。我見狀鬆了一口氣。因為那個社長有點口齒不清。女生接下麥克風，看著拿在手上的記事本，以清亮的咬字說：

「第一題！金剛石就是鑽石，綠柱玉就是綠寶石。圈還是叉！」

哈哈，第一題而已，所以這麼簡單嗎？

當然是正確（如果是「綠柱石」的話，化學結構中一樣含有aquamarine，但「綠柱玉」指的就是綠寶石）！

014—◆03

比想像中的還要閒。

會這麼感覺，應該是因為我已經習慣同人誌販售會的調調了。現在不是販售會，是文化祭。來的不全是對動漫有興趣的人，所以或許就是這樣吧。我回想起去年還是國中生的時候，跟阿福一起來的情況。……嗯，當時人也沒有多少。在校舍角落的暗處發現那個寶物時，我記得四下沒有其他人。

不過確實有很多社員閒得沒事做。那種閒得發慌的感覺，讓社裡的氣氛變得有些緊繃。……感覺還是沒辦法提出寄賣的要求。

忽然間，顧客的人潮中斷了，社辦安靜下來，揚聲器的聲音遠遠地傳來。普通大樓的這間教室因為中間隔著中庭和專科大樓，聽不清楚操場擴音器的聲音。

「摩耶花，怎麼了？」

在一旁顧攤的女生問我。

「嗯，操場好像有聲音。」

「哦，一定是謎研啦！」

這麼說來，廣播好像有提到。猜謎大賽啊。那阿福絕對會去參加吧。我留意去聽，聽出揚聲器的聲音正在讀問題。

「……題！日文『darui』（發懶）的語源，是來自於英文的『dull』（遲鈍），是圈……！……叉！」

咦？

想都沒想過。好怪的問題唷。如果是○×問題，目的大概是要淘汰參加者，所以可以加入一些只能憑直覺來回答的問題吧。

旁邊的女生好像也在聽，她笑著小聲對我說：

「妳覺得是對還是錯？」

「唔……」

我記得日文「saboru」（蹺課）的語源是法文「sabotage」（罷工）。那麼說「darui」（發懶）是因為看起來「dull」（遲鈍），好像也可以通。我也小聲回答：

「是對吧？」

015——♣05

十五秒的限制時間過去，〇區與×區的分界繩舉起來了。左右張望，〇區有五人，×區有四人。既然〇×猜謎是預賽，那麼這大概是最後一個問題了。

「答案是……………………」

司令台上的主持小姐十足吊人胃口。

「……………」

喂，妳也拖太久了吧！

「………叉！預賽結束！」

耶！（我不知道「darui」的語源是什麼。可是既然「darui」有漢字，就可以猜到它八成不是外來語）隨著一題題發問，主持小姐也愈來愈興奮，幾乎是用手舞足蹈的動作指示著我們說：

「恭喜，現在站在×區的四位參加者通過預賽了！在進行決賽之前，請上司令台來！」

噢，宣傳良機。我等於是為了這個機會才參賽的。我匆匆往司令台走去，這時有人從背後拍我的肩膀。

「喲，福部，沒想到你也留下來了。」

這麼出聲叫我的是……

……等一下，我快想起來了。我知道，我知道這個人是誰。我姑且先驕傲地挺胸說：

「是啊！」

「你完全沒注意到我吧？」

「哈哈，我全神貫注在猜謎嘛！」

是誰去了？是誰去了？應該是跟我同年級的。

不是總務委員，也不是手工藝社社員，那麼就是同班同學。不過班上值得矚目的就只有十文字同學一個人而已。

不，對了，我總算想起來了。嗯，錯不了。我的人名記憶力果然不差。

「那麼谷同學，圍棋社那邊怎麼樣了？」

谷惟之，圍棋社社員。只有圍棋社社員這一點算是特色，讓我勉強記住了他的名字。在班上碰到時，我們會像這樣熱絡地聊天，可是其實他屬於那類臉和名字連不太起來、維持若即若離關係的眾多「熟人」之一。重新打量，他身材魁梧、臉型方正、蒜頭鼻，長相頗有特色。然而我對他卻幾乎沒有印象，表示他過去的表現沒有任何特出之處吧。

我喜歡有意外性的人。比方說千反田同學我就很有興趣，進了神高以後的奉太郎也讓我驚喜連連。如果沒有意外性，不管是長相有意思還是參加的社團有意思，我都很難記住那個人的名字。

可是谷同學像這樣通過了猜謎大挑戰的預賽。問題並非全都很容易。原來如此，看來谷同學沒有我以為的那麼穩健取向。他似乎在知識量或運氣的其中一項有過人之處。

谷同學毫不掩飾他得意的神情。

「你說圍棋社嗎？圍棋社發生了一件好玩的事，你要聽嗎？」

好玩的事啊。雖說印象多少有些改變，但谷同學看起來實在不像能提供什麼好玩的話題。我不是很感興趣。

「請上台！」

此時催促聲再次響起。差點忘了，沒錯，寶貴的宣傳機會到來了。我用手勢向谷同學比比司令台，示意「走吧」。

走上司令台的有三個男生，一個女生。看到這些人，我鬆了一口氣。除了谷同學外的兩個人我都不認識。萬一決賽碰上「女帝」入須冬實學姊、總務委員長田名邊治朗學長，還是「圖書館的新館主」十文字香穗，我可能會未戰先降、直接認命了。我的知識量或許和他們不相上下，但總覺得不可能贏得過那些人。這部分的抗壓性之差，也是我不得不屈於資料庫的理由所在。

包括谷同學在內的三人在主持小姐詢問下報上姓名和班級。終於輪到我了。主持小姐重新握好麥克風，維持著滿面笑容說：

「接下來是第四名決賽參加者！那麼請報上您的班級與姓名！」

我咳了一聲，朝著兩百名參加者及應該正在聆聽揚聲器聲音的校內數百人驕傲地說：

「我是古籍研究社的福部里志！」

「什麼？」

「古籍研究社。研究古籍的，古籍研究社！」

主持小姐瞬間似乎愣了一下。如果是會被意料之外的反應嚇到的人，那就要冷場了──正當我這麼擔心的時候，她很快地用力點頭說：

「這樣啊！還有叫古籍研究社的社團是吧？這所學校有很多怪社團嘛！」

嗯，這發展不錯。我唯一提醒自己的就是不要說得太快，其餘就任由話語自然脫口而出。即使是信口開河，能把想說的話表達得淋漓盡致，可說是我為數不多的武器之一。我雀躍地說著：

「說是研究古籍，也不是在研究《徒然草》（註）什麼的。至於古籍研究社都做些什麼，好玩的是，我們自己也不是很清楚。因為這個社團原本社員已經歸零，後來又因為我們的加入，大逆轉而起死回生了。不過我們唯一知道的是這個社團會製作社刊，所以想說既然如此，就編了一部社刊出來。然後呢，這份社刊我們卯足了全力，精采到連我們自己都覺得可怕唷！」

註：日本鎌倉時代的隨筆名著，吉田兼好法師著，為日本高中生古典文學課程所必修。

016—♠05

「連我們自己都覺得可怕唷！」

唷，是啊！

主要是量的方面。

【剩餘一百八十五本】

017—♣06

「因為它揭露了這場KANYA祭的重大祕密！」

「呃、哦，怎麼說呢？」

主持小姐受吸引般的應和，應該不全是裝出來的。那當然了，既然是謎研的社員，只要聽到「這裡有你不知道的知識」，豈有不上鉤的道理（噢，這百分之百不是揶揄，因為我自己也具備『謎研社社員素質』，感同身受罷了）？我滿懷自信地大聲說：

「祕密就在於KANYA祭這個名稱本身！我要聲明，KANYA祭可不是把神山高中文化祭簡稱，變成KANYA祭這麼單純而已。古籍研究社解開了它的由來之謎！」

「咦，然後呢？」

「至於謎底……」

我賣了一下關子。

「當然是祕密！因為我們希望各位可以來購買我們的社刊。放心，一本只要兩百圓，便宜到家！只要花個少少兩百圓，您就可以掌握到神山高中文化祭三十三年來的重大祕密！古籍研究社的社刊《冰菓》，現正於專科大樓四樓的地科教室好評發售中！」

然後我強而有力地揮起右拳，左右睥睨群眾。

是不是有點努力過頭了？一瞬間我不安起來……

可是底下接著就爆出熱烈的掌聲與歡呼。不出所料，就跟開場時的我一樣。大家對活動的感受性愈來愈高了。只要稍微推個一把，就會馬上跟著一起嗨。宣傳成功！

我維持著舉拳姿勢，感動嗚咽了一會兒。

猜謎大賽怎麼樣已經不重要了。

018—♥04

「……地科教室好評發售中！」

咦咦，獲得好評嗎？

我都不曉得。

真令人開心。好像對未來湧出了希望。

操場那裡隱約傳來參加者沸騰般的歡呼聲。福部同學的說詞似乎多少感動了大家。後面好像還有一段對話，接著是格外響亮的聲音，宣布猜謎大賽決賽開始。福部同學，請你加油。我在心中祝他好運。

我也不能認輸。

我想過，請其他社團讓我們寄賣這個方法確實有效。可是即使請其他社團讓我們寄賣《冰菓》，光是這樣也無法增加《冰菓》的魅力。擴大賣場當然也是個必須設法的問題，但提升《冰菓》的魅力，應該也是個刻不容緩的重要課題。

我用著午餐，細細地尋思著。以我們家的情形為例，我們收穫的稻米，銷售途徑大致上都是固定的。即使能夠擴大銷售途徑，如果品質與官方的米糧相去無幾，就無法期待會有更多的客人願意購買。

因為稻米說起來是有些生產過剩的作物。就像社刊對大家來說並非不可或缺的商品，與古籍研究社現在的狀況相當類似。

為了讓更多的顧客購買，還是只有提供更好的稻米一途。在這個「好」當中，除了「美味」、「安全」這些基準外，應該也有「便宜」這個基準吧。

但是我們的《冰菓》已經完成了。我自認我們已經竭盡全力使它達到最佳品質，而且事到如今也無法再對它進行任何更動了。完成之後還能夠更動的部分，首先我想到的是「便宜」這個基準。不過這部分考量到收支平衡，如果可能，我不想再做變更。

因此我想到了。只要在「名氣」這個基準上讓我們的《冰菓》變得更「好」就行了。

就在這個時候，我看到了壁報《神高月報》的號外。仔細閱讀後，發現這份號外似乎不間斷地發行，每兩小時就刊出一期。如果可以請他們介紹我們的《冰菓》，就可以讓大家認識我們的《冰菓》了。幸而我認識壁報社的社長。我知道只是認識，就是一項極為有利的武器。

所以用完有些遲的午飯後，我就出發尋找壁報社的社長，然而……

「啊，千反田同學，要不要過來參觀一下？」

啊，不好意思，我有急事。

「來唷來唷，魔術社第二場公演，再五分鐘就開演嘍！」

……啊！哎呀，我得去壁報社才行。真讓人捨不得。

「你去看了2—F的電影嗎？」

「哦，看了看了，滿不錯的耶！」

嗚嗚。

這些文化祭的裝飾、人們熱鬧的談論，都深深地迷惑了我的心緒。這種時候，折木同學那對任何事都不為所動的精神力，真教我羨慕極了。

即使如此，我總算是來到了專科大樓三樓的生物教室。這裡面的教室——生物教具室，就是壁報社的社辦。可是壁報社的社員不是在教具室，而是在教室放了一大堆的筆、剪刀、漿糊、拋棄式相機工作。總共有四個人。他們圍繞在大桌子旁，可能是現在不忙，正和樂融融地談笑風生。其中一個人——與我認識的遠垣內將司學長注意到我，站起來迎接我。

我在女生當中個子算是高的，但與遠垣內學長面對面，還是得稍微仰望才行。遠垣內學長的父親與家父是至交，所以我才會認識學長，不過我們一直到今年七月初才第一次說話。

遠垣內學長笑咪咪地向我打招呼：

「嗨，妳好。」

我行禮之後，為了不重蹈剛才對田名邊學長冒失的覆轍，小心翼翼地開口說：

「你好，遠垣內學長。我想請壁報社報導古籍研究社，不知道可不可以？」

可是遠垣內學長也一樣睜圓了眼睛。我說了什麼不該說的話嗎？我急忙回想剛才說的內容，卻想不到有什麼冒犯之處。

啊。……我又忘了說明理由。

遠垣內學長回望了其他社員一眼，重新轉向我，壓低了聲音說：

「……該怎麼說，妳突然這樣跑來，我也很為難啊。」

「對不起，我應該事先預約嗎？」

「呃，不是那個意思啦。」

遠垣內學長搔了搔太陽穴。

「其實我已經不是壁報社的了。」

「咦？」

「我三年級，退休了。」

啊！

哇，我這人怎麼這麼少根筋呢？平常我不是這樣的。沒錯，我都忘了學長三年級了。

「對、對不起！」

「啊，也用不著道歉啦……」

好半晌之間，我因為失去門路而傷心不已，可是我立刻就想到了別的好方法。既然遠垣內學長退休了，只要這麼做就行了。

「那麼可以請學長介紹學弟妹給我嗎？我有事想要拜託。」

可是據我看來，遠垣內學長似乎更加困惑了。

「唔，介紹是沒問題，可是不好意思，我想妳會白費工夫。」

「白費工夫？」

「我們每兩小時會出一期號外，但內容已經事先決定好了。現在要臨時插進古籍研究社的報導，我覺得有點難。」

原來是這樣。的確，我本來也很好奇要怎麼樣才能每兩個小時就推出新的壁報，沒想到原來是事先就已經準備好預定稿了。我感到佩服，可是……

「真的不可能嗎？」

我的聲音變得消沉不已。

「也不是不可能啦。如果是第二天中午左右的期數，版面應該預留了空白，也不是辦不到吧。可是……」

遠垣內學長的表情似乎有些板了起來。

「不能說妳要求刊登，我們就幫妳登呀。KANYA祭有五十個以上的團體參加，我們沒辦法全部介紹，而且如果要介紹，也會以值得矚目的團體為優先。這麼說好像有點難聽，可是古籍研究社我記得只有推出社刊吧？」

好嚴厲的指摘。若說古籍研究社只有推出社刊，也的確如此。

「可、可是社刊內容……」

「論內容，每個社團都全力以赴。如果有什麼可以吸引眾人的話題，反倒是我們求之不得，想要搶著採訪呢！」

話題，我們沒有這樣的東西。

剛才福部同學特別強調《冰菓》揭露了KANYA祭的語源。可是遠垣內學長才提到每個社團準備的內容都竭盡全力。若說我們的《冰菓》除了內容以外，還有什麼值得注目的地方……

太遺憾了。我無顏去見折木同學、福部同學和摩耶花同學。我似乎又沒能達成使命了。

「……這樣啊。占用了學長的時間，真對不起……」

遠垣內學長鼓勵我說：

「如果發現什麼好玩的特色，妳可以再來一次。或許我可以幫妳。」

我點點頭，但或許我的動作已經變得有氣無力了。

處處碰壁，整個人會愈來愈沒力，我想也是無可奈何之事。可是如果表現得太無精打采，會讓人看笑話，所以我努力像平常那樣行走。可是失望還是表現出來了吧。我在裝飾得琳瑯滿目的走廊上走著，茫茫然不知何去何從，突然有人叫住了我。

「愛瑠，妳怎麼了？看妳一臉消沉。」

抬頭一看，上樓梯的地方設了一個像是小帳篷的東西。那與其說是帳篷，更讓人聯想到印第安人居住的「梯皮」。聲音好像是從梯皮裡面傳出來的，我悄悄地探頭窺看裡面。

「妳的肩膀都垮下來了。怎麼了嗎？」

梯皮裡擺著一組教室平常用的課桌椅。坐在椅子上的是與我要好的同學。我向她微笑。

「出了一點事……」

「這樣啊。」

她微微側頭，然後露出一抹微笑，輕輕撫摸擺在綢巾上晶瑩剔透的水晶球。

「要不要來占卜一下？」

這位同學名叫十文字香穗。神山市裡有一座非常古老的神社叫荒楠神社，香穗同學就是這座神社家的女兒。千反田家在春秋祭典時祭祀的並非荒楠神社，但因為一些緣分，我和香穗同學非常要好。她留著一頭飄逸的長髮、戴一副小小的眼鏡，很引人注目，是個魅力獨具的女生。而且她給人一種成熟穩重的印象，我很欣賞。

香穗同學從小就非常喜愛圖書館，博學多聞，知道許多我不曉得的知識。知道她也參加社團的時候，我相當吃驚。因為香穗同學這個人有一點孤僻。

「占卜？」

「嗯，我是占卜研究社的。」

「其他社員呢？」

我問，香穗同學露出有些自嘲的笑容：

「占卜研究社只有我一個人。」

「咦，真意外。感覺占卜研究社應該很受歡迎呀？」

「學校還有另一個開運同好會。那邊就很受歡迎。」

這麼說來，我好像看到了開運同好會的招牌。

「那麼妳要不要占卜？」

香穗同學說著，把各種東西接連擺到桌上來。

「如果不喜歡水晶球，筮竹或紙牌占卜怎麼樣？雖然都只是模仿罷了。比較特殊的有咖啡占卜，對了，還有不可或缺的塔羅牌……」

香穗同學從腳邊的紙袋陸續拿出提到的道具，說到這裡，手卻忽然停了下來。

「啊，塔羅牌不行。」

「咦，為什麼？」

香穗同學難得口氣顯得苦澀，這勾起了我的好奇。而且之前暑假時，塔羅牌曾經成為古籍研究社的話題，所以我正想如果要占卜，就要選塔羅牌呢。

香穗同學瞥了我的表情一眼說：

「……對了，愛瑠或許會喜歡這種事。妳要看看嗎？」

香穗同學從紙袋裡面取出一張問候卡。看到她遞過來的卡片，我立刻被吸引過去。問候卡上用相當大的字體寫著如下的內容：

占卜研究社　已失去命運之輪

十文字

「這是什麼……？」

「我是一個人擺攤，經常離開座位。之前我稍微離開，回來一看，塔羅牌裡面的『命運之輪』就不見了。然後桌上擺了這張卡片。」

是被偷走了嗎？可是這最後的署名……

「可是上面寫著『十文字』。」

「不曉得是什麼意思呢。是在指我嗎？」

十文字家有兩個孩子，可是現在就讀這所神高的只有十文字香穗同學，而且我也沒聽說這個鎮上還有其他姓十文字的人家。也就是說，雖然是推測，但這所神山高中裡面，說到十文字，指的就是香穗同學。冒用香穗同學的名義偷走香穗同學的東西，這太不可思議了。

真是件怪事。我提出我最感到好奇的問題：

「那麼找到那張牌了嗎？」

香穗同學苦笑：

「如果找到了，我就不會說不能選塔羅牌了。」

啊，說的也是。

「真令人擔心。」

「嗯。雖然是便宜貨，但畢竟是占卜用的道具，不希望被人簡慢地對待。」

接著香穗同學說道「可是」，從口袋取出一張異於剛才的問候卡的小便條紙。

「我是不怎麼擔心，可是留下這種東西，究竟是在想什麼呢？」

那是一張從便條紙上撕下來的紙，紙上潦草地寫著「文化祭結束後當即奉還」。……

以小偷而言，這真的很奇特。我開始覺得好玩起來。香穗同學對著這樣的我笑了。

「妳的表情變開朗了。」

「真的嗎？」

「妳覺得好奇嗎？」

我歪起頭來。

「……是的，有一點。」

「有一點啊。那麼最後再給妳看一樣東西。」

從紙袋裡拿出來的，是我也有的東西──《KANYA祭指南》，神山高中文化祭的導覽手冊。我盯著擺在水晶球旁邊的那本冊子問：

「這有什麼特別的地方嗎？」

香穗同學搖了搖頭說：

「內容跟大家手上的一樣。不過這本導覽手冊跟那張卡片擺在一起，翻到最後參加團體一行感言的那一頁。」

說到參加團體一行感言，是這份導覽手冊的最後單元。這個單元用了幾頁的篇幅，讓參加這場文化祭的團體寫下一行文字做為宣傳。

我覺得那部分並沒有什麼特別奇怪的內容。

「……這有什麼意義嗎？」

香穗同學冷笑著聳聳肩說：

「不曉得。文化祭嘛，有人會想出什麼怪點子都不奇怪。至於我，只要我的『命運之輪』平安回來，其餘的我都沒興趣。」

019—♣07

決賽的規則是搶答，先拿下七分的人獲勝。

雖然勝負不重要，不過我這人唯一可以大顯身手的場面，就只有運用身為資料庫這個特色的時候了。不鼓足幹勁拚下去就太可惜了。

謎研的社長在校內廣播節目中說「題目不會對『擅長猜謎』的人特別有利」，感覺他所言屬實。除了演藝、體育、社會情勢、流行這些一般猜謎會出的問題以外，還有當地色彩濃厚的問題，與高中生本分的學業相關的問題也占了不少比例。當地問題我倒是頗拿手，可是學業問題就……這實在難以啟齒。碰上要講出解題公式的問題，我的手動都沒法動一下，連自己都覺得窩囊。受不了，我這一路上是怎麼克服數學考試的？

四人當中，有三個人拿到六分了。我、谷同學和女學生這三個人（谷同學對於古怪的問題按乓不動，但對基本題的反應卻非常迅速）。剩下的一個人也拿了五分，算是一場激戰。觀眾應該也感覺值回票價吧。對謎研來說，活動可以算是大成功。

可是就讓我來畫下句點吧。這一分我拿定了！

「……那麼下一題。神山高中的——」

當地問題嗎？全神貫注……

「學生會長的全名……」

我知道答案，可是等一下，這可能是陷阱。常見的陷阱手法是後面還接著「……的全名叫某某，那麼校長的全名叫什麼」。

「請回答！」

好，電光石火、迅雷不及掩耳地按下！燈光亮起——

「好，清水同學！」

咦？不是我？

清水同學，也就是已經聽牌的女學生以沉穩的聲音回答：

「陸山宗芳。」

「…………」

主持小姐，不必賣關子了，就是那個名字沒錯。

主持小姐吊足了眾人胃口後，跳也似地高高舉起右手宣布：

「正確回答！猜謎大挑戰７，冠軍是三年E班的清水紀子同學！」

哈哈，哎，遺憾遺憾。

能拿到獎品的只有冠軍。清水紀子同學（她對考驗古怪雜學的問題也能氣定神閒地回答出來，很有意思的一個人。把她的名字記下來吧）拿到的獎品也用包裝紙包著，不曉得是什麼東西。不是我輸不起，但是我對獎品沒半點興趣。

以掌聲表揚冠軍的頒獎典禮結束後，猜謎大挑戰在謎研社長的致詞中結束了。觀眾散去，三三兩兩地回到校園裡。嗯，滿好玩的。這段時間成功宣傳了古籍研究社，我應該感到滿足。好了，接下來該去哪裡參觀呢？我笑容滿面地就要折回去的時候，有人叫住了我。

「喂，福部。」

是谷同學。我笑呵呵地向他舉手：

「嗨，咱們倆都好可惜呢。」

「就是啊，算是平分秋色吧。」

平分秋色？我又沒把谷同學當成對手……唔，算了。

「是啊。」

我這麼應道。

「那麼你找我有什麼事嗎？」

「我想到決賽前說到一半的趣事還沒有講完。」

這麼說來，他好像提過這麼一件事。我都快忘了。我應該沒有表現出想知道的樣子，也就是說，是谷同學想要找人說說。反正也不會少塊肉，就聽聽他怎麼說吧！

「對耶，你說圍棋社出了什麼事？」

谷同學滿意地點點頭：

「噢，有幾顆棋子被偷了。」

「什麼？」

就這樣唷？——這是我的感想。

「不是不見了，而是被偷了，你怎麼能斷定是被偷的？」

「棋盒裡面放了犯罪聲明。」

谷同學說道，接著怪笑了一下說：

「上面寫著『圍棋社的圍棋我拿走了』什麼的。更好玩的是，其實我們並不曉得棋子是不是真的被偷了。因為棋盒裡面的棋子並不會全部用到，就算有人拿走一、兩顆，甚至十幾顆，也不會有人發現。」

「偷那種東西要做什麼呢？」

「當然是要拿去玩五子棋吧！」

谷同學覺得滑稽地說道。我覺得這笑話不怎麼高明，但還是奉陪地跟著笑了一下。如果「有趣的事」就只有這樣，應該也不值得特地把人叫住吧。我收起了笑，冷淡地說：

「應該是圍棋社其他的社員惡作劇吧？」

谷同學或許是對我不當一回事而感到不滿，音調變沉了一些說：

「唔，或許吧。」

「嗯，那我先走了。」

「啊，等一下等一下。」

我停下就要往前挪的腳。谷同學露出有些僵硬的笑臉說：

「福部，你接下來還打算繼續參加比賽活動嗎？」

「……是啊！」

我點點頭，結果谷同學把右手微微伸向我說：

「我不能輸給你。就這樣平手我不甘心。咱們一決勝負吧！」

……我窮於回答。

谷同學不曉得怎麼解釋這段沉默，以及我總是掛在臉上的曖昧笑容，心滿意足地問道：

「好，你接下來要參加什麼比賽？」

我一時之間不知該如何回答，只好普通地應道：

「……明天的御料理研的活動吧。」

「ＯＫ。那麼這場比賽的勝負，就留到那時候做個了結吧！我很期待！」

谷同學與匆匆地說完，揮著手離開了。

哎，這下子麻煩了。

一決勝負啊！我想都沒想過。谷同學能不能稱心如意，又不關我的事。

我的確享受著許許多多的事。因為太多事都太好玩了，好玩到甚至讓我被奉太郎白眼看待。

可是在享受的時候，我重視的是個人的體驗。我喜歡把享受這個行為純粹還原為傳達者與接受者的關係。所以無論是對夏洛克．福爾摩斯或對本草學的興趣，我都不會想要和我最要好的朋友（嗚哇，這樣寫出來還真丟人，可是實際上我第一個想到的就是奉太郎，沒辦法）奉太郎或出色的摩耶花一起分享。

喜歡、覺得有趣、樂在其中，我覺得都是非常細膩的事。若要比喻，這就像專收私人鍾愛作品的書架。擺給別人看的、陳列參考書或消遣用小說的書架也就罷了，但藏在房間角落的書架內容，我是不會想要秀給別人看的（如果摩耶花說她無論如何都想看，或許我會考慮，可是摩耶花才不會說那種話）。就像這樣，我想要在與傳達者一對一的關係中，靜靜地升起對對方的期待，悠然自適地倘佯其中。

而居然有人闖入我這種冒牌享樂主義之中，要求「一決勝負」！

噯，真是個不解風情的大老粗。

算了，這是小問題。我一點都不打算配合。谷同學要參加我參加的活動，仔細想想，是他的自由。

我從一眨眼就變得一片空蕩的操場悠哉地踱回校舍。

附帶一提，獨自享樂與擔心朋友是完全兩碼子事。

奉太郎怎麼了呢？

摩耶花乖乖地在顧攤嗎？

2－3　020～022　又一個風暴

020—◆04

我本來想要乖乖顧攤的。

我一點都不打算引發爭執的。

整件事肇因於在沒有客人上門的幾分鐘之間，河內學姊向湯淺社長這麼說：

「噯，我看啊，走低調路線才是失敗的主因吧。根本沒人上門嘛。喏，現在還不遲，改變一下作風吧。打出特色來，反正大家這麼閒，畫張海報也花不了多少工夫。」

我不認為客人有河內學姊說的那麼少，社刊也賣得不錯。可是確實再怎麼放寬標準，也稱不上是門庭若市。畫張角色海報炒熱氣氛這個點子，我並不反對。這總比扮演服裝更曝露的角色來吸引男學生目光的點子要好上一萬倍。

不過讓我有些看不順眼的，是河內學姊的跟班們看到她質疑社長，也開始跟著包圍社長了。總覺得有點像是在群起圍攻。湯淺社長雖然溫和地笑著，但內心是做何想法呢？

「嗯，可是是大家一起決定要走這種路線的……」

「說是大家決定，也不是多數決吧？而且啊，這社刊也太奇怪了。什麼漫畫一百本評介，太枯燥了啦，這種東西誰要看啊？我就說要多一點同人作品嘛。」

如果要出「同人作品」，只要是漫研社員，每個人都可以推出。事實上現在攤位也擺了幾本作品。量會那麼少，只是因為大家都不好意思把自己的作品放在文化祭上賣，裹足不前罷了。要不然就是因為不能營利賺錢，所以不想在文化祭上賣。然而卻把這些歸咎於社刊《世阿彌's》，太沒道理了。

辛苦製作的社刊被說成「這種東西誰要看」，我覺得社內的氣氛頓時微妙地緊繃起來。我就攤開來說了吧！河內學姊她們那夥人對於《世阿彌's》的製作，從頭到尾都沒出力。與其說是沒出力，正確地說應該是嫌麻煩，全部丟給其他人弄。就連那個懶鬼折木，雖然嘴上囉嗦著好麻煩好麻煩，最後也還是好好完成了分內的稿子，但河內學姊的跟班們完全是撇開不管。現在也是，河內學姊那群人裡面沒有一個人幫忙顧攤。她們這種態度在社內也引發了不少反感。

之所以沒有爆發，全是因為唯獨河內學姊勤奮地完成了一篇相當有意思的單元。可是什麼時候不好說，何必偏要選在文化祭當天說出這種話來呢？

河內學姊從袖子又寬又長的道士服左右肩膀開叉處伸出手交抱起來。她仰起下巴，一副慵懶的模樣。

「說起來，這世上根本沒有所謂無聊的漫畫，所以評論什麼有趣無聊，重複個一百遍，簡直就是白費力氣。沒有意義，沒有意義。對吧？」

她說道，向周圍徵求同意。雖然小聲得像蚊子叫，但跟班裡面傳出了「就是啊」的附和聲。要當應聲蟲，態度也放明確點好嗎？

話說回來，沒意義啊？唔……

幾名社員的視線轉向坐在椅子上顧攤的我。……敢正面跟河內學姊唱反調的確實只有我，可是不要因為這樣就把我推上火線，好嗎？

河內學姊接著說：

「與其這樣，利用大家都知道的角色做宣傳，招攬人潮，不是更合乎道理嗎？不要拿那種死氣沉沉的社刊當賣點，弄得更熱鬧點吧！」

這次她掃視跟班以外的漫研社員。默默顧攤的我也被河內學姊瞄到了。

應該不是我多心，河內學姊只對我一個人微微揚起了嘴角。

這是在挑釁？剛才的笑容是對我的挑釁嗎？

阿福會相信我嗎？——這個想法忽然掠過腦海。應該不會信吧，可是這是真的。我在文化祭、在漫研裡，一直都是很安分的，而且還得拜託寄賣的事才行。

可是不行了。為什麼我這人就是這樣呢？坐在椅子上說出來的話，冰冷得連我自己都嚇到了。

「什麼叫白費工夫、沒意義，學姊？」

學姊好像也料到若有人反駁，那一定就是我。她乾脆地放掉原本質疑的對象湯淺社長轉向我，這次明確地笑了。

「批評什麼有趣、無聊，都是白費工夫。我說的就是這個意思。聽不懂嗎？」

「字面上的意思我懂，可是我完全不懂怎麼會是學姊說的那樣。我花了很多心力在這份社刊上，其他人也是。

我不說我們花了心力，所以希望別人肯定。可是如果學姊硬要說這是白費工夫，請妳給個明白的解釋。」

老神在在的河內學姊，大概是咄咄逼人的我。我忽然想到，看在別人眼中，蠢的那個應該是我吧！

河內學姊維持著嘲笑的表情，朝我走近一步。

「是啊，說沒有意義或許不正確吧。不好意思唷，伊原。其實我是想要積極地說，那是有害的。」

「沒意義還是有害都無所謂。我是在問理由。」

「因為啊，妳想想看嘛。」

河內學姊像是在展示寬度似地攤開雙手。

「不管什麼樣的漫畫，都有可能變成名作不是嗎？什麼樣的作品，都有可能變成某人的『我奉為經典的一冊』。即使一千個人裡面有九百九十九個人說那是爛作品，也無法改變這個事實。然而這本社刊，明明也沒有多寬廣的視野，卻大放厥詞批評那本無聊、這本是爛作，自作聰明地散播偏見。坦白說，根本就是有害。」

我想要回嘴，一瞬間猶豫了。就在這時候，我附近的社員發出慘叫般的聲音：

「妳怎麼可以那樣一口咬定是偏見！」

我了解妳想要這麼說的心情，可是現在插嘴我就麻煩了。然而河內學姊只瞥了那個社員一眼，視若無睹。只要把話鋒轉向「那是否算是一種偏見」，就可以辯論起「何謂偏見」，用定義來強詞奪理，輕易地讓這個話題無疾而終，學姊卻刻意放棄了這個機會。

也就是說，她不打算讓這件事不了了之？

我嚥下口水。

「我想確定一下。學姊指的也就是主觀吧？」

「是啊。」

「學姊的意思是，『依據個人主觀，什麼樣的作品都有可能變成名作。所以斷定一部作品是壞作品，不僅沒有意義，甚至是有害的』，是嗎？」

河內學姊滿意地點點頭：

「沒錯，我就是這個意思。」

「這……」

我就要開口，一隻手從旁邊伸了過來。湯淺社長把堆在我面前的《世阿彌's》挪開了。我沒有理會。

河內學姊的論調有著決定性的破綻，然而她居然沒有發現，這有可能嗎？我有些不安，但刻意維持平靜的語氣說：

「那樣的話，不也等於『依據主觀，什麼樣的作品都有可能是爛作品。所以斷定一部作品是好作品，不僅沒有意義，甚至是有害的』嗎？」

這句話應該沒有人能夠贊同才對。如果否定，學姊就非得把自己的意見改口，說得更委婉才行。我以為我已經戳中了決定性的矛盾，沒想到河內學姊聞言，反倒笑得更深了。

「妳說的沒錯。」

「什……！」

瞬間我啞然失聲。河內學姊的一些跟班似乎也跟著騷動起來。一種觸碰到虛無的感覺掠過胸口。肯定我的話代表了什麼，每個人都一清二楚。

河內學姊抓住我的動搖，愉快地說：

「不就是嗎？妳也這麼認為吧？

我說的無聊，指的不是漫畫本身無聊。這裡說的『無聊』，指的是讀者的接收天線遲鈍，以至於感受不到那部漫畫的趣味。所以不願意使用偏激詞彙的膽小鬼會改用『不合胃口』來取代『無聊』。

那麼理所當然，有趣指的也不是漫畫有趣，而是讀者的天線夠敏銳，能夠感覺得到一部漫畫的趣味。妳懂吧？」

我從以前就覺得河內學姊這人有些虛無。身為漫研的中心人物，她受到許多社員仰慕，卻有種甚至是輕視那些仰慕者的感覺。現在我似乎理解到那種感覺的深層是什麼了，河內亞也子學姊就是這種人。

我才不會輸給妳。……誰會輸給這種論調。

我一開始是因為大家合力製作的社刊被露骨地評為沒意義而生氣，才會頂撞河內學姊，可是現在不只是這樣了。我在更根本的地方被她嘲笑了。我的個性才沒好到能夠息事寧人地笑笑就算了，鬥志湧了上來。我舔舔嘴唇說：

「……那學姊的意思是，世上沒有名作漫畫或傑作漫畫嘍？漫畫以外的音樂、繪畫或小說，都有普遍受到認同的名作或傑作，但學姊也不認同那些嘍？還是妳的意思是只有漫畫沒有？」

我，還有大概所有的漫研社員都不認為做為一種表現工具，漫畫具有致命的缺陷。河內學姊也是，她再怎麼樣也不會說出漫畫因為是漫畫，所以不可能有名作這種話來吧。

學姊的確沒有這麼說。

「我又沒說漫畫沒有名作和傑作。」

「妳就是那個意思。學姊不是說憑個人主觀，什麼樣的作品都有可能是垃圾嗎？」

「我是這樣說沒錯。」

那種綽有餘裕、瞧不起人的笑容仍然掛在臉上。

「可是呢，名作是可能有的。

在漫長的歲月中，經過無數的鑑賞者不斷地加以淬鍊、淘汰，漸漸地只剩下最大公約數。這些就被權宜地稱為『名作』。對吧？如果妳不中意最大公約數這種說法，代換成『獲得普遍性的作品』也行。反正是同樣一回事。

所以我才會說嘛，在漫研進行評論，不管我還是妳批評一部作品的好壞，根本就是荒唐可笑。這就叫做自不量力。別搞那種蠢事，拿到什麼就看什麼，只管哈哈大笑就是了。」

「那學姊——」

我幾乎是反射性地回嘴說：

「不承認有名作的預感或天才的展露嗎？不承認會對一個人、一部作品讚不絕口、佩服得五體投地，認為它絕對有留傳後世的價值這種事嗎？」

「伊原，妳很煩唷！那怎麼可能嘛？那才是個人的自由、主觀的問題。我的意思是，對於尚未經過時間淘汰的東西付出太多感情是不對的。」

「……」

學姊的眼神比剛才更凌厲了，我大概也在瞪學姊，我好想深呼吸。

我感覺應該是亮出王牌的時候了。

為了否定學姊，我必須把我的寶物拿出來。如果不否定學姊，連我的寶物都要被否定了。雖然不太願意，但我身不由己。我不疾不徐地說：

「學姊錯了。」

「哪裡錯了？」

「這不是主觀的問題，而是經驗的問題。學姊只是沒有碰到驚世之作的經驗罷了。妳只是沒碰上讓妳臣服、認定這人總有一天會創作出驚人作品的作者罷了。」

「哦，真敢說。」

扮成殭屍的學姊以有些陰沉的聲音說。我沒有畏縮，繼續說道：

「如果照學姊的說法，即使是我畫的漫畫，也具有和其他所有漫畫同等的價值。但這是不可能的。不管在任何意義上，我畫的漫畫都絕對沒辦法拿來與那些作品相提並論，而且是與沒有經過任何淘汰的作品相比。

比方說，學姊，妳看過去年在學校文化祭販賣的漫畫《夕暮已成骸》嗎？」

當我注意到時，學姊的表情不知何時失去了從容。河內學姊用一種想要掐死我的表情短促地應道：

「……沒看過。」

「那樣的話，」

拿出它也不行的話，那就沒辦法了。如果連那個寶物也無法讓學姊信服，我就舉白旗好了。

「我明天把它帶來。如果看了它，學姊仍然不肯接受的話，我也無話可說了。」

呼，我吁了一口氣。既然都已經如此斷言，也只能到此為止了。然後我又嘆了一口氣。寄賣《冰菓》的事，這下子絕對無法提出了。

此時我不經意地發現一件事，忍不住驚叫出聲。

「這是在搞什麼？」

教室裡幾乎塞滿了人。直到剛才都還只有漫研社員，現在卻擠滿了客人。為、為什麼？什麼時候變成這樣的？人什麼時候來的？我在那裡嘰嘰怪叫的模樣全被看光了？

我一臉詫異地掃視客人，結果每個人都轉開視線。然後眾人狀似歉疚地排成隊伍，買了《世阿彌's》離開。原本一疊十本，擺了兩疊的《世阿彌's》幾乎都賣光了。我看到湯淺社長搬出新的一疊來。

呃，這是……

我做了個深呼吸，擺出我最棒的笑容。

「歡迎光臨！」

本來還在偷瞄我的人全都背過身去了。剛才我的口氣可能是差了一點，可是幹嘛把人當成毒蛇猛獸看待啦？

這場面如果是漫畫，我的笑容上就要冒出青筋來了。

021—♥05

不容錯過！現正廝殺中！
少女戰爭in漫研　漫畫論火熱激辯中（殭屍vs.兩性體）

……這海報是在說什麼表演呢？字體是以極粗的麥克筆寫下的ＰＯＰ體。

因為正好來到附近，所以我走到漫畫研究社前，想要看看摩耶花同學的狀況。可是她們的社辦前面貼出了奇怪的海報，我忍不住看得入神了。

上面說的少女戰爭現在還在進行嗎？我想要看看裡頭的情況，結果一個女生跑了出來。我認得她，是漫畫研究社的社長湯淺尚子學姊。

「不好意思，這個……」

我指著海報問。然而湯淺學姊溫柔地微笑，以迅雷不及掩耳的動作撕下那張海報。我睜圓了眼睛，湯淺學姊對我說：

「已經結束了。明天上午還會再進行一場，請務必前來參觀。請多關照漫畫研究社。」

哦……

呃。

……也請關照古籍研究社。

022—♠06

時針已經快要指向五點了。第一天即將結束。

原本四散在校內各處的古籍研究社社員，此時全都集合在地科教室裡。千反田和里志偶爾會來露臉，但伊原除了一早瞄到一眼外，這是我今天第一次看到她。

因為很閒，我把大部分的《冰菓》塞進紙箱藏了起來。因為我發現把大量的庫存曝露在店頭，會讓顧客心生疑慮，而且對於顧攤的我來說，那也是個令人沮喪的情景。

「那麼情況如何？我的宣傳派上用場了嗎？」

里志問我。我不想取悅這個嘻皮笑臉的傢伙，但還是淡淡地陳述事實。

「嗯，多少。」

「咦，真的嗎？」

我點點頭。事實上在里志的麥克風宣傳後，來了幾個客人。宣傳這回事比我想像的更不容小覷。對於那些想要享受文化祭卻又不知該從何著手的傢伙，只要推個一把，似乎就能輕易推動他們。

里志比出勝利手勢。

「耶！明天再加把勁好了。上午有御料理研究社的比賽。」

里志一臉喜孜孜，伊原不經意地朝著他的側臉說：

「那個三人一組的比賽？」

「什麼？」

里志的笑容僵住了。

「三人一組？真的假的？」

他慌忙取出導覽手冊。身為總務委員，居然沒有掌握活動內容，這成何體統。

另一方面，千反田沮喪極了。

「對不起，我這邊……進行得不順利……」

「別在意。」

老實說，我對千反田並不抱什麼期待。也不是不相信千反田的能力，只是活動已經開始，我不期待古籍研究社能破例獲得優待。千反田本來微微低著頭，但她似乎想起了什麼，忽然抬起頭來說：

「啊，可是有件事我很好奇。」

我很好奇？

這句話讓我一陣戰慄。這個大小姐只要說出「我很好奇」，那就意謂著沒有退路了。好奇心極其旺盛的千反田只要碰上覺得不可思議的事，不查個水落石出是不會死心的。

至今為止，我——不，我們被這傢伙的「我很好奇」整得有多慘……過去的情景宛如走馬燈般掠過腦海。

可是現在根本沒空去管那種閒事。千反田一旦發動的好奇心，怎麼樣都難以遏止，但千反田也不是毫無節制地放縱她的好奇心。比方說，她不會高舉好奇心的旗幟，粗暴地踐踏他人的內心。同樣地，還有其他該做的事的時候，她應該也不會把自己的好奇心擺在第一優先才對。

本人也自覺到目前狀況危急吧，她的視線轉向裝著《冰菓》的紙箱，撤回前言：

「……不，我還是……不好奇。」

很好。

然後伊原莫名其妙整個人氣呼呼的。若說這是老樣子了，那也是沒錯，但她似乎在想別的事，說起話來有一搭沒一搭的。雖然沒有發出聲音，但偶爾還會自言自語似地嘴唇微微翕動。

「伊原，漫研出了什麼事嗎？」

「沒事啦！」

我輕描淡寫地刺探，結果被她這麼吼回來。我問了那麼不該問的問題嗎？何必脹紅了整張臉吼人嘛！

「那麼奉太郎，戰果如何？」

里志問，我慢慢地把身體靠上椅背。

「十三本。」

這個數字可以說是相當不錯的起步。若從原本販賣二十四本的預定來看，第一天就賣出十三本，可以說是一大壯舉吧！畢竟一開始的期望是放在星期六的第三天。

可是我沒有說出這些。因為若是說出口來，聽起來可能像是在挖苦伊原。里志一臉淡然，只應了聲「這樣啊」。

還有兩天。……即使要設法衝買氣，也沒那麼容易想到點子。把期待放在會發生什麼爆炸性的事件嗎？不，那等於是在盼望奇蹟。

鐘響了。神山高中文化祭第一天的活動結束了。

【剩餘一百七十七本】

三

「十文字」事件

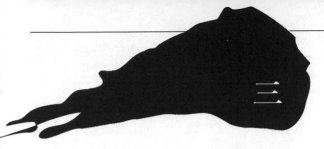

3—1 023～028

023—◆05

《夕暮已成骸》是一本短篇集，收錄了三篇約三十頁的作品。標題字面看起來雖然恐怖，但這當然是從蓮如法師的名句「朝紅顏夕白骨」改編而來的吧！

縱貫短篇集全篇的，是宛如標題所體現的難以言喻的無常觀。在古色古香、保留了濃濃昭和氛圍的城鎮舞台裡，描寫了美麗與懷念事物變遷的必然性，以及對此悲傷的接納。話雖如此，也並非純粹耽溺於懷古趣味，同時還描寫了女高中生極為柏拉圖式的愛情，是一部也極富娛樂性的作品。

國中三年級的我在神山高中文化祭裡無意間買下了這本作品，它令人驚豔的完成度，讓我感動到說不出話來。主題並無特出之處，卻令人刻骨銘心。

台詞與劇情發展的深沉韻味讓人印象深刻，這些由個性獨具且細膩周到的圖象牢牢支撐著。關鍵場面會插入一整幅由寫實觀點來看幾乎算是犯規的插圖，給人一種宛如歌舞伎的招牌亮相動作那般的鮮烈印象。那些插圖效果十足。若論有令人印象深刻畫面的作品，包括商業作品在內，我還沒有遇到過更勝《夕暮已成骸》的作品。

這部漫畫的力量，即使像這樣費盡千言萬語描述，也無法傳達出它絲毫的魅力。勉強要挑缺點的話，就是背景不是那麼精緻，但我認為那算不上什麼致命傷。

我完全臣服於它了。我如此深刻地被同人作品打動，就只有兩次而已。也就是《夕暮已成骸》，以及後來在跟神高完全無關的同人誌販售會買下的《BODY TALK》。這兩本是我的寶物。不過這兩本如果要我挑出一本，雖然令人猶豫，我還是會選擇《夕暮已成骸》吧！

要駁倒河內學姊，只能讓她見識到超越喜好與嗜好、令人不得不叫好、承認它確實出色的作品。我確信《夕暮已成骸》具備這等實力。

考上神山高中時，我高興極了。除了考上高中的純粹喜悅之外，對於宛如販賣罐裝果汁般不當一回事地販賣那種傑作的神山高中的憧憬成真，令人歡喜。一進學校，我立刻加入了漫畫研究社。

可是接下來我就面臨了些許失望。

因為漫畫研究社裡，沒有人知道《夕暮已成骸》的作者是誰。

即使如此，與擁有共同興趣的朋友交流仍是一件樂事，對於加入漫研本身，我認為是一個不錯的選擇。

……雖然想是這樣想。

神山高中文化祭第二天早上，我懷著無比黯淡的心情上學。可是就算拖延也沒用。在代替點名的朝會前，我先前往漫研。

我以為我來得很早了，但河內學姊已經到了。她今天穿著筆挺的男士晚禮服。那大概是在扮演男裝的泰拳師吧！河內學姊個子不夠挺拔，所以扮起來沒有昨天的角色適合。河內學姊打算全部扮演電玩角色，或者說，三天都扮演不同的角色嗎？我扮的角色也跟昨天不一樣，可是花費的時間和金錢與河內學姊是天壤之別。

學姊看著我——或者說我胸口上的心型別針說：

「妳又拿老作品出招了。」

我在女用上衣上披了一件罩衫，長襪搭配寬邊裙，服裝隨處可見、平凡普通。唯一像角色扮演的地方，就只有心型別針和頭頂上的貝雷帽而已。

「那個別針可以發射仁丹嗎？」

「不行。只有外表像而已。」

「如果要扮超能力魔美，髮型也該弄一弄吧！」

開什麼玩笑？那種違反重力的髮型丟臉死了，誰敢頂著那種頭髮出門啊？而且髮量也不夠。

正題是……

「那妳找到《夕暮已成骸》了嗎？」

學姊主動出擊了。我只提過書名一次，學姊居然記住了，令我驚訝。不過雖然學姊的想法跟我南轅北轍，但我一開始就知道她是個聰明人。

還在準備中，只有漫研社員的教室頓時變得鴉雀無聲。包括昨天不在場的人，每個人都知道我跟河內學姊出了什麼事。

不曉得是不是我多心，昨天表現得從容不迫的河內學姊，感覺表情也有些緊張。

好、好尷尬。

可是也不能逃避。我深深地吸了一口氣，鼓足了勇氣，不卑不亢地說：

「對不起，我沒有找到。」

「什麼？」

「我好像在暑假時不小心帶回鄉下老家了。」

沒錯。我昨晚熬夜、今天早起，不停地努力尋找，然而翻遍整個房間就是找不到《夕暮已成骸》。

可能的地方都找遍了。在放了全是我心愛作品的書架翻了十遍。其他的書架、還有收著書架放不下的漫畫的紙箱，也一個個全部打開檢查了。

然而我卻找不到《夕暮已成骸》。我不記得我借給別人了。那本書就連阿福我也沒給他看過。第一學期我記得我重讀了好幾次呀……

我想過拿《BODY TALK》來代替好了。可是決定要拿《夕暮已成骸》後卻拿《BODY TALK》來充數，總覺得少了那麼點威力。與其端出無法完全滿意的作品，我判斷乾脆別拿來才合理。

我並不害怕自己是把書搞丟了。夏天的時候整理過房間，把幾箱舊書搬到父親老家的倉庫，我猜應該是混進那些書裡了。只要去那邊找，應該找得到。

不過那樣大發豪語，現在卻說找不到，真的丟臉死了。最近我真的犯下太多愚蠢的過錯了。反省也沒用，能夠做的，至多只有乾脆地承認錯誤。

咦咦?不知何處傳來短短的抗議聲。我朝那裡瞥了一眼,但只看到表情沉穩的湯淺社長。是我聽錯方向了嗎?

「這樣唷?找不到唷?」

河內學姊的表情放鬆了,兩相對照地,我咬住了下唇。

我是俎上肉。我認為如果要徹底辯論,勝負尚未分曉,但我都說要讓證據說話了,卻又拿不出證據來,這下子想救也沒得救了。河內學姊的跟班那種得意洋洋的笑容令人惱火。其中一個人說:

「伊原,我說妳啊,昨天說得那麼神氣,結果今天居然說找不到,妳以為這樣就可以算啦?」

也有人人云亦云起來:

「就是說啊。妳不覺得該誠心誠意好好道個歉嗎?」

如果下跪,她們就滿意了嗎?我無視她們。這是我跟河內學姊之間的問題。如果學姊叫我跪,沒辦法,也只能跪了。

可是河內學姊一副對我已經沒興趣的樣子,懶懶地揮了揮手,簡短地說:

「這樣的話,那來幫忙畫海報吧。」

「畫海報?」

「畫萌角的海報。……我要出去一下。」

河內學姊只留下這句話,便轉過身子離開社辦了。

我在被留下來的跟班們冰冷的視線注視中，重新轉向湯淺社長。

「社長，有畫海報的工具嗎？」

「咦？嗯，有啊！」

我點點頭，看了一下手表。差不多得去體育館了。我指著自己的手表說：

「我回來之後再畫。」

學姊派任務讓我投入，我覺得這是非常寬大的處置。勝利者的指示是「畫萌角的海報」。好了，該畫誰好呢？

024—♣08

點完名後，我立刻衝出體育館。

不是因為有想看的表演。別看我這樣，我好歹也是總務委員之一，總務委員身負順暢推動整場文化祭的義務。我必須在規定的時間到總務委員會辦公室所在的會議室報到，去執行委員長等領導階層的指令才行。任務有時與保全有關、有時與整理會場有關，需要人手的話，我們也會幫忙各團體的活動準備及撤收。附帶一提，如果沒有任何任務，就可以當場離開。我懷著崇高的使命感，敲了敲會議室的門。

「我是福部。沒工作吧？那麼我離開了。」

太遺憾了，居然沒有機會為總務委員會及神山高中文化祭效勞。ＳＦ研好像正在視聽教室進行什麼詭異的活動，去那裡看看好了——我正這麼打算，卻被叫住了。

「慢著，福部，有工作唷。」

咦～

室內只有田名邊委員長一個人。他正與貼在白板上的行程表大眼瞪小眼。接著他把視線轉向我，苦笑說：

「你那是什麼千百個不願意的表情？」

「不，這是有機會做出貢獻，無上喜悅的表情。」

不過反正今天我鎖定的是十一點半開始的御料理研活動，能以總務委員身分暗中活躍，其實也頗合我的性子。我並沒有像故意裝出來的表情那麼排斥工作。我打開原本要關上的門，進入會議室。

我搓著手問：

「請問大人有何吩咐？只要能在十一點半以前結束，小的赴湯蹈火在所不惜。」

「一下子就結束了。來賓用的鞋袋應該送到職員出入口的玄關了，你到每個門口各補充兩袋，這樣就行了。」

確實，這差事應該花不了多少時間。

我和田名邊委員長在製作導覽手冊的時候一起打拚了很久，忽然興起想和他多聊聊的念頭。

「學長不去參觀文化祭嗎？」

「嗯？哦。」

又繼續看行程表的學長回頭看我，溫和地說：

「沒辦法，雜事接二連三，處理不完。不過為了處理那些雜事，得在整個校園到處跑，也沒你擔心的那樣，什麼都沒看到。啊，對了，2-F的電影很不錯呢。」

噢噢，這對我們來說也是值得高興的肯定。可是，

「可是學長沒辦法參加活動呢。」

學長苦笑：

「即使不是總務委員，我應該也不會參加。我跟你不一樣，沒才藝也沒嗜好。」

看在別人眼裡，我是個多才多藝又嗜好多多的人嗎？

「這麼說來，有沒有什麼好玩的事？」

「好玩的事嗎？」

我想了一下。古籍研究社社刊庫存兩百本的事，拿來虧應該是最好笑的一件事，可是把它當成笑話來講，總覺得對摩耶花他們過意不去。開幕表演後的落語研究社表演滿有意思的，但那也可以說是受到當時的氣氛催化，才會覺得那麼好笑。其他也到處看了不少，但是問我有什麼好玩的，卻也想不到什麼特別值得一提的事。

唔……雖然我本身沒有被激起太大的興趣，可是在這時回答「沒有」又實在掃興。那麼這件事怎麼樣呢？

「圍棋社好像有怪盜出沒。」

「哦？」

「聽說有人從棋盒偷走了棋子，留下了犯罪聲明。」

「真的？」

有些意外的是，田名邊委員長的附和顯得很感興趣。

「這樣啊。圍棋社啊。」

反正八成是圍棋社社員自導自演吧——我正想這麼一語帶過，田名邊委員長卻低低地說：

「我聽岡野說，無伴奏合唱社也出了類似的事。」

「咦？」

這次換我起勁地應聲了。無伴奏合唱社也出了類似的事，這表示圍棋社自己人開玩笑的這個可能性幾乎完全消失了。

「嗯，好像是冰桶裡有一瓶飲料被偷了。」

「那也附上了犯罪聲明嗎？」

「不曉得算不算犯罪聲明，裡面好像放了一張古怪的便條。」

這有點意思。至少比昨天谷同學告訴我那時候更令我感興趣。以這場神山高中文化祭為舞台，居然發生了怪盜案！開這種玩笑的人，品味還真不賴。

我想想，這麼一來，接下來我該怎麼行動才好？

……不不不，還不到採取行動的階段吧。

「福部，你怎麼了？笑得那麼詭異。」

「不，沒什麼～」

要拿這件事尋樂子還太早。即使真的發生了怪盜案，也還不了解怪盜同學對這場玩笑有幾分認真。如果人家早早就收攤不玩了，到時候傻的可就是咱們自己了。以經驗來說，到時會冷場冷得很淒慘。要一塊兒大鬧一場的傢伙，得是值得期待的對象才行。

加上應該幾乎所有的校內人士都還不知道這件事，就連我也是剛剛才聽說的。別人會不會也來湊一腳，不在我的興趣範圍內，但要隨之起舞，笛聲還不夠響亮。

要不要參加這場活動，暫且先觀望觀望，確定怪盜的資質和膽識之後再決定也不遲。如果不及格，忘掉這回事就是了。

好。唔，首先得先解決鞋袋的差事。

「那麼我去辦事了。」

「嗯，拜託了。」

田名邊委員長激勵我後，又轉身去看行程表了。

025—♠07

今天我一定要加油！千反田留下這句話離開，我心不在焉地目送她。

好了，今天又要開始看店了。

可是怎麼說，說老實話，我沒想到守著沒人會來的攤子，會是這麼無聊的一件事。我愛好無為與悠閒，卻不是那麼積極地喜歡無聊。而且因為攤位擺了找錢用的大量零錢，也沒辦法隨便離開亂晃。就連上個廁所也得提心吊膽，卻沒什麼客人上門。不過今天我準備了廉價書來打發時間，心態也不同於昨天了，應該可以避免過度無聊而陷入渴望活動這種節能主義者絕不被允許的鬼迷心竅吧！

總之，先把《冰菓》擺出來。擺個十本，看起來就有點排場了。

擺好之後，客人來了。是個不認識的男生。從他領子上的學級徽章來看，好像是二年級生。

「開賣了嗎？」

「已經開賣了。」

意外，好兆頭。熱情招呼，熱情招呼。

唔，好像不夠熱情。「已經在賣嘍，呵呵」嗎？這樣好像太過頭了。二年級生用一種適合吊兒郎當這種形容詞的走法靠近《冰菓》，盯著封面看。

「就是這個嗎？揭開KANYA祭名稱由來的社刊。」

咦。看來里志的麥克風宣傳的影響力還在。還是口碑載道？不管怎麼樣都值得慶幸。

我點點頭，二年級生問：

「可以試閱嗎？」

「不行。」

「看一下會怎樣嘛？不是才兩百圓嗎？」

「只要兩百圓，所以請用買的。庫存多到都快哭了。」

雖然哭的不是我。

二年級生「哈哈」笑了兩聲，掏出錢包來。賣出一本。謝謝惠顧。二年級生把錢包放回口袋時，我發現了一件事。

「學長，你拉鍊沒拉。」

「咦？真的假的！」

二年級生慌忙把手伸向胯下。他確定拉鍊真的沒拉上，仰頭望天。

「啊，怎麼會有這種事！居然斷了！」

仔細一看，褲襠垂著一條黑色的線頭。原來如此，我看出來了。

「拉鍊壞了嗎？」

「是啊。我縫起來，想說應該可以撐過今天的說。」

真令人同情。不過我愛莫能助。

啊，不，倒也不一定嗎？應該還沒丟掉吧？我摸摸書桌裡面，那東西還在。是昨天交換拿到的胸章。我沒去參加服裝秀，而這個胸章的安全別針只是用膠帶固定著，可以輕易拆下來。

「一個夠嗎？請拿去試試看吧！」

我遞出安全別針，二年級生高興得跳起來，彷彿得到上天恩賜。

「噢，你真是太帥了！居然會有這種東西！」

把別針別上去。……唔，如果仔細觀察，好像看得出哪裡怪怪的，不過應該沒問題吧。二年級生發出低吼般的聲音歡喜不已。

「你真是太讚了。謝啦，欠你一份情。」

「謝就不必了，請再多買一本吧。」

二年級生笑著揮手：

「不需要。」

不過他似乎想到了什麼，把手伸向腰後。他摸索屁股口袋，居然掏出一把手槍來。我盯著直指著我的槍口說：

「我應該舉雙手投降嗎？」

「白痴，這水槍啦！」

二年級生把它擺在我前面。

「算是謝禮，送你。」

「哦……」

我交互看著水槍和二年級生。

「……學長的嗜好？」

二年級生捲起剛買的《冰菓》，親暱地敲我的頭說：

「不是啦，白痴。園藝社在烤地瓜啦。」

沒頭沒腦的。二年級生得意洋洋地賣了一下關子說：

「然後啊，烤地瓜不是會用到火嗎？要用火就得準備水吧？可是只是準備水桶不就太沒創意了嗎？」

哦，原來如此。拿著水槍站崗是嗎？……也有幹這種無聊事的社團啊！我望向手槍。

「那麼這把水槍應該還要用吧？」

「如果還要用就不會給你啦！這是副兵器，主兵器是別的，卡拉什尼科夫突擊步槍。」

這樣唷。要是火真的燒起來，我覺得水槍是杯水車薪。希望他們多多小心火燭。

或者說，古籍研究社的店員拿水槍要做什麼？總覺得好像拿到了比胸章更沒用的東西。不過我也不會強硬拒絕啦。

「拜啦，多謝啦！」

二年級生興匆匆地離開了地科教室，留下了一把手槍。我仔細觀察。

自言自語：

「……葛拉克17啊。」

主兵器是ＡＫ，副兵器是葛拉克，這也太沒節操了。

【剩餘一百七十六本】

026—♥06

今天一定要做出成果。

我昨晚想了很多。田名邊學長和遠垣內學長的話都非常地天經地義。我沒能擴大賣場，也沒能請壁報社採訪古籍研究社。可是要死心認命，認為已經束手無策還太早。

據我聽到的傳聞說，二年F班製作的錄影帶電影非常受歡迎。我問了幾個朋友，確定第一天每一場播放的時候，視聽教室幾乎都是客滿的。

二年F班的錄影帶電影，我們古籍研究社也參與了一小部分拍攝工作。拍攝期間發生的問題以及解決，福部同學將之稱為「女帝」事件。我雖然完全沒有貢獻，但折木同學的建議似乎為二年F班派上了極大的用場。所以二年F班的錄影帶電影獲得好評，我也同感欣喜。

我和二年F班的入須冬實學姊有一點交情。這麼說來，我們會參與「女帝」事件，也是入須姊的關係。而入須姊在二年F班的錄影帶電影製作企畫裡，扮演指揮的角色。

如果能在大受歡迎的錄影帶電影播映會場上寄賣我們的《冰菓》，對銷售應該也會有所幫助吧。

今天我要從洽談這件事開始。

我要加油。

視聽教室正在播放錄影帶電影《萬人的死角》。教室門開著，以遮光窗簾隔絕外界的光線。這一場也是客滿嗎？因為遮光窗簾的關係，看不到裡面，所以不曉得。比我的個子還要高的大招牌上寫著「萬人的死角　好評熱映中」，底下貼了一張紙，寫著播映時間。

外面排著幾張桌子，權充櫃檯。不過電影是免費的，所以並不會驗票。看來櫃檯是在販賣電影的手冊。櫃檯有女生顧著，但現在電影正在播映中，好像不會有客人來，所以她正在和其他人說話。

她說話的對象是入須姊。真是幸運。我本來已經有了心理準備，擔心可能得在全校到處找她。等到兩人談話告一段落，我出聲說：

「入須姊，早安。」

「嗯？哦，千反田啊。」

入須姊一發現我，立刻結束和顧攤學生的對話。她把我叫到離視聽教室入口有些遠的防火門前。

入須冬實是緊鄰神山高中的戀合醫院院長的女兒。她的身高和我差不多，但比我更苗條。為了慎重起見，我得聲明，我並不是身材很豐滿的人。入須姊的臉型愈往下巴愈尖細，給人銳利的感覺。她那種堅毅不撓、無論任何難題都一定會解決的個性，令我十分憬憬。

我還沒開口，入須姊就用手指著視聽教室的方向說：

「託你們的福，就像妳看到的，二年F班的班級展覽大成功。有段時期差點沒辦法完成呢。真的謝謝你們。」

「哪裡，不敢當，請不用道謝。……本鄉學姊還好嗎？」

本鄉學姊是原本預定撰寫這部電影劇本的人。我聽說她因為壓力過大而病倒了。

「哦，她已經完全康復了。妳要看看她嗎？」

「好哇……不，現在還是先不用了。」

可能是我突然改口，入須姊看出不對勁，稍微壓低了聲音說：

「妳找我有什麼事嗎？」

「是的。這與其說是對入須姊個人的請求，更應該說是對二年F班的請求。」

我用力點頭說。

這裡是關鍵。

「請讓古籍研究社寄賣社刊。」

入須姊眨了兩下眼睛，馬上說：

「妳的意思是，要把妳們的社刊放在二年F班播放錄影帶電影的會場寄賣嗎？」

「是的。」

「沒問題。幾本？」

咦？

「入、入須姊願意答應嗎？」

我忍不住反問，入須姊蹙起了眉頭說：

「這有什麼好驚訝的？」

「啊，不，呃……」

昨天連續當場遭到回絕，所以今天聽到入須姊一口答應，我不曉得該如何應對了。……而且我又忘了說明原委。

「……謝謝入須姊。」

「要謝等賣掉再謝吧！那麼要寄賣幾本？多少錢？」

入須姊右手叉腰，靠在牆上問道。

「我們印了兩百本……」

「兩百本？」

入須姊的細眼驚訝地陡然睜大了。

「這麼多？」

「因為一些疏失，印得太多了。所以為了設法賣出去，我、我……」

不行。一想到入須姊願意伸出援手，我就感動到說不出話來了。話才說到一半而已，我用力咬緊牙關忍耐下來。

「對不起。入須姊問到價錢，對吧？一本兩百圓。」

入須姊微微點頭說：

「降價到一百五十圓，給我二十本。」

「咦，降價嗎？」

「我們賣的電影手冊是五十圓。跟妳們的社刊加起來正好兩百圓。得下點工夫才會賣得好。」

「呃，可是不用跟二年F班的其他學長姊商量……」

「哦，晚點我會說。」

真不可思議。我總有感覺，如果是入須姊的話，一定可以圓滿獲得大家同意。話說回來，塞二十本這麼多給他們，會不會造成困擾呢？我們原本的預定可要花上三天賣掉二十四本呢！

或許是不安顯現在臉上了，入須姊不當一回事地補充說：

「大概今天就可以賣完了。賣完的話，你們再拿新的過來。」

「真的沒問題嗎？」

「沒問題的。」

……我又胸口一緊。

入須姊把叉在腰上的右手伸向我。是要握手嗎？我這麼以為，伸出手去，結果被一把拉了過去。

「？」

「握什麼手啊？妳有試閱本吧？」

試閱本？我搖搖頭。瞬間入須姊輕嘆了一口氣。我做錯了什麼嗎？我心頭一驚，入須姊靜靜地告誡我說：

「……現在這狀況也就罷了，但如果今後妳還打算繼續推銷社刊，就把試閱本帶在身上。說服力會大不相同。」

原、原來是這樣。這些地方也應該多多留意才對呢。

「我懂了，謝謝入須姊！」

此時我忽然想到一件事。昨天我的成果慘不忍睹。不曉得下一步該怎麼走，想太多而浪費時間也是，而真的實際去請求時，也遭到了拒絕。田名邊學長和遠垣內學長婉拒的理由都很理所當然，但如果是入須姊去請託，或許就不會被拒絕了。

沒錯。我不能再繼續像昨天那樣。我得提高成功率才行。

我下定決心，再向入須姊提出另一個請求。

「入須姊！」

「幹、幹嘛？」

啊，不小心靠太近了，這也是折木同學經常提醒我的毛病。我後退一步。

「入須姊很會拜託事情，對吧？」

「……」

「請教我要怎麼拜託別人！」

「什麼？」

入須姊發出彷彿亂了陣腳、一點都不像她的怪叫聲，可是狼狽也只有短短一瞬間。入須姊微微地笑了。

「……呵呵，對我的評語什麼樣的都有，但這倒是第一次有人說我很會拜託事情。」

我聽到入須姊這樣呢喃。

入須姊直起靠在防火門上的背，盯著我，慢慢地說：

「是啊，妳太過單刀直入了。就算是我，應該也可以提點妳幾件最好記住的重點吧。」

「謝、謝謝入須姊。」

「雖然不保證能派得上用場，」

入須姊微微低頭，閉上眼睛，沉思起來。這是我第一次看到入須姊花時間想事情。我緊張得身體都僵硬了。

「……我想想……嗯，大概就這樣吧！」

入須姊這麼喃喃道，睜開眼睛，朝我伸出拳頭來。我忍不住上半身後仰。

「向別人拜託事情，可以分成兩種情形。一種是可以提供回報的請求。」

她豎起食指說。

「另一種是沒有回報的請求。」

接著她豎起中指。那隻手再次握成拳頭，回到入須姊的腰上。

「當妳的請求能提供回報時，不能信賴對方。」

「咦？」

入須姊的語氣很平靜。她平穩的聲音以文化祭遙遠的喧囂為背景，沁入我的耳中。

「預測到關係不會長久時，對方十之八九都會想要不勞而獲。即使不是存心這樣想，也一定會設法讓自己的付出減到最小。所以當妳的請求能帶給對方利益時，不要認為自己拜託多少、對方就會做多少，在時間和作業量上都要盡量寬鬆。還有，也得考慮到對方不肯行動的情況，預先準備腹案。如果不願意落得那種下場，就要對方也擔起風險。

雖然也可以反過來利用對方想要不勞而獲的心理，逼迫對方幫忙，但這對妳來說太難了。這完全是以短期間打交道為前提的情況，不過值得信賴的還是後者——妳的請求無法提供回報的情況。

這種情況，驅使對方行動的是精神上的滿足。人就算在獲取物質滿足時可能偷工減料，在獲得精神滿足時也會不惜餘力。如果能夠利用『魅力』或『傳統』是最好的，但這不是想要利用就能利用的。『信仰』與『愛』也威力無窮，但需要充分的時間做準備。不過這兩種我也沒用過就是了。

可以的話，最好是能利用『正義感』、『使命感』或『專業意識』、『自尊心』，但這也是中級以上的手法。不過只要掌握訣竅，這些都是非常普遍的人類心理。

如果要反過來利用，『恐懼』和『偽惡心態』也是可能的。不過這些跟現在沒有關係吧。

妳現在立刻就可以運用的、初級的應該有『期待』。

聽好了，妳得讓對方認為『她只剩下我可以依靠了』。感覺到對方全心全意依賴自己時，人會輕易地付出，甚至不惜自我犧牲，也不是什麼罕見的事。妳要去期待對方，假裝期待就行了。

還有一點要注意的是，不能讓問題顯得太嚴重。不能讓對方覺得『如果我伸出援手，她就可以脫離這窮途末路的危機』。世上沒有多少人會欣然提供舉手之勞，使得他人獲得莫大的利益或脫離致命的危機。對自己來說沒有什麼，但對對方而言似乎還滿重要的——

關鍵是請求時要讓對方這麼感覺。這可以激發對方的優越感。

還有一點。就是盡量挑選沒有人的地方，去拜託異性。」

雖然只有短短一瞬間，但我的腦袋變得飄飄然起來。

好、好驚人的指導。全都是些我連想都沒有想過的事。對不會長久打交道的對象，反過來利用不勞而獲、愛與信仰、是帶來期待的優越感、在沒有人的地方。……感覺很難一下子就領會。

有必要細細深入玩味。總之得先向入須姊道謝才行。

「啊，呃，我……」

可是入須姊只說：

「快點把社刊拿過來。」

然後就快步回去視聽教室了。

我只能朝著她的背影行禮。

謝謝入須姊！我不會辜負妳的教誨的。

027—♠08

帶來看的廉價書無聊透頂。

是在兼賣新書的二手書店用一百圓買來的，所以感覺金錢上並沒有損失，卻有種被賣了它的人硬塞了鬼牌的感覺。我實在不想勉強讀完它，可是如果不看書，說到我還能做的事，頂多也只剩下打哈欠了。應該多帶點預備來的。

昨天的人聲合唱社是很不錯的消遣。還有沒有那一類的活動呢？我毅然決然站起來，打開窗戶。……枯葉燃燒的味道。有人在幾乎正下方的位置生火。周圍有人站崗。那是園藝社嗎？

烤地瓜。只聞香味實在太空虛了。就算不是烤地瓜那種能填肚子的東西也行，總覺得嘴巴好饞，想塞塞牙縫。今早有點睡過頭，沒吃早飯。之所以睡過頭，都是因為姊姊擅自從我房間拿走鬧鐘，不過不管那個，有點餓了。看看手表，快十一點了，吃便當有點太早。

我俯視著烤地瓜的火，不著邊際地胡思亂想著，這時有人隨著古怪的吆喝聲闖了進來。

「不給糖就惡作劇！」

「耶！」

聲音是女的，至於那是什麼人，看了也不知道。哦，因為看不到臉。闖入者有兩個，兩個都披掛著白布，提著籃子，頭上戴著南瓜。南瓜？

搞、搞什麼？南瓜惡靈？瘋狂萬聖節？我愣在原地，無法反應。

「不給糖就惡作劇！」

「耶！」

南瓜搭檔再一次怪叫，手腳亂揮一通。

或許她們是在跳舞。

……漸漸冷靜下來了。我懂了。簡而言之就是萬聖節吧！萬聖節是要撒豆子嗎？還是潑甜茶？不，不對，萬聖節是這樣的。我朝著持續擺腰扭臀的南瓜投以冰冷的視線說：

「這裡沒糖給妳們，滾吧！」

瞬間，一顆南瓜頭叫了起來：

「哇，好冷漠！」

「沒有糖，可是有社刊可以賣妳們。」

「哇，誰要啊！」

「妳們是在幹嘛啊？」

瞬間，兩顆南瓜頭筆挺地排成一列，同時把手中的籃子伸向我。看來她們經過一番嚴格訓練，連聲音都整齊畫一。

「我們是糕點研究社的點心推銷員。要不要來點餅乾、泡芙呀？」

……

「如果不要會怎樣？」

「……不給糖就惡作劇！」

「耶！」

好了，我懂了，不要再跳了。妳們這是瘋狂推銷員嗎？

不過來得正好。

「餅乾多少錢？」

「嘿嘿，多謝老爺，一袋一百圓也。」

這兩個傢伙，台詞沒半點統一感。我遞出社刊《冰菓》。

「……這是幹嘛？」

噢，變回正常聲音了。

「古籍研究社的社刊，一本兩百。以物易物，換兩袋餅乾怎麼樣？」

「就說不要了。」

「噯，別這樣嘛，我想吃餅乾啊。」

「需求與供給根本不合嘛！」

交易失敗嗎？我正打算掏出錢包時——

「哇，這什麼？好帥氣唷！」

在周圍東摸摸西看看的另一顆南瓜頭大聲叫道。她手上拿著葛洛克17。

「哇噢！哇噢！你怎麼會有這種東西？槍械狂?!」

「啊，拿那把槍去賣點心可能不錯哦！」

哪裡不錯了？我覺得很恐怖。

不過既然她們想要的話……

「現在的話，兩袋餅乾可換一本社刊附贈那把半自動手槍。」

「咦，你要送我們嗎？」

我點點頭，於是南瓜頭拿著葛洛克17又跳起舞來。她俐落地轉了一圈後，打開籃子，拿出兩個裝餅乾的小袋子，還有一個黃色小紙袋。

「做為南瓜的感謝之意，這個送你。」

「這啥？」

「耶！」

「耶！」

兩顆南瓜頭不理會我的問題，抓起葛洛克和一本《冰菓》跑掉了。可能是重心太高，走起路來有點東倒西歪。……小心別跌跤啦！

我把紙袋抓過來，翻到背面。

麵粉。括弧，低筋。

變成更沒用的東西了。

鋼筆變成胸章、胸章變成葛洛克、葛洛克變成麵粉。總覺得好像民間故事《稻草富翁》（註），可是跟故事不一樣的是，換來的東西完全沒有增值。或者說，那些傢伙是把麵粉不小心也丟進籃子，覺得麻煩才又丟下來給我罷了。

我從錢包裡面掏出兩百圓，放進代替收銀機的糖果盒裡。我坐到窗邊，撕開餅乾袋。

【剩餘一百七十一本】

028—♣09

過十一點了。御料理研的決戰是十一點半開始。

這樣說好像在自誇，但別看我這樣，我對自己的廚藝可是小有自信。不過沒想到是三人一組，真是失算。雖說我的信條是獨樂樂，但既然一個人連參加都不成，那也沒辦法了。反正我這個信條也不是絕不能退讓，所以我拜託摩耶花和千反田同學一起來參加。讓奉太郎拿菜刀應該也滿有意思的，可是就算邀他，他也絕對不會答應吧。

不過啊……摩耶花會做菜，這我知道。因為她有時候會自己做便當。可是千反田同學的話呢？完全是未知數。我拜託她參加時，她倒是很乾脆地答應：「好的，既然可以宣傳的話。」

一抹不安。不，兩抹不安吧！或者說，不安的單位是「抹」嗎？不安是可計算名詞嗎？到底「抹」是什麼啊？嗯，這值得深入調查。總之還有一個令人不安的要素：摩耶花能從漫研脫身嗎？

我前往第一預備教室，打算探探情況。

噢，客人滿多的嘛！明明摩耶花昨天跟我說漫研也門可羅雀啊？雖然不到大爆滿，可是這麼熱鬧就該偷笑了。我這麼想著，就要穿過門口的時候，發現外面貼了張海報。

註：知名日本民間故事，描述一個窮人透過一根稻草再三與人以物易物，最後變成大富翁。

無敵神速！海報製作生死鬥！
漫畫研究社數一數二的兩大高手全力競演（超能力者vs.武鬥家）
精確的揮灑與稍縱即逝的感性光輝　現正公開表演中

……沒聽說有這樣的活動啊？

我探頭進去一看。

「……哇……」

我忍不住叫出聲來。

襯衫上披著開襟罩衫、頭上戴著貝雷帽的摩耶花正對著約Ａ３尺寸的畫紙專心一意地動著筆。好認真，這摩耶花是認真的。我都聽到筆刮過紙上的喀喀聲了。她的臉頰甚至微微泛紅。從這裡看不見她在畫什麼。

她旁邊一身男性晚禮服打扮的女生也好厲害。她盯著還有許多空白的圖，突然間彷彿獲得天啟似地撈起筆來，以大膽的動作塗上顏色。

也不曉得是在畫什麼，不過不到五分鐘她就開口：

「好了，完成！」

然後她把圖交給等在一旁的女學生。馬上有幾個人圍了上來，拿著墊板開始搧風吹乾。瞬間我看到圖了。是月刊雜誌的人氣連載作品的女角。畫得真好。那是摩耶花的畫風。好像是由摩耶花畫主線，由男裝女生上色。

漫畫研究社數一數二的高手啊！真不錯。

我輕笑，然後折了回去。

即使摩耶花無法出賽，不戰而敗，我也不會感到遺憾吧！

3－2　029～036　野火料理大對決

029－♥07

我把可能會礙事的長髮隨手束在後頭。

御料理研究社為什麼會叫御料理研究社呢？

對於這個疑問，御料理研的社長馬上就回答我了。

「料理研究社出了一些醜聞，廢社之後，換了個名字重新出發。」

來龍去脈真教人好奇。

在福部同學誠心邀請下，我決定參加御料理研究社的活動「野火料理大對決」。我覺得野火這名稱真是奇特，實際參加一看，立刻就明白為何會如此命名了。因為野火料理大對決的舞台不在烹飪教室，而是在操場。

排列桌子而成的廚房非常狹窄，水量也有限制。火只能依靠兩個桌上型瓦斯爐。……

沒想到有人想得出這種奇特的主意。雖然這樣對於參觀的客人來說，的確是比較容易觀賞吧。

話說回來，這場活動應該是三人一組參加的……

「摩耶花同學好慢呢。」

登記已經結束，距離比賽開始的十一點半還有三分鐘左右。可是福部同學意外地平靜。

「每隔二十分鐘換人嘛。讓摩耶花擔任最後一棒就行了。如果這四十分鐘之間她還是沒來，那也沒辦法了。反正我們是來宣傳的，不用贏也沒關係。」

福部同學說的是沒錯，但我還是忍不住頻頻朝著樓梯口瞄。

身後傳來男生的聲音：

「不用贏也沒關係？你這種心態太教人不敢苟同了，福部！」

福部同學的朋友嗎？是我不認識的人。

福部同學總是活潑開朗，但是在這場文化祭的大活躍似乎也讓他不禁有些累了。他對朋友說話的口氣相當簡慢，甚至有點把我嚇到了。

「哦，嗳，我會加油啦。」

可是那位朋友對福部同學的態度也沒有訝異的模樣，而是笑咪咪的。

「話說回來，這三人一組真是個不錯的規定！就算我的廚藝很爛，只要其餘兩人有辦法，還是有希望得勝，而只有一個人廚藝高超也沒用。設想得真周全。」

「也沒什麼周全不周全的，普通的團體戰不都是這樣嗎？」

「你找到好隊友了嗎？你知道B班的須原嗎？他可是我們鎮上『味樂』的兒子呢。」

「哦，聽過。」

「他是我們這一隊的。」

福部同學曖昧地笑：

「這樣啊，那太讚了。彼此加油吧！」

果然還是有點奇怪。我認識的福部同學應該是個更親切和善的人。即使如此，福部同學的朋友還是開開心心地回自己的隊伍去了。我提心吊膽地向著福部同學的背影出聲說：

「福部同學……你身體不舒服嗎？」

可是回過頭來的福部同學一如往常。

「不舒服？我好到家啦！妳要好好見識我的福部流海鮮炒飯唷！」

看來是我多心了。我露出微笑。

「我很期待。……只是如果我沒有記錯，這場比賽的飯得從米開始煮起。如果要做炒飯，福部同學就得是最後一棒才行了。」

福部同學的臉色好糟糕。或許他真的累積了許多不為人知的疲勞。

觀眾來了不少。一百、兩百……不，還要更多？要在這麼多人面前做菜嗎？……唔，總覺得有點害羞呢。

「我說……如果最後一棒由摩耶花同學擔任，第一棒要由誰來呢？」

「嗯？千反田同學，妳剛才說妳想要煮飯吧？那妳得當第一棒才行。」

「不，煮飯花不到一個小時。更重要的是，我有點……」

我不太會說，但福部同學似乎從我介意周圍的視線察覺了，他替我解圍說：

「好吧，我來當第一棒。既然沒辦法做福部流海鮮炒飯，哪時候上場都一樣嘛！」

呃，我覺得這好像不是能說得這麼開朗的內容。

司令台被推到臨時廚房旁邊。御料理研究社的社長走上台，從剛才就在致詞和說明規則。接著他以格外響亮的聲音開始介紹出賽隊伍。

『登記參加的共有五隊，但由於廚房數目關係，只取先登記的四隊，將由這四個隊伍爭奪野火料理大對決的獎盃。

現在就來介紹各隊伍。登記第一號，好呷隊！』

這是由三名三年級男生所組成的隊伍。我看到其中兩人指甲很長，應該是不怎麼常做菜的人。

『登記第二號！法塔摩根納隊！』

是福部同學剛才那位朋友的隊伍。其中一名隊友顯得非常沉著，甚至有大將之風。那就是「味樂」的兒子嗎？

『登記第三號！天文社隊！』

咦？看來還有另一個社團想法和福部同學一樣。揮舞雙手吸引觀眾目光的是……我們也都認識的澤木口學姊。她今天也在頭上兩邊綁了髮髻。啊，她甚至拋了飛吻。不知為何，我覺得她看起來是個強敵。

『登記第四號！古籍研究社隊！』

福部同學強而有力地揮起右拳。我不知道該做什麼才好，姑且對著四面八方的觀眾依序行禮。

『規則就像剛才說明的。請各隊製作三份料理。食材在中央籃子，先下手為強！請留意不要落到只拿到白米的下場唷。如果食材用完了，只要是在神高的校園範圍內，從哪裡補給都行！園藝社剛才還在烤地瓜喲！』

啊，我都忘了。食材是先下手為強的話，表示第二棒和最後一棒必須用第一棒準備的東西料理才行。幸好是請福部同學擔任第一棒，因為我很容易三心二意。

「那麼各隊第一棒，各就各位……」

「我走囉！」

福部同學揮了揮手，往教室書桌排成的簡易廚房走去。四個簡易廚房圍繞著放食材的籃子設置。

御料理研的社長在台上叫道：

「野火料理大對決，開始！」

福部同學獲得的食材有「米三杯」、「小魚乾一袋」、「油豆腐若干」、「甜醋蘘荷一瓶」、「豆腐四塊」、「白蘿蔔二分之一根」、「長蔥三條」、「馬鈴薯六顆」、「黑芝麻少許」、「豬肉絲兩百公克」、「甜蝦一盒」、「太白粉一袋」。味噌、醬油等調味料、芥末，還有一味唐辛子、胡椒等辛香料規定可以無限使用。

福部同學想了一下，開始煮水。他利用水滾前的時間切長蔥，把拿到的三條長蔥裡的一條全部切成蔥花。不是「兜兜兜兜」那種輕快，而是「咚咚咚咚」的感覺，但動作看起來很穩健。接著他拿出小魚乾。是要做味噌湯吧！

御料理研的社長走上司令台，為各位參觀者進行實況轉播。

『噢噢，古籍研究社隊非常細膩！把小魚乾的頭和內臟一一去掉了！這樣的預先處理是很重要的！』

福部同學用處理好的小魚乾煮高湯，這段時間切了一點白蘿蔔，切成四分之一圓片。啊，福、福部同學，你切片的動作很熟練，可是白蘿蔔還沒削皮呀！那樣不行的。可是規定禁止對隊友提出建議。白蘿蔔！白蘿蔔！我想要用動作提醒福部同學……白蘿蔔！

切完之後，啊，他終於發現了。他正在準備削皮器。不行啊，把已經切成四分之一圓片的白蘿蔔一一削皮……看，熱水、熱水，高湯要煮過頭了！

福部同學削完皮後，慌忙撈起小魚乾丟掉……小魚乾事先處理過，我想應該不會有太多腥味吧。接著福部同學拿出了豬肉絲。他跑到中央，也拿了味噌過來。他從白、紅、紅麴味噌裡面選了白味噌。看到這裡，我也已經看出來了。福部同學要煮的不是普通的味噌湯。他左手拿著味噌濾網，右手握著湯匙。

經過二十分鐘的時候，我們的廚房桌上型瓦斯爐上已經完成了一道豬肉味噌湯。

『好，二十分鐘到了！請交換選手！』

福部同學跑了回來。他劈頭就這麼說：

「我錯了！」

「削皮的地方嗎？」

福部同學用力點頭：

「削皮也是，可是豬肉味噌湯的話，小魚乾沒必要清得那麼乾淨嘛！小魚乾害我浪費好多時間……」

確實如此，但我認為那並不是什麼多做多錯的程序。

「交、交給妳了，千反田同學。」

我點點頭。

包在我身上。

030—♣10

我還在猜想千反田同學的廚藝水準如何……

好、好快！動作很快，同時也很乾脆俐落、有條不紊，沒有一絲多餘，根本就是三頭六臂。實況播報員也注意到千反田同學：

『天文社的第二棒澤木口，那是在做什麼！那是什麼料理！那能叫料理嗎！……噢噢，請各位看看古籍研究社隊第二棒千反田，看、看她把白蘿蔔切成長薄片狀的刀工，多麼精湛！』

白蘿蔔轉呀轉地，一眨眼變成了一片薄薄的紙。砧板上，長蔥綠色的部分還有甜醋蘘荷已經準備好了。千反田同學怎麼能做菜時那麼俐落，平常卻遲鈍……不不不，溫文儒雅成那樣？

千反田同學用白蘿蔔薄片捲起蘘荷和長蔥，放到小碟上。一道料理完成。喂，開始之後才過了兩分鐘耶！

突然間，千反田同學的動作停了下來，就這樣靜止了十秒。當機？我正這麼想，她突然慌張地動了起來。對了，飯飯飯。太好了，千反田同學果然還是千反田同學。

她開始洗米，洗米的動作也無懈可擊。

『古籍研究社隊開始動手洗米……。噢，居然把只有六公升的水毫不惋惜地用掉了！為了煮出米飯的美味，古籍研究社隊毫不惋惜資源！還有那洗米時的搓洗手勢，學弟妹們，看到了沒！那才叫做正確的洗米方法啊！』

仔細，但迅速無比。量好水開火後，千反田同學再也沒有理會鍋子。

『……好呷隊，第二道料理味噌湯完成了。全部都是味噌湯？從第一道到第三道都是味噌湯？看看法塔摩根納隊，照燒料理要進入佳境了！』

千反田同學的動作愈來愈流暢。她用布巾包起豆腐擠掉水分，放到研磨缽後，撒上鹽巴和砂糖。平底鍋在加熱。不，那不是普通的平底鍋，已經用油炒過黑芝麻了。磨碎豆腐，平鋪到平底鍋上。實況播報員叫了起來：

『噢噢，古籍研究社隊，那、那是義性豆腐（註）！太感人了，太感人啦！古籍研究社隊，第二棒千反田！』

那是什麼料理？連聽都沒聽說過……

千反田接著開始削起馬鈴薯皮。這段期間，她把平底鍋裡的東西翻面，把削了皮的馬鈴薯在砧板切成適當大小，此時平底鍋裡已經煎出了顏色恰到好處的豆腐排。她把豆腐用菜刀切出刀痕，盛盤。第二道料理完成。

砂糖焦甜的氣味也傳進我的鼻腔裡。還有炒芝麻的香氣，難以言喻。這、這教人無法抵擋啊！

『……古籍研究社隊傳來好甜的香味！實力太堅強了，古籍研究社隊，這是打算用香味打敗群雄嗎！』

可是緊接著香味就被醬油的焦味給蓋了過去。是谷同學那一隊。

『好了，法塔摩根納隊的照燒料理也完成了。顏色真是漂亮！這兩位選手實在不像一般學生的水準，究竟是什麼來頭！』

富農千反田家千金——千反田愛瑠小姐！記住這個大名吧！

註：一種佛門素食料理，將豆腐壓碎加入蔬菜等配料或煎或蒸而成的料理。傳說為僧侶義性所發明。也稱擬製豆腐。

沒時間洗平底鍋了。在鍋中注水，開火，等待水滾。不，千反田同學沒有浪費時間等待，她趁這段時間去掉甜蝦頭，迅速剝掉蝦殼。煮飯的鍋子沸騰了。轉小火。水一滾就丟進馬鈴薯。多的白蘿蔔切成細絲，同時製作芥末醬油。嗯，甜蝦就得配芥末醬油。

同一時間，千反田同學簡單地沖洗剛才磨豆腐的磨缽，放進太白粉。這是要做什麼呢？我興致盎然，忍不住看得目不轉睛。

馬鈴薯好像熟了，但熱水沒有倒掉。千反田同學用長筷和味噌濾網靈巧地撈出馬鈴薯。瀝掉水分，丟進太白粉在等待的磨缽。她是擅長使用磨缽的料理嗎？太白粉和煮熟的馬鈴薯，這可以做出什麼？料理真是太深奧了。而具有意外性的人果然是全世界最有意思的，讓我樂在其中。千反田同學把弄好的白色物體用布巾裹起來握成一口大小，接連丟進剛才煮馬鈴薯的熱水中。

『天文社隊繼續端出前衛料理，我祈禱各位評審委員的胃平安無事。……好了，古籍研究社隊這次的料理是……馬鈴薯餅！千反田的動作太熟練了！可是沒問題嗎？』

馬鈴薯餅啊。我滿喜歡吃的。不過時間。我看看手表。只剩下兩分鐘了。不，實況說的問題應該不是指時間吧？

我望向廚房。上面有料理、有調理器具、有現在進行式的料理和食材……

「啊啊！」

我叫出聲來。瞬間——

『噢噢！古籍研究社隊，規定不可以出聲！』

嗚，好難受。

沒錯，我現在才注意到了！大事不妙，千反田同學犯了重大的失誤。這能夠挽回嗎？我用雙手在頭上比出叉叉，想要提醒千反田同學她的疏失。錯了！錯了！

千反田同學注意到我的動作了。注意到了，然後呢？

她親切地微笑，對我回以同樣的叉叉手勢。

「……」

溝通失敗。

不行了。縱然她領悟了我的意思，也無可挽回了。

她從鍋裡撈起煮好的馬鈴薯餅，盛上小碟子，淋上醬油。此時就像計算好時間似地，聲音宣布：

『四十分鐘到！請換最後一棒上場！』

「怎麼樣？」

動作如此神速，千反田同學卻對我露出微笑，一點疲態也沒有。我因為也只能這麼做了，也回以微笑。

「千反田同學，妳好厲害。我都不知道妳會做菜。」

千反田同學害臊地說：

「是嗎？我滿喜歡做菜的。」

「嗯，妳的廚藝太高明了。只是……」

「只是？」

她的表情頓時一沉。

「……出了什麼問題嗎？」

播報實況的御料理研社長大叫：

『……古籍研究社隊的第三棒還沒有出現！先前的表演那麼精采……』

「千反田同學，這是三人一組的比賽。」

「是呀。摩耶花同學還沒有來，真令人擔心。」

「不，就算她來了……」

我指著千反田同學剛才激烈鏖戰的臨時廚房。

就快煮好的白飯。白蘿蔔捲甜醋蘘荷白蔥。義性豆腐。馬鈴薯餅。生甜蝦。豬肉味噌湯。

千反田同學卯足了全力。她讓我們見識了精采的廚藝。只是……千反田同學的頭往右傾，接著往左歪，接著她赫然想到似地，伸手掩住了嘴巴。

「……啊！」

當笑話看還滿不賴的。簡易廚房剩下的食材只有削掉外層的白蘿蔔和一點長蔥，幾乎形同廚餘。

哈哈哈，摩耶花，抱歉啦！

031—◆06

如果慢慢畫，還可以畫得更像，但要求快速，怎麼樣都會變成自己的畫風。我看不順眼這樣，不停地修改細節。我注意到跟阿福約好的時間老早就過了。可是這隻眼睛的形狀得好好修正才行，我不能把比例顯然有問題的東西交出去上色。

話雖如此，也得在一個程度放手才行。我狠下心來妥協，描線、擦掉底稿。時間一眨眼就過去了。

「完成！」

似笑非笑的少女大頭畫，讓河內學姊皺起了眉頭盯著看，呢喃道：

「不太像，不過看得出來是誰，好吧！」

大概兩個小時半以內，我畫了五張全身畫和八張大頭畫。雖然不到可以炫耀畫得快的量，但應該也夠了。我負責的部分只到擦掉底稿線，有些畫還沒有上完色，但我非走不可了。阿福說十二點以前去就來得及，但已經超過十分鐘以上了。

湯淺社長拿著捲起的海報慰勞我說：

「伊原，謝謝妳。妳跟人家有約吧？不好意思把妳留到現在。」

社長不會創作，所以她幫忙顧攤或張貼完成的海報。我向社長微微行了個禮，衝出第一預備教室。

瞬間，文化祭那特別的氣氛包圍了我。走廊一直到盡頭處，到處都貼滿了宣傳與裝飾品，表情輕鬆的學生們魚貫往來。我在他們之間穿梭奔跑。這種時候身材嬌小占了一點優勢。

我專注在畫海報，所以沒有注意到，不過操場的揚聲器傳來話聲，那語調就像昨天的猜謎研究社活動。

『……好了！好呷隊正在準備削蘋果做甜點。可是這是要把蘋果切塊嗎？皮削得好厚啊！古籍研究社隊的最後一棒還沒有出現……』

我打滑似地彎過走廊，跳也似地衝下貼滿海報的樓梯。連把室內拖鞋塞進鞋箱都覺得麻煩，趿著鞋子就這麼連滾帶爬地跑出去。一直瞪著白色海報紙的眼睛被太陽刺得快睜不開了。操場上聚出一道人牆。人群間露出來的小千伸手指著我。我第一次看到小千束起頭髮的樣子。腦中才剛浮現這個想法，人群的視線全都一口氣集中到我身上來，揚聲器大響：

『噢噢，那個穿便服的女生，那是古籍研究社的最後一棒嗎？可是來得及嗎！』

人群不知為何甚至傳出掌聲來了。聽到那實況播報，我才注意到自己現在的服裝。對了，我現在還在角色扮演……

我覺得體溫一口氣爆表了。實在是，雖然現在才抱怨，可是我根本就不想穿成這樣的！好吧，既然都已經丟人了，怎麼樣都無所謂了！

我衝進會場，跑到小千和阿福旁邊。阿福對著司令台上拿麥克風的男生舉手說：

「裁判！請讓我對晚到的古籍研究社隊最後一棒說明一下！」

台上的男生好像猶豫了一下，不過他放下麥克風說：

「請長話短說。」

阿福大概是已經預先想好該告訴我什麼，他匆匆地說：

「右邊的鍋子在煮飯，已經可以進入蒸的階段了。左邊鍋子是豬肉味噌湯。端出去之前再熱一下。至於食材……」

另一方面，小千的表情幾乎都快哭出來了。……不會是阿福欺負她吧？

「對不起，摩耶花同學！」

「……除了廚房剩下來的東西以外，規定還可以從校園裡取得。老是讓妳抽到壞籤真的對不起。事後我們會補償妳的，妳就先想想要我們怎麼賠罪吧！那麼就交給妳了。」

我被推著進了臨時廚房。

先看看飯煮得怎麼樣了。火是小火，蒸氣沒有冒出蓋子，豎耳一聽，有微弱的沸滾聲。有溼布巾。我關掉火，打開鍋蓋，立刻蓋上布巾，白飯這樣應該就行了。然後剩下來要做什麼呢？

「……咦？」

呃。

欸，怎麼說，這裡只有一些差不多等於廚餘的東西呀？用掉一半的白蘿蔔、一點長蔥的綠色部分。蔥和白蘿蔔……要燉嗎？還是炒？

圍成圓狀的四個臨時廚房中央擺了幾個籃子。我看到軟管芥末醬，或許還有別的東西也說不定。我小跑步過去看看。

……籃子裡面的食材只剩下連我都可以一把握住的又小又醜的洋蔥。其餘就只有應該是用來冰鎮生鮮食材的一點冰塊。……怎麼看都是剩的。

另一方面，看看已經完成的料理，擺盤擺得賞心悅目，料理也非常精緻。阿福的廚藝不可能有這種水準，那就是小千的料理了。哇，好厲害。根本學不來。不過現在重要的是，該怎麼樣在這些精美的料理旁再放上水準匹配得上的像樣料理。萬一端出不像話的東西，有可能毀了小千難得做出來的好菜。

用剩的白蘿蔔、長蔥的綠色部分、醜醜的洋蔥……這算哪門子制約題？我盯著砧板，動彈不得。我懂阿福為什麼會說「壞籤」了。司令台上的男生的實況播報愈來愈刺耳了。

『好了，古籍研究社隊，一波未平，一波又起！已經沒有食材了！如果什麼東西都端不出來，最後一棒的分數當然是零！先前英勇奮戰的古籍研究社隊就到此為止了嗎！』

……能怎麼辦？

動腦啊，該怎麼辦？

032—♠09

『已經沒有食材了！如果什麼東西都端不出來，最後一棒的分數當然是零！先前英勇奮戰的古籍研究社隊就到此為止了嗎！』

他們在幹嘛啊……？

從專科大樓四樓的地科教室可以比較清楚地看到操場。看得清楚，代表聽得清楚，所以我能夠逐一掌握「野火料理大對決」的戰況。雖然光靠實況播報，不明白為什麼一開始就知道是三人共用的食材會在第二個人就用個精光，但既然知道古籍研究社隊的第二棒是那個千反田，我一點都不覺得有什麼不可思議。我輕聲呢喃：

「好了，該怎麼辦？」

這「怎麼辦？」指的不是「伊原打算怎麼辦」。而是在問我自己是否願意即使不顧面子，也要把伊原救出窮境、彌補千反田的疏失、幫忙里志宣傳。

答案一開始就知道了。

NO。

……畢竟只是場遊戲。我從窗邊折回原來的座位，把玩著太無聊而中止閱讀的廉價書。

【剩餘冊數一百五十本】

033—♣11

千反田同學解開綁頭髮的橡皮筋，放下原本的長髮，細細地盯著摩耶花喃喃說：

「摩耶花同學只剩下那點食材，她打算怎麼做？……我很好奇。」

是誰害的啦？

對方是千反田同學，所以沒法一記手背打下去，真教人內傷。

摩耶花還僵在原地。如果是我，想都不用想，絕對是長蔥白蘿蔔洋蔥炒一炒上陣，但摩耶花不會那樣做吧！她一定會覺得如果端出那種怪東西，會毀了千反田同學的精心傑作。

我先前完全沒去留意其他隊伍的狀況，不過此時大略望去，水準能與古籍研究社相抗衡的，好像只有谷同學的法塔摩根納隊。他們讓餐廳的兒子擔任第二棒，現在是谷同學正在料理。……好像是蛋包飯。選了困難的菜色呢。辛苦啦！

摩耶花雙手撐在簡易廚房上沉思著，接著她舉起手來，一副「我沒轍啦」的樣子。摩耶花向來不會輕言放棄，可是她剛才在漫研使盡全力畫圖，現在應該也累了吧。實況立刻轉播：

『古籍研究社隊，束手（……志！……）無策。剩下時間還有十分鐘，只能就這樣束手待斃嗎？』

嗯？剛才實況播報的聲音裡，是不是有聲音在叫我？

我覺得是我多心，但聽力比我好的千反田同學也東張西望起來。

「剛剛是不是人在叫福部同學的名字？」

「啊，真的有人叫我？」

『天文社隊，這已經不是地球上的料理了！天文社隊難道要發揮特色，做出外星人的糧食嗎？他們居然用高湯煮香蕉！有形容不出的怪味飄過來了！』

燉香蕉也很令人感興趣，不過……

「不好意思，可以安靜一下嗎！」

我這麼要求。御料理研社長好像有點不高興，但他拿下麥克風問：「怎麼了嗎？」這段期間，聲音這次聽得一清二楚了。

「里志！」

是奉太郎的聲音。好遠。在哪裡？

「在那邊，社辦！」

我猛地回頭。

千反田同學指的方向是專科大樓四樓的地科教室。在窗邊用力揮手的是──難以置信，是奉太郎！

奉、奉太郎扯著嗓門，探出身體為我們加油。不可能，不可能有這種事。我一直深信奉太郎是全世界最後一個願意這樣做的人。然後愈來愈多的觀眾注意力被奉太郎吸引過去。

「……那是在幹嘛……」

「……那是誰……」

我聽到吱吱喳喳的聲音這樣討論著。

「福部同學，他在招手。」

千反田同學小聲說。是嗎？嗯，沒錯，被千反田同學一說，我發現奉太郎確實並不是單純地在揮手。他是在招手。奉太郎接著大叫：

「里志！過來，過來底下！」

怎麼啦怎麼啦？節能主義者奉太郎居然不惜這樣做。

摩耶花也訝異地呆呆仰望四樓。既然那個奉太郎會叫我去，嗯，一定是有什麼火急要事吧。大太陽底下還是有新鮮事的，看來應該有什麼。我這麼想著，對千反田同學說：

「既然他叫我去，我去看一下是什麼事。」

從設置在操場的臨時廚房到地學教室正下方約有一百公尺距離。我小跑步過去，仰頭用手圍成擴音器形狀：

「幹嘛？」

「接好！」

奉太郎手中有東西。接好？接什麼？還來不及想，奉太郎已經把東西丟下來了。哇，人家需要心理準備……！

在慢動作模式的視野中緩緩落下的物體。

或者說，那是從正上方丟下來的，距離感很難抓耶。那東西依自由落體速度跨越四樓的距離，以十足的勁道掉進我的手中。

沉重的手感。接得好！這是什麼？

「……這、這是！」

我懷著難以置信的心情看著手中的東西。奉太郎怎麼會有這種東西？

034—◆07

阿福手中拿著黃色的紙袋衝了回來。然後他默默無語地把東西扔給了我。我反射性地接下，嚇了一跳。這是折木丟下來的東西吧？

折木怎麼會有這種東西？袋子上寫著「麵粉（低筋）」。

阿福用全力衝刺後微微泛紅的臉朝我豎起拇指。司令台上負責實況轉播的男生大聲喊叫：

『古、古籍研究社，這發展太驚人啦！規定的確是允許從校內補充食材，可是難道那是麵粉嗎！』

好！

東西的來源晚點再煩惱吧。麵粉、麵粉和長蔥、白蘿蔔、洋蔥。還有、還有……

完成圖在我的腦中一閃，緊接著完成它的步驟也一一浮現。

035—♣12

摩耶花動了起來。

她把麵粉倒進大碗，注入清水，從中央的籃子取來冰塊，放進裡面。在平底鍋倒油，開始加熱。長蔥的綠色部分切成適當的長度，洋蔥切薄片，準備磨泥器，然後在這裡發揮巧思。

『古、古籍研究社隊在蒐集剛才第二棒千反田切下來的甜蝦頭！要把甜蝦頭拿來做什麼！』

甜蝦頭，唔，也不是不能吃，不過要把它拿來跟麵粉怎麼樣？我正在納悶，千反田同學低低地呢喃：

「……海鮮天婦羅。」

原來！我望向臨時廚房。沒錯，摩耶花想要做海鮮天婦羅。

每個人都認為沒用、是廚餘的食材，摩耶花卻沒有錯過隱藏在它們當中的光輝！摩耶花現在正要為被當成廚餘的食材注入新生命，讓它們化身為海鮮天婦羅！摩耶花教導了我們絕不放棄的力量！世上沒有任何東西是廚餘！每個人都能夠發光發熱！摩耶花萬歲！真實的我們萬歲！我現在的心情就像《中學生日記》（註1），或是《兒童之友》（註2）。

摩耶花把蔬菜和甜蝦頭放進融化的麵粉裡。油已經熱了。可是——

『野火料理大對決，還剩下五分鐘！』

來、來得及嗎？

摩耶花在找東西。她在找什麼？天婦羅的材料應該都已經預備好了。摩耶花看了好幾次擺放調理器具的盛盤，然後瞪住台上的社長。

「料理研！至少也該準備一下湯杓吧！」

對了，沒有湯杓。我在煮豬肉味噌湯時也覺得很不方便，勉強用湯匙克服了這個問題。社長遭到指責，慌了手腳，交代司令台底下的女生處理，那個女生卻只是驚慌失措地東張西望。快點啊，隨便拿什麼樣都好，動作快點，沒時間了！女生終於跑了出去，從其他隊伍借來沒在使用的湯杓，拿到摩耶花那裡。啊啊，可是已經浪費了寶貴的一分鐘！

摩耶花一把搶下似地接過湯杓，把什錦天婦羅的材料舀進熱油裡。滋滋滋滋，美味的聲音傳了出來。接下來的動作可謂神速直逼鬼神。把白蘿蔔磨成泥，開火熱豬肉味噌湯，用醬油和味醂調沾醬，把飯舀進丼碗裡……丼碗？

『古籍研究社隊急起直追，急起直追啊！來得及嗎？還剩下一分鐘！』

實況播報緊張無比，摩耶花卻一副盡人事聽天命的模樣，直盯著油看。長得難以置信的幾十秒，沉默與靜止，接著是長筷子朝著秋陽高舉猛然一揮。熱呼呼的什錦天婦羅擺到丼碗上，添上白蘿蔔泥。

「加油！」

「沒時間了！」

「幹得好啊！」

觀眾歡聲雷動。摩耶花的奮鬥甚至讓旁觀者都不禁熱血沸騰。

「摩耶花同學……！」

千反田同學感動到了極點，聲音都帶淚了。

不愧是摩耶花。我為摩耶花感到驕傲極了。

註1：日本電視台的連續劇。
註2：日本福音館書店出版的兒童繪本月刊。

『時～間～到～！』

淋上一行醬汁。什錦天婦羅丼完成，同時野火料理大對決也宣告結束。

無怨無悔。無論結果如何，我都無怨無悔。

（古籍研究社的料理如下：

第一棒，福部里志：豬肉味噌湯。

第二棒，千反田愛瑠：白蘿蔔捲甜醋蘘荷、義性豆腐排、生甜蝦佐芥末醬油、馬鈴薯餅。

第三棒，伊原摩耶花：什錦天婦羅丼飯。）

036—♥—08

摩耶花同學的動作俐落，刀功也精湛無比。最重要的是，她居然能在那樣緊迫的狀況想到什錦天婦羅丼，那種發想令我五體投地。然後我仰望四樓的地科教室。雖然不知道折木同學怎麼會有麵粉，但折木同學是個非常敏銳的人，或許他事前就已經有了某種預感。窗邊雖然看不到人影，但我還是朝著那邊行禮。

在如雷的掌聲包圍下，摩耶花同學回來了。頭上的貝雷帽和胸前的心型別針很可愛，引人注目。可是與那身可愛的打扮相反，摩耶花同學的表情嚴肅到家了。我想起了我的失誤，想要至少向摩耶花同學道歉，但摩耶花同學開口第一句就是擠出來似的叫聲：

「沒炸透！」

「不，沒時間，也沒得選，妳幹得太漂亮了。」

福部同學如此盛讚，但摩耶花同學似乎極不認同。

「沒有湯杓啊！有磨泥器和削皮器，所以我以為一定有湯杓。找湯杓花了快一分鐘，對吧？如果沒出那種意外，應該可以炸得更好的。我也太笨了，沒有湯杓，怎麼不會想到用別的東西代替！」

「哎呀，真的對不起。」

有人從旁邊這麼插嘴。是直到剛才都還在司令台上實況播報的御料理研社長。他在台上一副耍寶的模樣，現在卻無比誠懇地為了他們的疏失向摩耶花同學道歉。

「調理器具我們應該已經檢查過了……最後應該再檢查一遍的。」

福部同學站在兩人之間排解說：

「不過我在做豬肉味噌湯的時候就覺得奇怪了，那時候我應該確認看看的。而且我時間還有剩。」

「……嗳，算了啦。」

摩耶花同學這麼說，接受了社長的道歉。

不過我想炸那樣應該就差不多了吧——社長接著說下去，我暫時失陪，往臨時廚房走去。已經檢查過一遍的調理器具在正式活動時不見，這令我感到好奇。

試吃已經開始了。眾人的視線都集中在進行試吃的三名評審身上。把天文社做出來的黃綠色或者說綠竹色的綠色系物體放進口中的評審緊緊地閉上了眼睛，仰起頭來。那道料理的滋味，我不好奇。

過去我從來都不贊成「有時候無知才是幸福」這句話，但從今天開始，我要稍微改變一下理念。

該有的調理器具都擺在鋪了布巾的淺盤中。像這樣一看，我們三個人之中沒有人用到、不太常用的調理器具，像是竹串、搾汁器、大阪燒用的小鏟子等等，也都一應俱全。然而卻少了湯杓這種基本道具，這會是單純的疏失嗎？

我並非期待那裡會有什麼，也不是發現了什麼異狀。我真的只是一時興起，拿起了淺盤。

「咦？」

問候卡，還有面朝底下打開放在那裡的導覽手冊《KANYA祭指南》。這個組合我在哪裡看過。

難道，難道。我轉向後方叫來兩人：

「福部同學！摩耶花同學！」

社長因為還有任務，回司令台去了。

「欸，千反田同學，那個社長好像完全被妳迷倒了呢。」

什麼迷倒，我完全不認識那位社長呀，真傷腦筋。不，那不是重點。

「我在盤子底下找到這個。」

「這是什麼？」

摩耶花同學隨手捏起我指的卡片。可是她瞥了卡片一眼，表情就僵住了。上面寫的不出所料，是我先前看到的文字內容。

御料理研　己失去湯杓

十文字

「這是……」

福部同學看著卡片的眼睛閃閃發光。我鼓足了勁說：

「跟占卜研究社一樣！」

「跟圍棋社一樣！」

咦？

我吃驚地望向福部同學，四目相接了。福部同學睜圓了眼睛。或許我的表情也差不多。

只有摩耶花同學一個人很冷靜。她把《KANYA祭指南》翻到正面。原本蓋在底下的那一面，就像香穗同學說的，是參加團體一行感言的那一頁。「第二天十一點起，在操場舉行料理比賽『野火料理大對決』！歡迎報名參加。」是有御料理研究社感言的那一頁。

摩耶花同學先是看福部同學，接著看我，然後慢慢地說：

「這是怎麼回事？」

即使問我，我也回答不出來。

……這究竟是怎麼回事呢？

我和福部同學再一次面面相覷。

3—3　037～043　「十文字」事件

037—♠10

我聽著廣播社的校內廣播吃便當。

不曉得吹的是什麼風，不過應該也不是吹什麼風，肯定只是想要整人還是一時興起，今天的便當是姊姊幫我做的。對於食物，必須純粹心懷感謝地吃掉才是禮儀，但香料煮大豆、優格煎雞肉，這超級異國風味的菜色是有什麼意義嗎？像這印尼炒飯，米還是長米種，是去哪買來的啊？

吃中飯的時候，社辦門暫時關起來。異國風便當很好吃。我正悠哉地享受香料風味，此時教室門打開，里志進來了。

「回來囉！」

接著是千反田，還有伊原。

「嗯，辛苦了。」

我說著，指著上面。不是指頭上，而是在叫他們注意播放的校內廣播。中午期間，廣播社會推出電台式的節目。從剛才就在播送御料理研的訪問。

『是一場高水準之戰呢。』

『是啊，評審意見分歧呢。法塔摩根納隊的第二棒非常厲害，主菜的照燒鰤魚幾乎都可以拿去開餐廳了。還有酒蒸蛤蜊——啊，文化祭不能用酒，所以是用味醂取代，不過完成後的滋味無話可說。只是距離上桌時間有點太久了，接下來還有二十分鐘的決賽，所以料理都冷掉了。而古籍研究社隊則是反過來利用了這一點。第二棒的義性豆腐和馬鈴薯餅不管熱的還是冷的都一樣好吃，而最後一棒的海鮮天婦羅運用甜蝦頭的創意令人感動，而且趁著剛炸好熱呼呼的時候端上桌，這火熱的炸物成了致勝的關鍵。』

『那麼天文社隊呢……？』

『讓評審一腳踏進棺材了。』

我沒有停下筷子，說：

「恭喜第一名。」

附帶一提，不知道是有什麼理由，代表優勝隊伍上台領獎的是伊原。而伊原幾乎沒有提到任何為古籍研究社宣傳的內容。這個樣子，真不曉得里志是為了什麼那麼投入了。不過比起為社團宣傳，里志應該也是以自己的樂子為優先吧。

光榮的優勝隊伍三人，意外地對這段廣播毫無興趣。

「謝謝。都是多虧了折木同學幫忙。對了，我們有東西想請你看一下。」

千反田急匆匆地說。總有股不祥的預感。

「噯，總之先吃飯吧。」

我勸大家坐。然後三人各自坐下，取出各人的午餐。……三個人都吃福利社麵包嗎？真是太慘澹了。

千反田只撕開了甜碗豆麵包的袋子，連一口都還沒吃，就又重複了一遍：

「折木同學，我們有東西想請你看一下。」

「嗯，什麼東西？」

「這個。」

千反田說著，遞過來一張問候卡。上面寫著「御料理研　已失去湯杓」。不曉得是不是署名，最後是「十文字」三個字。

「哦？」

我把一粒香氣十足的大豆扔進嘴裡吞下，哼哼道。

「湯杓被偷了嗎？」

「嗯。……只有我們那一隊的。」

伊原點點頭說。伊原做的好像是什錦天婦羅，所以直接蒙受偷竊損害的也是伊原吧！我丟下那包麵粉，本來是想讓她拿去做個麵疙瘩什麼的……沒想到會拿去炸東西，真是個不知道妥協的傢伙。

「怎麼會有人那麼閒呢？你們也真是無妄之災。」

我交還問候卡。可是事情並不是這樣就結束了。啃著紅豆麵包的里志用帶笑的聲音說：

「不只是御料理研而已，聽說圍棋社也遭了殃，無伴奏合唱社好像也碰上一樣的事。」

「還有占卜研究社也收到跟這張卡片內容相同的，呃……犯罪聲明。」

原來如此。

「看來有人鬧到發慌呢。」

我試圖把事情像這樣矮化，然而千反田沒有半點聽進去的樣子。她緊握住拳頭，一副根本就忘了甜碗豆麵包的態度。千反田整體給人一種清純可人的印象，然而她的一雙大眼睛卻背叛了她的這種形象，而現在那雙眼睛更是睜得老大，感覺連她散發出來的氣質整個都變了。

這、這樣不行。怎麼會有這種事？好不容易才風平浪靜地過完一半的文化祭，而且千反田昨天也十足自制了，怎麼又會發展成這種局面？到底是哪裡走錯了？一旦發動，任何人都無法制止、連貓都能殺死的惡魔感情——千反田愛瑠的好奇心，我知道它就要發動了。

我一個字一個字擠出來似地慢慢地說：

「是誰趁著文化祭做出這種事？為什麼要冒用十文字同學的名字？為什麼要接二連三偷走東西……」

千反田終於說出那句話來了：

「我很好奇。」

啊啊。終於，她終於說出那句話來了。

……不，可是沒什麼好怕的。入學至今，雖然我沒有一次不被千反田的好奇心牽著鼻子走，但現在的我有王牌。

沒時間猶豫了。我亮出那張王牌：

「不是管那種閒事的時候。社刊……」

可是我還沒說完，里志就插了進來：

「說到社刊，我覺得就算像這樣一個個參加活動，提高社團知名度，還是不可能賣掉多少。雖然我早就清楚沒多少意義，仍一直參賽到現在，但現在我有了別的想法。」

「什麼想法？」

里志的眼神在笑。他這人臉上老是掛著笑，但他這時的語氣莫名地嚴肅：

「這場連續竊盜事件——既然有犯罪聲明也有署名，該稱為怪盜事件嗎？總之呢，我們要把這個事件推銷給壁報社。然後順利的話，也參加校內廣播的訪談。只要做到這個地步，即使不能賣掉剩下全部，應該也可以再賣個三、四十本吧。」

……原來如此，這點子不壞。這確實是一宗足以讓那些社團爭相採訪的案件。就連里志昨天的麥克風宣傳都有了不錯的效果，如果能夠動用傳媒系的兩大社團，再賣個三、四十本，或許都還是低估了。不過……

「你說推銷，要怎麼推銷？這事跟古籍研究社又沒有關係。」

「啊，我懂了。」

伊原插嘴。

「這樣啊，所以才會找折木啊！」

「嗯，『冰菓』事件的時候，還有『女帝』事件的時候，奉太郎都發揮了驚人的智慧嘛。」

等一下。我知道你們想說什麼，可是等一下。

「咦，什麼意思？」

領悟力不好的千反田問，里志露出更邪惡的笑容來：

「也就是大概像這樣：『古籍研究社名偵探折木奉太郎逮捕搗亂文化祭之惡徒——怪盜十文字。名偵探折木奉太郎過去的活躍事跡，詳見古籍研究社之社刊《冰菓》！』這樣不但可以揭穿『十文字』的真面目，也能為古籍研究社宣傳，真所謂一石二鳥啊！」

「原、原來如此！這點子太棒了！我馬上……」

砰！我大力放下筷子。

「別胡鬧了！我可不陪你們瞎搞。」

我大叫說，他們把人當成什麼了。

然而里志卻一反我的預期，沒有繼續說笑，而是意外地露出嚴肅的表情說：

「說的也是呢。我們想賣掉社刊。無論如何都想賣掉社刊，可是強逼奉太郎那樣扮演小丑，實在太沒有人性了。」

這才像人話嘛。……況且就算要我當小丑好了。

「說起來，那個叫『十文字』的傢伙是隨機下手吧？你們說要抓他，是要從何抓起？」

「就是希望奉太郎想想辦法啊！」

太強人所難了。

「幹嘛以為我就辦得到？……首先你以為文化祭期間的神高總共有多少人出入？光是我們自己的學生就有一千人耶。」

沉默降臨。我默默吃著異國風便當。

撕開培根麵包吃著的伊原吐出小小聲的嘆息。

「我覺得阿福的提案不錯。叫折木想辦法的確是殘忍了點，不過簡而言之，只要把那個自詡怪盜的傢伙跟古籍研究社綁在一塊兒就行了吧。」

又撕了一塊麵包。

「……如果怪盜肯拿古籍研究社當目標就好了。」

「是啊。」

我點點頭。那麼一來，眾人關注怪盜事件，也等於是關注古籍研究社了。而且也不必勉強去揭開那個什麼「十文字」的真面目。里志呢喃：

「……乾脆來個自導自演……」

「駁回！」

伊原厲聲說。

「風險太大了。」

「玩笑話，玩笑話。」

「話從阿福口中說出來，一點都不像玩笑。……可是到底要怎麼做才好？」

「別想得太深。麵包都變難吃了。」

伊原對這打諢半點反應也沒有，又撕了塊培根麵包。她的眉頭鎖得緊緊的。伊原的責任感比別人更強，卻完全沒辦法到古籍研究社來幫忙，這可能讓她私下有什麼想法吧。

「有沒有可能碰巧古籍研究社就是怪盜的目標？」

千反田兩手捧著甜碗豆麵包說。

「里志，參加團體有幾個去了？」

「五十一個。這數字讓人有點難以期待呢。」

「如果自稱十文字的怪盜不是隨機下手的話……」

「如果古籍研究社符合怪盜下手的法則……是嗎？」

可能性應該不是零。或者說，即使是徹底亂數，至今為止沒有遭殃的機率也是五十一分之……

「……你們說有哪些社團遭竊？」

里志當場回答：

「圍棋社、無伴奏合唱社、御料理研，還有什麼？對了，占卜研。」

沒遭殃的機率是五十一分之四十七。即使徹底亂數，還是有一點機會被盯上。古籍研究社只有我一個人，當然我偶爾會去洗手間或散步幹嘛的而離開崗位，要下手應該也很容易。

……嗯？

等一下。剛才是不是有什麼奇怪的地方？我用手勢制止就要開口發言的千反田，再次詢問里志：

「不好意思，你再說一次有哪些社團遭竊了？」

「咦？圍棋社、無伴奏合唱社、占卜研跟御料理研。」

唔唔。難不成。

「這麼說的話，」

我慎重地換了個順序。

「也就是無伴奏合唱社（akaperabu）、圍棋社（igobu）、占卜研（uranaibu）和御料理研（oryouriken）對吧？

……此外的其他社團都還沒有受害嗎？」

里志露出困惑的模樣，但搖了搖頭說：

「不曉得。有可能只是沒聽說。」

我一看，伊原拿起了《KANYA祭指南》。她好像也發現我發現什麼了。她看著導覽手冊的最前面，大概是參加團體的五十音順索引，以有些強硬的語氣開口說：

「電影研（eiken）、園藝社（engeibu）、戲劇社（engekibu）、SF研（esuefuken）。」

「沒錯。這四個社團怎麼樣？」我問。

「電影研、園藝社……」

一陣吸氣的聲音，接著是里志叫也似的聲音：

「ABC！」

「咦，咦，什麼意思？」

千反田跟不上來。我擔心著她手中幾乎被捏扁的甜碗豆麵包，告訴她說：

「就像妳說的，這不是隨機下手，有規則在裡面。而且非常單純，是每個人都會第一個想到的規則。只是中間漏掉，而且聽到的順序不同，所以一時沒有看出來罷了。假設電影研也遭竊的話……

那麼遭竊的社團就是無伴奏合唱社（akaperabu）、圍棋社（igobu）、占卜研（uranaibu）、電影研（eiken）、御料理研（oryouriken）。」

「啊！」

千反田按住嘴巴。

註：五十音的前十個音是aiueo、ka ki ku ke ko。

「是依五十音順（註）！」

另一方面，里志的動作神速。他已經在打手機連絡了。

「……嗯，對。有沒有什麼東西被偷了？……不，不是我啦！真的啦，真的。……咦，水槍？嗯，知道了，謝啦！」

在三人矚目之下，里志按下手機的保留鍵，抬起頭來說：

「是園藝社遭竊了。聽說大家暫時離開時，水槍被偷了。」

「水槍？園藝社怎麼會有那種東西？」

伊原的疑問理所當然，但我可以立刻回答出來。

「園藝社在舉辦烤地瓜活動。上頭交代要準備水以便隨時滅火，所以他們搞怪準備了水槍。」

「折、折木同學，你怎麼會知道這些事！」

抱歉，這不是用我天賦異稟的推理能力推論出來的。我老實說出我得到葛洛克17的經過。這段期間，伊原喃喃自語個不停。

「等一下，等等。ABC是在以A開頭的土地上，有名字以A開頭的人遇害對吧？」

雖然是猜的，不過我們裡面實際讀過阿嘉莎‧克莉絲蒂的《ABC謀殺案》的大概只有伊原。

「御料理研是湯杓被偷了呢。」

「等一下。」

里志慌忙制止伊原，從總是隨身攜帶的束口袋裡面取出記事本和筆。

「千反田同學，妳知道占卜研被偷的東西正確的名稱是什麼嗎？」

「我知道，是『命運之輪』。」

「ＯＫ！」

里志動筆。

無伴奏唱社（akaperabu）　（飲料）

圍棋社（igobu）　（棋石）

占卜研（uranaibu）　命運之輪（unmeinowa）

園藝社（engeibu）　（水槍）

御料理研（oryouriken）　湯杓（otama）

原來如此。

「唔，沒有實際看到犯罪聲明，大概也只能推測到這種程度了吧。」

里志歪著頭說。我雖然還是半信半疑，但仍然說出想法。

「園藝社失竊的是不是『ＡＫ』（e-ke）？」

「ＡＫ？為什麼？」

「他們的水槍是仿卡拉什尼科夫的。」

「這樣啊。等一下唷，我晚點打電話確認。」

「那樣的話，圍棋社的會不會是『石頭』（ishi）？」

的確。沒有人提出異論。那麼無伴奏合唱社是……

「無伴奏合唱社是……」

「唔……。泡盛（awamori）（註）、燙酒（akkan）？」

「不，這隨便就可以確定，用不著費心思去想吧。」

這……這對古籍研究社來說，會不會是個千載難逢的大好機會？我並不是拋棄了節能主義。沒必要的事我依然不做，可是放過這個機會，是不是太可惜了點？這個從天而降的幸運，讓我感覺自己一反常態地興奮了起來。

「可是『十文字』怪盜打算偷到什麼程度呢？」

千反田，妳傻傻地說那是什麼話！

「是啊，問題就在這裡。」

「如果他肯一路偷到古籍研究社來就好了。」

……里志跟伊原也都沒發現嗎？

我大聲說：

「你們在說什麼啊！怪盜的署名是什麼？」

「咦？十文字（jumonji）啊！」

「你們幹嘛特地念成姓氏的發音『jumonji』？照平常念的話，應該是十個字意思的

『jumoji』吧？」

「……可是我有個朋友叫十文字香穗……」

「啊！」

伊原叫出聲來。

「原來如此，十文字！小千和阿福都念成姓氏的『十文字』，所以我一直以為那是怪盜的姓氏！如果那是指十個字的『十文字』，而御料理研是第五個字的話……」

沒錯。

「第六個字母是『ka』。那麼最後第十個字母就是『ko』。……你們不覺得這是個用來推銷『古籍研究社』（kotenbu）的大好話題嗎？」

【剩餘一百四十八本】

038—♥09

我認為福部同學和摩耶花同學都是非常出色的人，但唯有一點，我無法贊同他們兩位。

他們兩位都把折木同學說得太糟糕了。什麼懶骨頭、蹺班狂、有氣無力、行屍走肉、遊手好閒、混水摸魚——不，連條魚都

註：沖繩特產的一種烈酒。

不會摸回來，還有什麼睡到死的獅子——如果真是獅子，就算睡死了也還有救——還有什麼存在本身就是反勞動節，連水蛭都比他勤勞，實在說得太難聽了。

我碰到不懂的事，可以去調查，也可以察覺不合理的地方。我聽過一個說法，說提出問題，就等於問題已經解決，但我認為這並不適用於我的情況。因為對於我感到不可思議的事，我連一半都無法自力解決。這就像即使準備好泥土、水和秧苗，也不是稻子就會自己長出來。種下秧苗，使它結實纍纍，還需要我們農家的協助。至今為止，折木同學好幾次從我甚至沒發現那就是關鍵的事實當中，導出我完全意想不到的答案。在福部同學說的「冰菓」事件裡，折木同學做出了說不盡的貢獻，在「女帝」事件中也展現出傑出的發想。

不只是這類機智而已。折木同學平日雖然那樣說他自己，但實際上他對於嫌麻煩而棄他人不顧，卻有著強烈的遲疑，我覺得他其實是一個充滿溫情的人。

不過我覺得自己有時候太過於依賴他的溫情了。因為他太可靠，我總是時時叮嚀自己不可以過度依賴，但……

懷著折木同學帶給我們的新展望，以及它所帶來的新的可能性，我再次前往壁報社社辦。我認為折木同學發現的「規則」確實足以說動壁報社。可是能不能充分表達、運用，全看我的談判手腕。文化祭華麗的裝飾、不間斷的喧嚷、各個社團精心製作的許多海報，現在都無法迷惑我了。取而代之的、現在占據我心的，是這次絕對不容失敗的決心，以及入須姊的教誨。

福部同學說，「十文字」這件事還沒有引發巨大的回響。這意謂著這件事對壁報社來說，還不是「極具魅力」的話題。這麼一來，這次的談判就相當於入須姊在教誨中說的「無法提供回報的請求」。

我回溯記憶。我對記憶力頗有自信。重要的是期待對方，還有讓我方看起來沒什麼利益，以及在沒有旁人的地方請求異性。

雖然我尚未領會這些方法為何有效……把還沒有融會貫通的方法單純當成工具使用，讓我感到有些害怕，但現在不能計較太多了。

我依照入須姊的教導，擬定台詞，並且在口中反覆練習，以免忘詞說錯。

我來到壁報社做為社辦的生物教室了。敲敲關著的門。

「噢，請進！」

裡面傳來粗野的應門聲。我有點害怕，可是還是打開門。

教室裡有六個人，比昨天還多。可是不同的地方不只有人數而已。令人慶幸的是，遠垣內學長也在裡面，但除了遠垣內學長外的五個人，都拿著手機正神態緊張地講電話。其中一個人講完電話，向還在說電話的另一個男生說：

「是料理研。社長正在確認。」

聽到的男生用手指比了個圈。錢……不，是表示ＯＫ的手勢吧！講完電話的學生手中拿著一張單子站起來，穿過我旁邊跑出教室，彷彿根本沒看到我。

忽然間，有人從近處向我搭話：

「不好意思啊，千反田同學，我們現在有點忙。」

不知不覺間，遠垣內學長來到我旁邊。瞬時間被壁報社人仰馬翻的氛圍嚇著的我，聽到學長的聲音回過神來。

「妳可以晚點再過來嗎？」

「好的，不好意思打擾……」

不對！不可以！我好不容易打住即將反射性說出口的話。我們也沒有多少時間了。要是三兩下就放棄，也無顏去見折木同學了。至少得把該說的事情說清楚才行。

「……不好意思打擾，可以借用學長一點時間嗎？」

我硬是請求說，遠垣內學長雖然露出為難的樣子，但還是答應：

「唔，不會太久的話。」

本來應該在這時候好好道謝的，但遠垣內學長也很急的樣子，所以我惶恐地省略了。此時我忽然想起一件事。遠垣內學長是異性，而這裡有很多社員。我退後幾步，離開生物教室的門口。可能也沒有特別意識到吧，遠垣內學長跟著前進了幾步，從生物教室來到走廊。此時我若無其事地帶上了門。雖然是文化祭期間，但專科大樓三樓最角落的生物教室附近，除了我們外別無他人。

這樣就成功遵守了入須姊的一項教誨。我壓抑著不容失敗的緊張，開口說道：

「是關於古籍研究社的事。」

「如果是妳昨天說的事，沒有話題就沒辦法，我已經拒絕過妳了。」

「不，呃，現在有話題了。」

呃，期待對方。這樣說算嗎？

「除了壁報社外，我們沒有其他人可以說了。」

「哦？」

遠垣內學長先前還露骨地希望我有話快說，這下態度卻有些不同了。

「是什麼話題？」

「是的。」

我短短地喘了一口氣。

「其實有人在這場文化祭裡面從各個社團偷走東西……」

我才說到一半而已，遠垣內學長卻反應激烈：

「『十文字』！」

「咦？」

「妳知道關於『十文字』的什麼線索嗎？」

這完全異於預測的反應，讓我窮於應付。呃，該怎麼說才好呢？折木同學說過好幾次，我的毛病就是碰上這種情況會語塞。得先冷靜下來才行，也就是，現在的狀況就是……

遠垣內學長——或者說壁報社的人，似乎已經知道「十文字」的事了。而且大概非常感興趣。……我本來打算提出「無法提供回報的請求」，但現在卻變成了「有回報的請求」嗎？預定完全不同了。

怎、怎麼辦？

不，該說的事應該還是一樣的。我點點頭，盡可能要自己冷靜下來，說起已經整理好的內容。

我說明來龍去脈。

說明前因後果。

遠垣內學長興致十足地聽完我的話，頻頻露出佩服的反應。

「原來如此……五十音順啊。說的也是，料理研的正式名稱前頭還有個御（o）字嘛。沒想到占卜研也受害了……難怪。」

最後那句話令我有些好奇。

「呃，學長說難怪，指的是……」

「哦。」

遠垣內學長的表情變得沉重了。

「我們是壁報社對吧？」

「是的。」

我點點頭，結果遠垣內學長語塞了一下，換了重音重說一遍。

「壁報社，『ka』besinbunbu。」

「啊！也就是說……」

「美工刀（kattanaifu）被偷了。所有的人都出去採訪時，一下子被偷了。」

「各位現在會這麼忙，就是因為這個緣故嗎？」

遠垣內學長點點頭。

「東西被偷當然教人生氣，但我們一直在等待這樣的突發事件。因為全是事前預定好的報導也沒意思嘛。真是天助壁報社也。沒想到『十文字』會像這樣下手。」

然後學長高興地添了一句：

「虧你們注意到這個法則呢！」

「啊，是，都是折木同學……」

然而我一說出折木同學的名字，遠垣內學長就變成一種笑著皺起眉頭般、既高興又不甘心的表情來。

「……哦，這樣啊。哎，替我跟他打聲招呼吧。」

「好的。」

「謝謝妳的情報啦，幫了我大忙。」

我懷著舒爽的心情目送遠垣內學長回去生物教室。

然而那道門關上前，我想起了入須姊的教誨。——有回報的請求，十之八九對方都想不勞而獲。

等一下，請你們也要好好報導一下古籍研究社啊！

我想要對遠垣內學長的背影叫道。……然而我做不到。情急之下，我還是說不出質疑遠垣內學長的話來。

「……」

我不知不覺間盯著朝遠垣內學長的背影伸出的手，一瞬間想到自己又失敗了，落入黯淡的心情。

可是，冷靜想想，這樣就行了。入須姊說的不勞而獲的情形，指的是今後再也沒有瓜葛的情況，但我和遠垣內學長並非如此。所以相信遠垣內學長，交給他決定怎麼做，不算是什麼錯誤的做法。

沒錯。一定是的，大概，應該吧。

……先做好心理準備吧！

039—♣13

「冰菓」事件中，我領教了奉太郎意外的洞察力。我和奉太郎念同一所國中，也聊過很多話題，卻完全不曉得他有這樣的一面。

我因為知道奉太郎的特技，所以在「女帝」事件時也對他寄予期待。我認為除了奉太郎，應該沒有其他人能有辦法了。我至多是從旁協助。較大的事件，能立刻想起來的是這兩宗，但除此之外，奉太郎也活躍過許多次。

可是這次的「十文字」事件，這個案子無法期待奉太郎。

奉太郎要看店，沒辦法離開地科教室——不對，他藉口要看店，不願離開地科教室。我知道奉太郎的信條是能夠賴著不動是最好的，但這次我覺得有點勉強。查案怎麼樣都必須奔波流汗。換言之，「十文字」事件跟奉太郎不合。

如果我們沒辦法指望折木奉太郎的話？

……就只能自力救濟了。

我根據奉太郎的推論，靠著自己的人脈補強資訊，整理出竊案的經緯。

第一天

・上午十一點半左右　「無伴奏合唱社」被偷走「AQUARIUS動元素」運動飲料

・下午十二點半左右？　「圍棋社」被偷走「石頭（？）」

・下午兩點過後　「占卜研究社」被偷走「命運之輪」

第二天

・上午九點左右　「園藝社」被偷走「ＡＫ（卡拉什尼科夫自動步槍型水槍）」

・上午十一點半前　「御料理研究社」被偷走「湯杓」

然後在走廊遇然碰上的千反田同學告訴了我新的情報，就在剛才（現在是下午一點五十八分），「壁報社」被偷走了「美工刀」。實際失竊時間應該要再更早一點吧！

粗略估計，十文字應該是每隔一小時半到兩小時半的間隙下手行竊。這對照早上八點開始到傍晚五點結束的文化祭官方時程來看，也是個遊刃有餘的數字。

神山高中文化祭是為期三天的活動，若要從十個團體偷走十樣東西，就可以分配為偷三樣、三樣、四樣。不過現在已經知道第一天偷走了三樣，而最後一天因為要收拾善後的關係，三點左右應該就已經進入收工模式了。那麼今天偷走四樣的可能性應該很高。

此時我取出《KANYA祭指南》來。我尋找「ki」開頭的團體……哈哈，作繭自縛，這也是怪盜的弱點。只有「魔術社」（kijustubu）一個而已。

然後我來到魔術社一看，外頭貼著「下一場公演兩點半開始」的海報。哎呀，這真是再巧不過了。既然已經知道怪盜接下來就要對這裡下手，沒道理眼睜睜看著東西被偷吧！即使「十文字」真的以如同怪盜的超絕技巧偷走了「ki」，至少也能得到一點線索。

我一面警告自己不能疏忽大意，卻有一半覺得已經勝券在握。被識破規則性，是怪盜「十文字」的敗因。剩下的問題只有即使識破了「十文字」的真面目，如果不放任他活躍到「ko」，將有礙於宣傳古籍研究社的名氣。不過只要查出怪盜的真面目，就等於是拿到了「萬能牌」，要怎麼樣利用都行。

我和奉太郎不一樣。無論是爬梳剔抉，還是快刀斬亂麻，我都辦不到。如果我能辦到這種事，那麼我會為自己的意外性感到驚奇吧。

可是唔，即使是這樣的我，也可以採取行動。我要四處奔走、細細觀察，這個案子就交給我解決了。

魔術社的公演借用二年D班教室進行。普通教室有兩個出入口，其中教室前方的門垂下遮光窗簾，掛著厚紙板寫著「魔術社後台　非關係者不得進入」。觀眾是從後面的門出入。後門旁邊擺了一張桌子，上面有個塗白的箱子。湊過去一看，裡面放著魔術社的節目單。

白白等上三十分鐘也很無聊，所以我拿了一張節目單。

1. 開幕致詞　一年級　高村洋一
2. 活死人　一年級　長井香
3. 七色環　二年級　田山和哉
4. 神出鬼沒　一年級　高村洋一．長井香
5. 近距離紙牌魔術　二年級　田山和哉
6. 杯與球
7. 閉幕謝詞

噢噢。

首先可以看出來的，是魔術社好像只有三個社員。古籍研究社有四人、手工藝社有五

人，咱們贏了。

至於節目內容，說到「活死人」就是殭屍。至於魔術中的殭屍，指的是死靈球嗎？接下來的「七色環」我猜應該是七連環，套鐵環的魔術。「神出鬼沒」，唔，應該是把什麼東西拿進拿出吧。「近距離紙牌魔術」名稱夠直白了，沒創意但讓人有好感。兩個人一同表演，似乎會滿好玩的。「杯與球」，這應該是從cup and ball翻譯過來的。把球放進杯中搖晃，以為在這個杯子裡，結果是在另一個杯子裡，就是那種魔術。

好像沒有哪個表演是使用一眼就看得出名稱是「ki」開頭的物品。不過我想想，如果是紙牌魔術，可以偷走國王牌「king」；使用硬幣的話，有「金幣（kinka）」，濁音也算數的話，「銀幣（ginka）」也通。……好像有點勉強（日本的硬幣一圓是鋁製、五圓是黃銅、十圓是青銅，此外都是白銅。至於今年發行的新五百圓……是鎳黃銅嗎？）。

進去裡面看看嗎？我本來要開門，但還是罷手了。揪出怪盜十文字是不錯，但偷看人家後台，也未免太沒修養了。不必那樣做，只要在這裡守著，確定出入的有哪些人就行了。

我看著竊案過程表，再次沉浸在意想不到的發展樂趣中。預定和諧的活動、探索深奧的知識，都各有無法道盡的樂趣，但這類突發狀況我也相當喜歡。不過若從過去的經驗來自我分析，可悲的是，我運用機智的能力似乎並不出眾。本質上我並不適合冷靜地應對突發意外，不過這次已經有了事前資訊，應該總有辦法吧。

我尋思著這些事，等待開演時刻到來。

「嗯嗯，這不是福部嗎？」

語氣意外的聲音，方臉加上蒜頭鼻，是谷同學。

「野火料理大對決時受你關照啦。」

一時間我不懂他在說什麼。料理比賽的事，是吧？這麼說來，我們贏了谷同學的隊伍。因為發現犯罪聲明，我把勝負完全拋到腦後了。我露出笑容。

「我只能勉強端出豬肉味噌湯而已。隊友的奮鬥很有看頭，但我本身倒是有點沒盡情燃燒夠呢！」

「團體戰太綁手綁腳了，真想一對一決勝負。那兩個女生好厲害呢，須原也嚇了一跳。」

「我們沒料到居然能拿下冠軍。參加者不多，是我們幸運。」

「話說回來……」

雖然是若無其事地，但谷同學的視線落向我的手。我的手中拿著竊案過程表。我不著痕跡地把它藏起來。

「你知道嗎？」

「知道什麼？」

接著谷同學眼神旁移，望向魔術社的招牌。對於我和谷同學在這裡碰上的必然性，我想到了一個可能性。我還在猶豫是否該主動說出這個可能性，谷同學已經得意洋洋地說：

「自稱『十文字』的怪盜的事。」

果然。我沒有點頭，而是聳了聳肩。

「不愧是谷同學，消息真快。」

我是在稱讚，但谷同學反倒露出不悅的表情來。

「怎麼，你真的已經知道啦？」

「所以我才會在這裡啊！」

「唔，聽說發現料理研的犯罪聲明的就是你們嘛。你們會知道也是當然的吧。……那麼既然你會來魔術社……」

「我當然發現了。五十音的規則，對吧？」

我笑著說，谷同學一臉索然地說：

「……有意思。你果然值得期待。」

不敢當。

我猜到他接下來要說什麼，先發制人：

「那麼這是下一場『勝負』嗎？」

「是啊，來場特別的如何？」

谷同學說道，得意地笑了。然後他稍微壓低了聲音說：

「為了公平起見，告訴你一個消息。……壁報社也被下手了。」

我決定不說出我已經知道這件事。我還滿喜歡調侃別人的，但過度刺激，把關係弄僵，則最好是能免則免。

可是，

「結果壁報社抓狂了，他們決定跟怪盜卯上。下一期的頭條是怪盜十文字。壁報社好像要準備獎品，舉辦逮捕『十文字』的活動。」

這消息我倒是不曉得。我坦率地發出感興趣的聲音：

「咦，獎品是什麼？」

「好像要提供一整期的號外版面。……會有很多想出鋒頭的人來湊熱鬧唷！」

「應該吧。」

「大家都渴望突發事件。或許『十文字』會變成明天的熱門話題。」

就想要把這個案子當成個人娛樂的我來說，這真是個壞消息。谷同學來淌渾水就夠讓人掃興的了，千萬不要再變成熱門話題啊。可是站在想要利用案子做宣傳的古籍研究社社員的立場，這應該是個好消息吧。「十文字」竊案愈是熱門，對我們古籍研究社來說助力就愈大。而應該要取哪一邊……哎，當然是可以讓摩耶花展露笑容的一邊吧！

谷同學拍拍我的肩膀，恢復平常的音量笑道：

「不過你的消息之快，也滿讓人佩服的。可是不好意思，這次我贏定了。畢竟別看我這樣，我可是個推理迷呢！」

真的嗎？儘管內心質疑，我表面上還是笑容不絕。

「還請手下留情。」

這句客套話讓谷同學頗感受用，他點了點頭。

「我期待你的表現，福部！」

040—◆08

我藉口吃午飯，在古籍研究社悠哉地坐了一陣子，但總不能一直賴下去。不管再怎麼如坐針氈，還是得回漫研去。

不知不覺間，我把撕得幾乎可說是粉碎的培根麵包碎片，像猴子啃橡果似地一小塊一小塊塞進嘴裡。把它吃完就走吧。我正這麼想的時候，藉口看店賴在社辦的折木開口說：

「伊原，妳說過妳讀過克莉絲蒂吧？」

折木怎麼會知道這件事？我正感到奇怪，想起暑假快結束時，那時在阿福說的「女帝」事件，我曾經提過。我停下捏培根麵包的手說：

「說是讀過，也只是看過幾本代表作而已。不要以為我精通克莉絲蒂唷！」

「《ＡＢＣ謀殺案》是代表作吧？」

「這還用說嗎？」

折木盤起雙臂，深深靠坐在椅子上，瞪著天花板跟我說話，真夠沒禮貌的。

「里志說這『十文字』竊案是ＡＢＣ……」

明明是折木自己指出「十文字」應該念成「jumoji」的，現在他卻又發音成「jumonji」。不過要當成名號看待，「jumonji」這個發音比較好懂，所以我也沒說什麼。

「的確是可以聯想到。《ＡＢＣ謀殺案》裡，被害人身邊都擺了一本『ＡＢＣ時刻表』不是嗎？或許失竊的地點放著《KANYA祭指南》，也是為了讓人這麼聯想。」

「那當然啦。除此之外還有別的意義嗎？」

「話說回來，」

折木把盯著天花板的視線放了下來。他有些尷尬地說：

「我想問一下，《ＡＢＣ謀殺案》裡，兇手依照ＡＢＣ順序殺人的理由是什麼？」

……這問題真微妙。

「折木，你看過《ＡＢＣ謀殺案》嗎？」

「沒有，不過知道大概劇情。」

「只知道大概而已嗎？那你今後打算要看嗎？」

「……不曉得。」

「不曉得會不會看，你真的要問嗎？這可是爆雷耶？如果你無所謂，要我說也行。」

折木想了一下，瞥了我一眼。

「沒關係，告訴我吧。」

這樣。那好吧。

我姑且掃視了一下周圍。因為萬一不小心被絕對不想事先聽到《ＡＢＣ謀殺案》劇情的人聽見，那就太過意不去了。

確定沒有人之後，我嘆了一口氣。

「又問那種理所當然的問題。這還用說嗎？『因為想依ＡＢＣ的順序殺人，所以才這麼做』，這能變成一個故事嗎？」

折木苦笑。

「哎，說的也是。」

受不了，這傢伙就是這副德行。明明有話想說，又悶在心裡。我忍不住口氣也跟著變差了。

「你在想『十文字』是不是『因為想依五十音順偷東西，所以才這麼做』，對吧？」

「……是啊。」

折木答道，表情彆扭地重新在椅子上坐好。

「我不知道『十文字』是不是意識到克莉絲蒂，但他偷走了些什麼？棋石、湯杓，全是些沒用的東西。他應該不是想要這些東西吧。

那麼歹徒的目的就只是依五十音順序偷盜取樂嗎？」

「或是這個行為本身還有別的意義？」

我把一塊麵包扔進口中說。

「里志和千反田聽到怪盜『十文字』依五十音順序行竊，高高興興地出去了。不過老實說，只要資訊齊全，這點事任誰都看得出來。」

「的確，我們裡面你是第一個發現的，但也不到大發現的程度呢。」

「也就是說，這對『十文字』而言也不是多複雜的詭計。譬如說，如果不是依五十音順，而是依『榮耀屬於神高』的順序來偷，光是這樣或許就夠教人拍案叫絕了。」

「是啊，只是單純的五十音順，有點沒意思呢。」

我懂折木的意思。如果依五十音偷盜是「十文字」的目的，那麼他就只是個行竊取樂的笨賊罷了。不過如果並非如此，那麼五十音順就只是一個過程而已。

雖然親身參與之前不這麼覺得，但文化祭是一段相當特殊的時間。即使有人想要利用這種特殊和解放感，開個無傷大雅的怪誕玩笑，也不是什麼奇怪的事。可是只是這樣而已嗎？確實還有這個疑問存在。

……我有點不太對勁。

「折木，你想揪出『十文字』嗎？」

「我？」

折木的表情是發自心底的意外。

「妳怎麼會覺得我想做那種事？」

「因為你熱心助人。」

折木哼了一聲，恢復全身頹靠在椅背上的姿勢。

「我無所謂吧。不管是十文字還是千面人，隨他們愛幹什麼都不關我的事。如果他想從古籍研究社偷走東西，除了我的錢包外，想偷什麼都送給他好了。可是啊，既然千反田說她好奇，最後的最後，她一定還是會追問『十文字』到底是誰。」

「別理她不就好了？」

「就是因為辦不到才麻煩啊。」

折木板起臉來。

辦不到唷？

這個蠢～蛋。

我迅速捏起只剩下一點的麵包片扔進口中，站了起來。正準備離開的時候我想起來，姑且道謝說：

「對了，折木，多謝你的麵粉。我差點只能束手待斃了。」

「噢，對了對了。」

折木想起來似地說，露出奇妙的笑容。

「那袋麵粉是用稻草交易換來的。」

稻草交易？

「你在說啥啊？」

「稻草富翁啊。妳沒聽過嗎？」

啊，原來如此。

「你的意思是，你給我麵粉，所以我也要給你什麼？」

「妳有什麼嗎？沒有的話，交易就此結束也沒關係。」

哎，好吧。

我想了一下，解下胸口的心型別針。

「這給你。」

折木吃驚地看它。

「……可以嗎？沒有別針，妳的角色扮演……」

「不要說角色扮演啦！白痴！」

我把別針使勁全力砸在折木臉上，頭也不回地快步離開地科教室。

041—♣14

我本來打算一直盯著人員出入，但碰上生理現象，還是沒轍。公演就快開始了，我離開去了一下洗手間。回來之後，我不著痕跡地詢問谷同學是不是有人出入，被他笑說哪有人向敵人打聽情報的。即使如此，我說了幾句刺激自尊心的話，谷同學便好心地告訴我了。

「沒有人過來。」

幾乎就在他回答的同時，有人走出二年D班教室。是一個男生，領子上的學級徽章是二年級。那就是魔術社社長田山學長吧（我並不認識魔術社社長，是看節目單知道的）。他來到掛滿了萬國旗和燈籠等飾品的走廊，以幾乎可以傳到另一頭的音量大聲說：

「魔術社第五次公演，馬上就要開始嘍！」

我和谷同學也沒有交談，分頭進入陰暗的教室裡。看來窗戶掛上了遮光窗簾。教室裡被分成兩區，中央以遮光窗簾隔開。桌子全部挪到窗邊，只陳列著椅子。遮光窗簾另一頭是當成後台使用吧。隔間用的遮光窗簾前面擺著講台和講桌，肯定就是舞台。觀眾席與舞台之間距離很近，這對表演者來說應該是個考驗，但對觀眾來說很值得高興。雖然現在不是開心看表演的時候。

這次我從室內監視進來的人。

來到第五次公演，對魔術有興趣的人早都已經看過了吧？遲遲沒有觀眾進來。第一個進來的人物令人意外。是即使閉口不語也給人冰冷印象、一開口更是印證這個印象的「女帝」。我忍不住站起來。

「啊，入須學姊，妳好。」

入須冬實學姊在黑暗中瞇起眼睛直盯著我瞧。

「……噢，古籍研究社的。」

入須學姊微微頷首取代招呼，在教室最後一排的椅子坐下。看似十足現實主義者的入須學姊居然會來看魔術，讓我覺得有些奇妙。

下一個觀眾也是女生，兩個人一起。第一眼看到時，我本來以為是一對男女情侶，因為其中一個是男裝打扮。那身男裝晚禮服我看過……對了，是漫研的人，和摩耶花搭檔上色的。想到之後，我也想起跟她在一起的女生是誰了。是漫研的社長，以前看過幾次。兩人指著手中的魔術社節目單，有說有笑，占據了前方座位。

幾個不認識的人零星進來了。畢竟是在同一個屋簷下求學念書，有些人多少有印象，不過可以算是不認識吧。除了學生，還有一對疑似夫婦的中年人進來。此外還有顯然是小學生的女孩子，讓人忍不住想問：喂喂喂，今天是平日耶，妳怎麼沒去上學？

接著進來的女生是同學。但不是很熟，所以我沒有叫她。對方好像也注意到我，不過反應跟我一樣。這麼說來，她的姓氏是「十文字」。十文字香穗同學，她是「進位四名門」之一，雖然我很想親近她，但十文字同學這人冷漠到家，拒人於千里之外（不過我說的「親近」，是想要聽聽其他地方聽不到的名門趣聞這種程度的「親近」，絕對沒有被摩耶花聽到會尷尬的意思）。

一開始沒什麼客人，我還在擔心，但漸漸人多了起來，對魔術社來說應該是值得高興的狀況吧。剛才的社長從隔間的遮光窗簾之間探出頭來，掃視了一下觀眾席後又縮回頭去。

一群男生進來了。這可驚人了，是總務委員會委員長田名邊治朗是也。而正跟田名邊學長說話的是……天哪，敬禮！是神山高中第N代學生會會長——陸山宗芳閣下是也（至於N是多少，我沒有研究）。我們的學生代表那媲美運動員的結實體格與爽朗笑容，還有那辯才無礙的口才令人印象深刻。雖然我也不曉得學生會長平常都是做些什麼。其他還有幾個我不認識的人。田名邊學長注意到我，微微舉手示意。

占了教室一半的觀眾席雖然不到客滿，但也有七分滿。應該是魔術社社員的女生關上教室門。隔間的遮光窗簾之間走出一個男生，雙手各拿著一座燭台，擺到講桌上。他從口袋裡取出火柴，點燃蠟燭。柔和的光線照亮了被遮光窗簾遮蔽的陰暗教室內部。原來如此，是利用燭火搖曳的微光來彌補觀眾席與舞台太近的缺陷啊。氣氛滿點，深得我心。

點蠟燭的男生退回後台，接著換社長現身了。魔術社社長頭髮全往後梳，戴著無框眼鏡，身材瘦得可以說是乾癟，看上去就像是個手指靈巧的人。他緩慢地掃視鬧哄哄的觀眾席一圈，等待話聲平息，滿足地微笑後，以裝模作樣的動作恭敬地行禮。

「各位，開演時間已到，表演即將開始。感謝各位本日蒞臨魔術社公演，請盡情觀賞我們魔術社平日切磋磨鍊出來的技藝。」

掌聲。

我一邊拍手一邊東張西望。目前好像沒發現什麼異狀……

「那麼首先是魔術社前途無量的新星——一年B班的高村洋一所帶來的『活死人』，敬請欣賞！」

說完之後，社長一邊拍手一邊退下舞台。從遮光窗簾之間現身的男生如同我所猜想的，手中拿著球。音樂開始了。曲子是《*El Bimbo*》（註）……的話，或許富有樣式之美的趣味，然而播放的卻是低語系的法語流行曲。那個叫高村的同學表情半點都不緊張。該說不愧是魔術社社員，還是因為已經是表演第五次了？

死靈球、七連環，表演依照我所猜想的進行。

魔術社的水準相當不錯。這些魔術內容我當然都已經看過了，所以不感到驚奇。不過我從來沒看過球在這麼近的地方半空飄浮，或是鐵環相扣，所以覺得魄力十足。第一個男生和接著登場的女生手指動作都還有點微妙的生澀，但沒有明顯的失敗。我由衷為他們的妙技送上喝采。

第三個表演，節目單上的「神出鬼沒」值得一看。表演者是唯一一個二年級生，同時也是魔術社社長的田山學長。他的技巧看起來確實比先前兩人高超。致辭時落落大方的態度，上了舞台依然不變。他維持著沉默，配合音樂（是鋼琴奏鳴曲，至於曲名就不曉得了）從看似空無一物的空間取出紙牌或手帕等物品。

如果只有紙牌和手帕，雖然會佩服他純熟的技巧，但也不會吃驚吧。不過表演尾聲，從他蓋著黑手帕的右手中冒出來的東西嚇了我一跳。觀眾席一片驚呼，我也差點就要站起來。

不知是為表演成功而放心，還是為歡呼感到滿意，田山社長原本面無表情的臉上露出些許笑意。他拿在手上的東西是一支蠟燭。那是有螺旋紋路的粉紅色小蠟燭，而且更厲害的是它正在燃燒。不是開玩笑的，如果點著火，是要怎麼裝在口袋裡？田山社長把那支蠟燭重新高高舉向觀眾席，我們齊聲鼓掌。坐在稍遠處的谷同學也為這神乎其技的演出拍手鼓掌。我不經意地聽到從他口中說出來的話：

「厲害，是torch啊。」

唔，何必要帥撂什麼英文？不就是蠟燭嗎？而且torch聽起來感覺像火把，那種的應

註：法國輕音樂大師波爾．瑪麗亞（Paul Mauriat，一九二五～二〇〇六）的曲子，常被用於魔術表演配樂。

該叫candle吧?不過如果要叫我解釋torch跟candle有什麼不一樣，我也說不出個所以然來。

不行不行，完全看得入神了，但我來這裡的首要目的並不是看魔術。可是話雖如此，魔術表演順利進行，也沒有觀眾做出什麼特別奇怪的行動。門偶爾會忽然打開，觀眾增減一、兩人。可是教室以外的地方，應該沒有「十文字」要下手的目標才對。門簾、招牌、海報。呃，十文字的目標是什麼去了?魔術社（kijustubu），以「ki」開頭的東西。

……呃，蠟蠋的外來語，kyandoru！

我赫然一驚，重新望向在舞台上熱情行禮的田山社長。他手中的蠟燭已經熄了。可能是因為危險，取出來讓我們看過之後，馬上就吹熄了。可是這間教室的蠟燭不只那一支。照明全靠講桌上的蠋台。我望向那裡。

「……啊！」

「呃，猜撲克牌的魔術相當常見，所以今天變點花樣，改用日式花牌……咦？」

我不小心叫出聲來了。表演已經進入接下來的紙牌魔術，而且是沒有配樂，全由表演者說話帶領的表演形式，所以舞台上的高村同學和長井同學都吃驚地望向我。我太不應該了。我把手舉到臉前，擺出對不起的手勢。

燭台上的蠟燭。一座燭台可以插五根蠟燭，然而右邊的燭台有五根蠟燭，左邊的卻只有四根！

怎麼會這樣。已經被偷了嘛?!

什麼時候？還什麼時候，根本沒有人靠近舞台。啊，現在——

「那麼請最後一位觀眾到舞台上來。」

被指名的入須學姊走向舞台，可是除此之外，上過舞台的只有表演者。那麼這代表蠟燭從一開始就被偷了。

我還以為「十文字」會在公演當中，眾目睽睽地執行藝術般的偷竊行動呢。原來在表演開始前就已經偷完了嗎？

啊啊，我到底是為了什麼花這麼多時間在這裡！

犯罪聲明應該被擺在某個地方吧。是啊，仔細想想，御料理研的湯杓也不是在野火料理大對決的時候失竊的。比賽開始時就已經是被偷的狀態了。怪盜「十文字」對於十足怪盜風格地精采突破重圍、華麗行竊完全不感興趣嗎？

總之，既然已經知道東西失竊，繼續在這裡監視也沒用。如果是事前失竊，跟來這裡看表演的人就無關了。既然如此，既然如此……

「妳選的牌子是『紅葉與鹿』對吧？」

「……是的。」

掌聲。

就乖乖坐下，盡情欣賞吧！

042—◆09

一回到漫研，不怎麼親的同學劈頭第一句話就是：
「怎麼這麼慢？」
我討好地笑了一下，回到社刊店員的座位去。
或許是花了整個上午畫的海報多少有點效果，感覺客人比昨天來得更多。我小聲問在旁邊顧攤的女生說：
「跟昨天比起來怎麼樣？」
那個女生視線往旁邊挪，我注意到她是在看河內學姊。她是在確定河內學姊正在跟她的跟班專心聊天，沒注意到我們嗎？她用比我更小的聲音回答：
「嗯，賣得不錯。」
「是海報效果嗎？」
「這就不曉得了。」
真希望是。我並不反對河內學姊的角色海報策略，而且我畫的圖也展示了不少張，所以如果發揮了攬客效果，我不可能不感到高興，希望大家別誤會了。
可是雖說已經有了心理準備，不過有一群人誤會了這一點。那夥人低聲竊笑著，在離我不怎麼遠的地方，也就是故意說給我聽似地說了起來。
「一開始便照著學姊說的做就是了嘛。」
「就是啊。如果不是誰在那裡莫名其妙唱反調，昨天就可以賣出更多本了說。」

連分配的稿子都交不出來的人，沒資格說我好嗎？可是我沒有反駁。

「好啦好啦，那樣說太可憐了啦，人家也是畫得那麼拚命嘛。」

「是啊，畫得好努力唷。」

只看字面，或許像是在幫我說話，但換個語氣，意義就完全不同了。正確地形容是每個字、每一句都故意拖得長長的，最後再瞥上我一眼。就算剔除我的被害妄想，意思也是「活該」吧。

我喜歡漫畫，要說的話，也喜歡漫研，所以不太樂見狀況演變成這樣……可是沒辦法。只要有三個人，就會出現小圈圈，而我這人又是天生忍不住要多話，況且拿不出證據來的也是我。好吧，忍耐，忍耐。只是在這樣的氣氛裡，實在沒法開口要求寄賣《冰菓》，教人難受。

竊竊私語聲死纏爛打地繼續著。我覺得「三姑六婆」就是在形容這些人，結果想到了一件事。忘了是什麼時候，在跟阿福閒聊時，我說了什麼東西很像三姑六婆，結果阿福露出不可思議的表情說：

「意思是很勇敢嗎？」

「咦？」

「還是富愛國心？」

「你在說啥？」

「像珊古流普。」

「……什麼？」

「匈牙利的英雄。」

那誰啊？

啊，想到阿福那時正經八百的表情，真是有夠好笑的。現在笑出來就糟糕了，可是我還是忍不住輕笑出聲。這下真的慘了。竊竊私語集團瞬間騷動起來。

「笑什麼笑啊？」

「她會不會太囂張啦？」

「有夠礙眼！」

對不起唷！

那個集團論存在感，每個人都半斤八兩，但其中算是較為強勢的一個稍微放大了嗓門說：

「我猜八成是那個吧，說什麼找不到，根本是騙人的。把根本不怎麼樣的漫畫給捧上天去，結果人家要她拿出來，又怕到了，只是這樣罷了吧。真不該拿那種連聽都沒聽過的同人作品當例子，裝行家，假精通。反正那種……」

要是她再繼續說下去，我不怎麼好的脾氣就要爆發的時候——

「停。到此為止。既然沒聽說過，就不要隨便亂說。」

有人這麼勸諫說。竊竊私語集團同時轉向那番來自意外方向的攻擊，可是她們不得不就此沉默了。這也是當然的，因為這番話出自她們的領袖——河內學姊之口。穿著男裝晚禮服的河內學姊彷彿忘了自己才剛說的話，大聲打著哈欠。

我大吃一驚。不是因為河內學姊嚴厲糾正自己的跟班。我一直以為河內學姊是那種只要好笑、管它是虛構作品還是紀實作品都無所謂，不管抄襲和致敬、不講求公平不公平的人。然而這樣的河內學姊居然說出「不知道就不要亂說」這種話，令我吃驚。

那群女生就像挨了罵的狗似地垂頭喪氣，可是她們仍頻頻朝我送上怨恨的視線。

好悶啃。

……我才剛坐下來顧攤沒多久，但還是決定轉換一下心情。我對旁邊的女生說：「不好意思，我離開一下。」站了起來——心裡想著：好想吹吹風啊。

秋天的太陽掉得特別快。

雖然還不到傍晚，陽光卻顯得虛弱，風非常涼爽。在裝飾得五顏六色的神山高中裡，大樓間的通道卻一如往常，讓人懷疑大家是否遺忘了此處。我在通道的屋頂上，心不在焉地俯視著中庭。

過去我的立場應該還沒有這麼糟。果然還是不該那麼多嘴嗎？

可是我大概沒有多後悔。「世上沒有所謂的有趣無趣，有的只有主觀。」河內學姊這番話，我怎麼都無法接受。如果真是這樣，那要怎麼求進步才好？我畫的角色圖還算能看，海報的水準也不差，可是我的漫畫卻無聊得要死。我想畫出更有趣的漫畫、想畫出更有趣更好玩的漫畫。這種時候，在仰望的頂峰處如果不放上比方說像《夕暮已成骸》的作品，我要拿什麼來確定自己進步了？河內學姊說，前進與停留原地都是同樣一回事，那種言論讓人就像處在黑暗之中。沒有基準也沒有目標的話，不管朝哪裡前進，都不算是相對性地前進。無論怎麼磨練本領，那都不是進步，只是變化。如果接納那樣的論調，怎麼能覺得現在的自己還不夠好？

……可是昨天我想不到這些。我相信只要亮出《夕暮已成骸》，就可以讓學姊信服。而我完全沒考慮到無論學姊信不信服，她的跟班會怎麼看我。

哈哈，我真傻。

……真想見見阿福，他一定又在哪個活動玩得像個傻子一樣瘋吧。我也好想跟阿福一起去追蹤「十文字」事件的發展。他會不會來找我呢？如果他來找我，我一定再也不會回漫研了。

「伊原。」

突然有聲音叫我，為了慎重起見，我摸了摸眼角才回頭。

「對不起，伊原，變成這麼奇怪的狀況。」

豐滿的臉頰、雙眼皮的大眼睛。正為難地微笑著的來人，是湯淺社長。

我用力搖頭：

「為什麼是社長道歉？社長一點錯都沒有啊。」

「嗯，我一直沒有吭聲。雖然我很想站在妳這邊。」

……這話在通道的屋頂上對我說，要我做何感想？

可是無所謂。我並不想要誰站在我這邊。倒是如果社長真的擁護我，我和河內學姊的爭執或許會發展成漫研的一大騷動。我不想要那樣，所以算了。

「……亞也子她不是真心的。」

社長低低地說。我納悶了一下亞也子是誰，一會兒才想到河內學姊的全名叫河內亞也子。

「不是真心的？什麼東西不是真心的？她剛才那句『沒聽過就不要亂講』嗎？」

「不是，是昨天跟妳爭吵的事。」

這個話題我已經不太想提了，但我還是稍微吸了一口氣，開口說道：

「覺得有趣還是無聊，純粹是天線敏感度的問題那件事嗎？」

社長輕輕點頭。

難道她這是在安慰我？那樣的話，未免也太笨拙了。我不由得面露冷笑。

「社長怎麼知道？」

「嗯……我跟亞也子是朋友。」

「只是這樣？」

「亞也子跟春菜也是朋友。」

湯淺社長面露平靜的笑容，就像在說：「這樣妳就懂了吧？」我的表情大概很呆。春菜是誰？不是河內學姊，也不是湯淺社長，我又想不到其他會在這時被提起的人。隔了好長一段時間，我才無可奈何地問：

「誰？」

「什麼誰？」

「那個叫春菜的。」

這次換成湯淺社長露出古怪的表情來了，她微微側頭的動作讓我有點想起小千。

「咦？可是妳不是有那本書嗎？」

哪本書啊？我一頭霧水，湯淺社長接著說：

「《夕暮已成骸》啊。」

我沒想到這書名會在這時被提起，身子不由自主地挺直了。

「……我是有那本書。」

「春菜是它的原作者啊。安城春菜。書上沒寫名字嗎？」

咦！

我拚命地努力想起《夕暮已成骸》的作者。可是怎麼說，作者絕對不叫「安城春菜」。是更類似同人漫畫筆名的、搞怪到了極點的名字。嗯，我記得。作者確實是叫……

「不是，《夕暮已成骸》的作者是叫安心院什麼的。」

「安心院？」

「放心的安心，醫院的院。」

湯淺社長露出有些意外的表情，但很快地微微點頭說：

「用了筆名啊。可是那篇故事是春菜想的。漫畫是誰畫的，亞也子可能知道，可是我不知道是誰。」

我在奇妙的機緣下得知了憧憬的漫畫作者是誰。其實我也知道原作和作畫是不同的兩個人。我稍微忘掉了積壓在心裡的憂鬱心情，興匆匆地問道：

「那個人是幾年幾班的？」

可是得到的回答令人意外：

「啊，春菜已經不在了。她轉學了。」

「……這樣啊。」

我垮下肩來。

我整理了一下社長的話。……還是不太懂。我輕輕嘆息。

「那麼社長，那個叫安城春菜的人跟河內學姊是朋友，所以怎麼樣呢？社長究竟是怎麼知道河內學姊的話不是真心的？」

社長微微俯首，沉默下去。

難道這個人其實根本什麼也沒想，是在隨便敷衍我嗎？過了一大段幾乎讓人興起這種疑念的時間後，社長慢慢地抬起頭來。

「我想如果告訴妳春菜的事，或許妳就能了解。可是……是啊，只說這樣沒辦法了解呢。可是伊原，對不起。如果要解釋也是可以，但我不能解釋。」

「……」

「因為亞也子是我的朋友。」

雙眼皮的大眼睛看起來有些寂寞。因為是朋友，所以不能解釋。如果解釋，就形同是在背地裡說河內學姊的壞話嗎？還是……會揭開河內學姊的祕密？

無論是哪邊，如果社長不說，我也不懂。現在的我不是可以去細細思量不懂的事情的心情。我慢慢地搖頭。

我想獨處一會兒。不管河內學姊的話是不是真心的，我都想再吹一下風。我說了：

「我涼快一下就回去。」

「伊原……」

我再一次，這次語氣放重了一些說：

「我很快就回去。」

所以請不要再煩我了。

043—♠11

馬上就要五點了。

快結束的時候，所有的社員都各自回來了，但氣氛總顯得有些古怪。里志不似平常，臭著一張臉，相反地千反田一副興高采烈的模樣。伊原則沮喪到家。她好像不想要人打擾，所以我沒搭理她。

「失手了啊，奉太郎。」

里志這麼發難。可是他看到我的臉，訝異地問：

「你的眼睛怎麼了？」

還紅紅的嗎？

「哦，被愛心擊中了。」

「什麼？」

「就是被愛心擊中了。」

里志愣在原地。但他立刻打起精神說：

「唔，不管那個，魔術社的蠟燭被偷了，毫無招架的餘地。」

「那不是很好嗎？」

我發自真心地說。

「在明天『古籍研究社』遭竊之前，不能讓『十文字』被逮吧？」

「唔，是這樣沒錯啦。」

里志不甚甘願地點頭。我詢問狀況，看樣子里志自以為可以逮住「十文字」下手的現行犯。之前的「a」到「ka」都沒有在活動進行中被偷的例子，而且「十文字」也不可能依自己方便去控制目標活動的開始時間，所以「十文字」當然是趁著自己好下手的時候就下手，而不論活動是否正在舉行。我這麼說，結果被里志埋怨了。

「如果你早發現了，幹嘛不告訴我嘛……」

這什麼話，我之前又不曉得他打算幹什麼。

「那找到犯罪聲明了嗎？」

「哦，翻開翻頁式表演公告，就貼在『下一場公演從明天十點半開始』那一頁。還有每次都有的《KANYA祭指南》。」

「翻頁式公告是掛在走廊嗎？」

「嗯。」

厲害。誰都可能下手是吧。

另一方面，千反田則臉頰不停地抽動著。雖然想笑，但是出於矜持，還有看到不知為何沮喪萬分的伊原，讓她沒辦法笑吧。我試探地問：

「那麼妳那邊有什麼收穫，是嗎？」

「是的！」

「哦？」

「請入須學姊寄賣的二十本《冰菓》，聽說賣得不錯。」

我想也是。畢竟那可是入須。這應該是值得欣喜的事，我卻無法開懷地笑。因為總覺得不想欠入須人情。

「全賣完了嗎？」

「不，還沒有。不過學姊說明天應該可以賣完。」

如果全部賣完，應該再追加寄賣嗎？這有點令人煩惱。

「還有一件事。《神高月報　KANYA祭號外》下午四點那一期報導了『十文字』事件。上面也明白寫出了折木同學發現的五十音順規則。」

聽到是我發現的，總教人難為情。而且我也和伊原說過，那是只要列出來，任誰都可以發現的規則。千反田接著祈禱似地把雙手交握在胸前說：

「然後呢，壁報也提到古籍研究社的名字了！是這樣寫的：『因此諸位賢明的讀者，由此可推，「十文字」最後一樁惡行將於第三天中午零時至二時之間執行，目標為「古籍研究社」（kotenbu）或「工藝社」（kousakubu）。』」

「工藝社？有這種社團嗎？」

里志在旁邊沉重地點頭。

「有呢，這麼說來……」

「如果『十文字』盯上的是那邊，計畫就失敗了。」

「是呀，真令人擔心。」

千反田說著，臉上卻仍掛著喜色。我奇怪她怎麼這麼高興，仔細想想，把這個新聞帶去給壁報社的就是千反田。自己的新聞被報導出來，令她高興……不，有點不一樣。千反田不會為這種事高興成這樣吧。應該還有別的什麼，但別人的心本來就看不透，更遑論千反田愛瑠的心。

「……那麼奉太郎，今天賣得怎麼樣？」

哦，對了。

「除了請入須學姊寄賣的，另外賣出了十六本。」

「咦，賣得比昨天還多嘛。」

不過還算是在誤差範圍內啦。活動方面的宣傳，比起今天的野火料理大對決，昨天的猜謎大挑戰應該更有效果，所以第二天是因為學生變得比較閒，願意多走幾步路來到這種邊陲地帶所帶來的銷路吧。如果裡頭還有口碑成分，就更令人高興了。

話說回來，第二天結束，社刊還剩下約四分之三啊。唯一的指望就只剩下王牌「十文字」事件了……

嗳，船到橋頭自然直。我從桌子裡面取出餅乾袋。

「奉太郎，那是什麼？」

「糕點研來推銷的。我一個人吃不完，要吃嗎？」

我這麼一問，伊原也湊過來了。

一袋餅乾四個人分。我們啃著餅乾，告知第二天活動結束的鐘聲響了。

【剩餘一百四十一本】

四

又一個無法成眠的夜晚

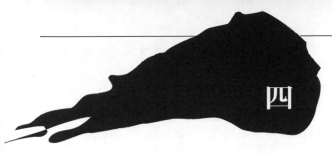

4 044～047 又一個無法成眠的夜晚

044—♥10

不能喊累。因為喊累聽起來就像在說「我已經做得夠多了，接下來輪到你做了」。如果怎麼樣都感覺累極了的時候，就說「請讓我休息一下」。因為這聽起來像是「休息之後，我還會再接再厲」。

這是我慈祥的家祖母告訴過我的話。

啊，不該用過去式，家祖母還健在。

我並不是忘了家祖母的教誨。可是晚上在自己的房間喃喃喊累，應該沒有關係吧。我有一點點累了。

請入須姊幫忙的部份賣得不錯，而且壁報社也報導了古籍研究社的事，所以我也不是白忙一場，然而回到房間，身體卻一下子沉重得讓人覺得不可思議。

我不是個體力很差的人。基本上我不擅長運動，但唯有長跑成績算是中上。這兩天，我在神山高中的校園各處奔走，但並不是因為這樣而感到疲累。

該怎麼說才好呢？……自己處理自己的問題時，好像不會像這樣疲倦；自己解決自己人的問題時，好像會有點疲倦。而這次的文化祭裡，我是不是在設法請別人幫忙解決我們的問題呢？為了這個目的，我拜託總務委員會、拜託壁報社、拜託入須姊。

「十文字」事件令我非常好奇。在文化祭裡依五十音順偷走各種東西的怪盜「十文字」。他是怎麼偷走東西的，我很好奇；但他的目的是什麼，更是令我好奇萬分。一想到這件事，我就渾身發癢，幾乎坐不住。

可是深呼吸之後，站在古籍研究社社長的立場來想，我必須把「十文字」事件視為說動其他人的道具才行、必須把它當成到處向人拜託時的籌碼才行。

真不可思議。這居然會令我如此疲憊。

不，我不是退縮了。折木同學也非常努力，但社刊的銷售量還是不夠好。我也必須繼續向人拜託才行。我不是厭煩這件事。這是我必須做的事。可是……我還是有那麼一點，累了。

045——◆10

今晚我打算早點入睡，卻怎麼樣都睡不著，把手伸向書架。拿起來的是《BODY TALK》，我的另一樣寶貝。

《夕暮已成骸》不在手邊沒法看，所以我有點把它神格化了也說不定。我覺得《BODY TALK》略遜一籌，但實際一讀，還是十分有趣。本來是為了幫助入睡才開始讀的，大腦卻興奮起來了。

論類型，這算是笑鬧劇吧。主角是一個沒有聽覺、也無法說話、但能夠透過觸摸對方發揮心電感應的少年。只要接觸，雙方就能洞悉彼此的想法，因此他成了一個麻煩製造者，牽引著故事發展。接著是一連串荒誕無厘頭到了極點的麻煩事，就彷彿在主張對滑稽沒有助益的寫實毫無價值一般。具體來說，就是外星人與殭屍的大軍進攻。無論場面如何岌岌可危、瀕臨崩壞，都會在一個把貓擬人化的二頭身角色登場，製造出空白的框格後，在下一頁結束狀況，因此節奏迅速無比，是最近的商業作品難得看到的漫畫味十足的漫畫。結果我趴在被窩裡，拿枕頭當書架，一直看到了最後。

附帶一提，這隻貓就類似補丁豬（註），會到處搶版面，並在框格的角落毫無意義地特技表演。這是作者自創的角色吧。雖然是兩腳直立，但沒有穿衣服，不過腳上套著鬆鬆垮垮的長靴，算是長靴貓吧。

儘管荒唐，但聚焦在「溝通不良」的這篇故事相當有深度。登場人物包括主角在內，說穿了全是一群利己主義者；這雖然是司空見慣的設定，但更凸顯了結局的荒謬。嗯，這部作品果然也不錯。不過若問我能不能滿懷自信地把它拿給河內學姊，還是覺得這部作品有點過於依靠勁頭，很多地方背景顯然只畫了一半，有時候人體比例怪怪的，還有台詞前後關聯曖昧不明等等，缺陷有些醒目。

……而且事到如今，不管拿什麼給學姊，都一樣空虛。

燈光只有枕邊的螢光燈。房間的書架幽幽地沉浸在黑暗裡。

《夕暮已成骸》和《BODY TALK》在非商業作品中，是我愛不釋手的兩本作品。可是我房裡的書當然不只這兩本。商業作品裡，隨便都可以找到讓這兩本相形見拙的傑作。

真的。世上有好多畫得出有趣作品的人。

熄燈前我爬出被窩，拿出收在書桌抽屜裡的自己的作品。雖然是連看都不想看的玩意兒，此時的我卻忽然想要看看。

嗯。自己看了也覺得畫技不賴。雖然畫風一路變遷，但每一種都不到不忍卒睹的地步。可是，一頁、兩頁地看下去……

分鏡死板，台詞也空洞薄弱，劇情感動不了人，似曾相識的啟承轉合及預定和諧。這如果讓我之外的人來看，應該可以代替安眠藥吧。

可是看的人是我。

我的漫畫讓自己來讀，別說是安眠藥了，根本就是興奮劑。我深切地體會著一種說不上來的情緒，把稿子收回抽屜。真是，不該看的。我錯了。睡不著就糟了，所以我吞下白色的藥丸——真正的安眠藥，睡了。

046—♠12

節能主義奉行一久，也可以抓到大致的模式。過分節能，累積過多可處分能源，當晚就會難以入睡。我本就晚睡，如果睡不著，很容易會讓時鐘晃過一點，甚至將近兩點。

不過，今天我不覺得自己特別節省了什麼，而是沒地方發揮能量。展現玫瑰色高中生

註：手塚治虫的漫畫中經常登場的搞笑角色，造型為有豬鼻的葫蘆臉，臉上有許多補丁。

活的神山高中文化祭。居然在這樣的活動期間無處消耗體力，這是多麼地諷刺啊。

等待睡意時，我也想過來看個書好了，但不巧的是，手邊只有那本無聊透頂的廉價書。無聊的書拿來當安眠藥正好，於是我選擇上網打發時間。也就是繼續前晚，去看神山高中文化祭的官方網站。

我循著搜尋網站找到目的地。右眼覺得有點痛。

首頁的畫面變成了宣傳詞：「KANYA祭熱情舉辦中！歡迎各界人士踴躍蒞臨參觀！」還貼了照片，是體育館舞台表演戲劇的場面。

我把畫面往下拉。日程介紹和參加團體一覽。交通導引、注意事項……然後我留意到兩天前不怎麼吸引人的部分——線上購物區。

這線上購物區屬於文化祭活動的一環，賣的當然是在文化祭裡販賣的東西。上面有服裝研究社的自創T恤和文藝社的社刊《回聲》、漫畫研究社的《世阿彌's》。只有這些？這可是夙負盛名的神高文化祭耶，應該還有別的東西可以賣吧？我再找了一下，但看來真的只有販賣這幾樣東西而已。

這樣感覺有點寂寞呢。再仔細一看，上面有電子信箱，好像是透過電子郵件來進行訂購。伺服器是神山高中共通的，但帳號名是「somuiinkai（總務委員會）」。里志沒提過總務委員會有這樣的業務啊？不過我也沒仔細問過里志都在總務委員會做些什麼。

話說回來，看看這信箱。就不能……怎麼說，用個英文還是怎樣，多用點心嗎？居然直接套用總務委員會的日文拼音「somuiinkai」……不過這種看得懂就好的偷懶法，還滿合我的脾胃的。

我循著連結尋找還有沒有什麼可以看的，但基本上這是對外宣傳的官方網站，沒有什麼令人耳目一新的消息。好了，時間也晚了。關掉網路，回去自己房間。至於睡不睡得著覺，就留到上床再煩惱吧。

047—♣15

我出門進行夜間散步。

夜風吹拂著洗過澡而全身舒爽的身體。不過現在已經十月了，若是毫無防備地任由風吹，很可能會感冒。這部分我早有萬全準備，披了一件外套才出門。

半月清晰可見，星星也沒有藏身，今天和昨天都是大好晴天。看樣子，明天應該也不會有問題。真令人開心。活動順利進行，身為總務委員的我覺得開心；受到好天氣眷顧，參觀人數增加，身為古籍研究社社員的我覺得開心；然後戶外活動依照預定順利舉行，身為福部里志的我覺得開心。各個社團都實際運用我只聽聞過的技術，準備了各種活動。如果因下雨而無法看到他們的表演，那就太令人寂寞了。

比方說昨天的魔術社。二年級田山學長的魔術真的相當精采。我一向自詡為資料庫，因此知道杯與球魔術的手法。可是我只是知道而已，無法實際表演，所以打從心底對田山學長的技術感到讚佩。附帶一提，我之所以做不到，不是由於技術上的不可能，而是心理上的不可能。我只想要知道杯與球的相關知識，並不想表演給人看。

在這部分，我和奉太郎可以說在根本上有著共通之處。

……可是奉太郎並不像他所主張的那樣，並且實際在國中三年之間扮演的那樣，是個那麼一無是處的人。

我走在夜色之中。在飛蟲群聚的路燈照耀下，走在寂靜的住宅區裡。腳下踩的是運動鞋。鞋底柔軟，所以連自己的腳步聲都聽不見。不知何處傳來有人在看深夜電視節目的聲音。

進入神山高中，接觸到千反田同學這個罕見的觸媒，奉太郎變了。不，該說是發揮出他真正的實力了吧。奉太郎具備連對我都未曾展現過的機智與敏銳，或者說直覺，一言以蔽之，就是可稱之為推理能力的力量。那天，從千反田同學獨自一個人待在地科教室的那天開始，我已經不曉得為奉太郎驚訝過多少次了。奉太郎不是一個純灰色而無個性、無能力的人。他不屬於我這邊，我是負責觀看的一邊。而奉太郎是我深愛不已的、充滿意外性的人。

俗話說真人不露相。發現到奉太郎真人的那一面時，我真的是發自心底認為，這是一件樂事嗎？

所以我不期待奉太郎解決這樁不適合他的「十文字」事件，而是準備親手去破解它。

身為資料庫的我主動尋覓真相，這原本是不合我性子的。然而為了效法一下我現在必須稍微抬頭仰望的好友，我要這麼去做。儘管深知這種行為有多麼窩囊。儘管明白「幫忙古籍研究社宣傳」這樣的說法只是表面話罷了。
這些事只有我自己一個人知道就好。
不過表面話，嗳，這年頭連小學生都能運用自如吧。
好了。
怪盜「十文字」在茫茫人海般的嫌疑犯之中。在地科教室，奉太郎說了句一針見血的話。「你以為文化祭期間的神高總共有多少人出入？光是我們自己的學生就有一千人耶。」
這在偵探小說中很常見，現實辦案也沒有什麼不同吧。如果是小規模的犯罪，我們一般日常生活中也很常見。若想查出歹徒是誰，首先就得從縮小嫌犯範圍做起。
世界現在有六十億人口是嗎？在這當中，以交通可達性或機會問題等條件過濾，逐漸縮小嫌犯人數，做出某程度的篩選後，再以此為前提，慎重縝密地去思考。比方說，如果在周圍被森林大火包圍的山莊裡發生命案，兇手一定就在這棟山莊裡（除非聽到直升機螺旋槳聲）。如果富家千金在別墅遇害，人們會推測兇手是知道她去了別墅的人。如果嫌犯範圍縮小到十人左右，也會想去調查一下每個人的不在場證明吧。
可是「十文字」事件不能這麼做。
我並非細細查問過每一宗竊案的狀況。可是就像人聲合唱社是丟在外頭冰桶裡的東西失竊，每一個社團都有「任何人都可以下手的空檔」。圍棋社沒有上鎖；占卜研是一個人顧攤，總有離開上洗手間的時候；園藝社是「剛好沒人在的時候」遭竊。昨天的魔術社也是，既然不曉得蠟燭是什麼時候失竊的，只能說每個人都有下手的機會。嫌犯在匿名的人海中。

歹徒絕對是這所學校的學生吧。竊案連續發生了兩天，連續兩天都來文化祭、間隔緊密地下手行竊的歹徒是學校以外的人，這有點難以想像。可是條件光只有校內的人，嫌犯也有一千人之多。一千人！就算朝著一千人大叫：「歹徒就在這當中！」也實在空虛到了極點。調查一千人的不在場證明，除非是專管犯罪的調查機構，否則也不可能會有人去做。

……唯一可疑的只有御料理研吧。如果相信社長說他們準備了湯杓的說詞，那麼湯杓就是在野火料理大對決的準備期間失竊的。而且還得放上犯罪聲明和《KANYA祭指南》，所以是自己人犯罪的可能性頗高。

可是御料理研的社員會妨礙自己人舉辦、而且是花了相當多工夫準備的活動——野火料理大對決嗎？湯杓是很常用的調理道具。如果我們打算要做鍋類料理，少了湯杓，會是相當嚴重的致命傷。與其冒這樣的險，「o」字頭的社團其他還有「超常現象研」（okarutoken）、「應援團&啦啦隊聯合」（ouendan & cheerleading-bu godo）。

應該捨棄自己人犯案的可能性吧。

那麼要怎麼樣過濾這一千名的嫌疑犯？

……比方說，路煞事件的嫌疑犯也是在匿名的人海中。連續縱火案亦是如此。在偵探小說裡，要逮捕路煞和縱火狂，很多時候都只能等待歹徒下一次動手。就連我喜愛的福爾摩斯故事，在〈六個拿破崙胸像〉裡，第一個拿破崙胸像遭到破壞時，也沒有任何人能想出什麼頭緒。

沒錯。等待案件數目夠多，找出乍看之下瞧不出端倪的被害人的共通之處（這就叫做失落的一環，missing link。也叫做失去的環節，missing ring。本來到底是哪邊啊！我很好奇。），或是等到歹徒失手。

為了這個目的，打算扮演偵探的我能夠做的，就是站在案發現場。這是我唯一能做的事，再無其他了。

只要待在現場，就可以揪住歹徒細微的疏失或霉運，找出鎖定嫌犯的某些要素。也就是期待敵人犯錯。

在魔術社，我因為過於疏忽，沒有想到「事先偷走，事後再讓犯罪聲明被發現」這種手法，所以沒能逮到現行犯。那個時候待在2—D教室的觀眾，都只是單純來參觀魔術表演的吧。

那麼明天得早起才行。早上第一個前往神山高中，緊迫盯人地監視「十文字」的下一個目標——以「ku」開頭的社團。福部里志不辭勞苦。唯有這一點，我跟節能主義者奉太郎是截然不同的。我對觀察力沒有自信，但我絕對不會錯過「十文字」留下的蹤跡。

這是資料庫做出結論、世間罕見的瞬間。我這個時候的意外性，或許足以成為我本身感興趣的對象了。

我掉頭往回走。住宅區被月光與路燈照耀著。我拍拍臉頰，振奮自己，突然被狗給吠了。

五

庫特利亞芙卡的順序

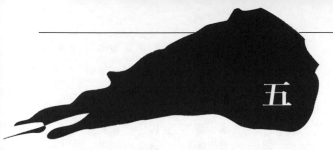

5－1　048～059　四人四樣文化祭

048－♣16

WANTED！

第四十二屆KANYA祭即將迎向最高潮，各團體的活動井然有序地順暢進行著。不過讀者諸賢應該也已有所耳聞，有一惡漢公然對此造反，恣意妄為。沒錯，我們指的就是那名自稱「十文字」的怪盜。

這名怪盜，其特徵為放肆狂妄地在社團行竊並留下犯罪聲明。他（不，筆者私下懷疑這個「他」也許是「她」）所留下的東西還有另外一樣，不過這裡暫且保密。基於社會道義，此為避免讀者諸賢之中出現模仿犯的預防措施，敬請諒解。

總而言之，受害範圍已經擴及七個團體。昨日下午四時的號外未能詳加報導的人聲合唱社、圍棋社、魔術社的受害狀況將於後文細述；而如同先前報導，「十文字」之目標應是盜走十樣物品。

好了，讀者諸賢，親愛的神山高中各位學友！我們壁報社欲在此呼籲諸位奮起。我們可以就此坐視「十文字」的奸計成功嗎？在智慧方面，難道各位遜於這名恐為本校學生的「十文字」嗎？

斷無此理！

吾等壁報社希望名偵探能挺身而出，揪出怪盜「十文字」的狐狸尾巴，撕下他的假面具！期待諸位見義勇為。此外，為了讚揚在這場鬥智遊戲中贏得勝利的賢者智慧，我們將以一整期的特大號外來回報他的付出。

雖然是一篇慷慨激昂的報導，但我還滿欣賞這種感性的。

文中提到「於後文細述」的無伴奏合唱社與圍棋社的受害情況報導並沒有什麼新的消息。無伴奏合唱社的冰桶一直到表演開始前都放在走廊，圍棋社使用的預備教室裡，棋石從文化祭前天就一直放在那裡，門也沒有上鎖。簡而言之，果然每個人都有機會下手。

我大概是一臉怪笑地看著大樓門口附近布告欄上的壁報。我在壁報社沒有認識的人，但寫下這篇報導的人，我倒是想和他交個朋友。

話說回來，令人佩服的是這篇號外張貼出來的時間。對外說法是壁報社每隔兩小時（噢，和「十文字」的犯罪間隔一樣？）會發出一期號外，而早上八點的應該是最早的一期，可是現在時間才剛過七點。應該是一早就搶第一個到校，匆匆四處張貼吧。壁報社真的拚了。

不過論幹勁，我也不輸人。早上七點已經到校，這點我也是一樣的。正確地說，我還不到七點就穿過校門了。本以為校內應該是近乎無人狀態，沒想到朝霧之中，神山高中各處都已經有人活動的氣息了。不愧是神高文化祭，無法以常識衡量。

好了，回到最重要的目標。

順序來到以「ku」開頭的社團，有兩個社團符合。「謎研」（kuizuken）和「全球行動社」（gurobaruakutokurabu）。「謎研」的首字是清音的「ku」，百分百吻合，但謎研的活動第一天已經結束了，而且他們也沒有設置休息室之類的據點（這一點身為總務委員的我可以保證）。另一方面，「全球行動社」在神山高中文化祭當中罕見地以壁板展覽為主，門戶隨時大開。「十文字」的目標依消去法來推論，應該會是這邊。

我走上樓梯，前往全球行動社的展覽會場三年E班教室。昨天放學前我查過了，全球行動社沒有任何東西失竊，也沒有發現犯罪聲明。除非「十文字」今早比我更早辦完差事，否則我的監視行動這次應該能成功。

然而。

三年E班的教室前已經有了來客。

「喲，福部，你來得真晚。」

谷同學。而且不只谷同學一個人。

「嗯，你是古籍研究社的……。先前多謝關照啦。你也是來調查這宗竊案的？」

這麼說的是二年級生，羽場智博學長。暑假的「女帝」事件時，我們打過一點交道，我記得他是偵探小說研究社的。「會有很多想出鋒頭的人來湊熱鬧唷。」谷同學昨天的預言說中了。那麼我也是那愛出鋒頭的一分子嗎？唔，我是不否認啦。

除了這兩個人以外，還有一個不認識的學生遠遠地看著我們。看起來也不像是在為最後一天的活動做準備，所以那名學生也是偵探志願軍之一吧。加上我共有四個人。這下傷腦筋了，雖說要加強監視，但沒想到一開始就戒備如此森嚴。「十文字」會怎麼因應？

我隱藏著內心的動搖，笑容可掬地對谷同學說：

「嗨，早啊。一早就來監視，很有幹勁嘛。」

「彼此彼此。」

「那麼怪盜還沒有下手吧？」

谷同學用拇指比了比三年E班的教室。

「我對我的勁敵才沒那麼好心。自個兒調查吧。」

也用不著調查。如果歹徒已經下手，不可能三個偵探志願軍都守在這兒待命。我聳了聳肩。

時針才剛過七點。八點得去體育館點名才行。雖然到時會出現空檔，但得去點名這一點，「十文字」也是一樣的吧。我，還有這裡的每一個人，應該都打算最後一個進體育館，然後第一個衝回來這裡。如果竊案發生在那段時間，就會是鎖定歹徒的線索了。

我默默地離開谷同學和羽場學長，在稍遠處的走廊靠在牆上。這若是冷硬派作品，就會邊抽著菸邊等待對方行動，不巧的是這裡是高中。我從束口袋裡取出九連環和口香糖。

049—♥11

終於來到最後一天了。

今天是星期六，所以應該會有許多校外人士。還有「十文字」事件當然也會在今天結束才對。從任何一方面來說，今天都是關鍵的一天。我再次堅定決心，前往附近的布告欄，準備先看看《神高月報》的最新一期。

布告欄前有人先到了。

輕輕交抱著手臂、稍微仰起下巴觀看布告欄的那個人，實在不像是高中生。大概是大學生吧。從橘色襯衫露出來的手臂曬得有點黑。風已經完全染上了秋意，然而那人卻穿著仍帶有夏季風情的短牛仔褲。腳略為張開，一腳規律地打著節拍，感覺得出非常樂在其中的模樣。

那個人好像在看壁報，視線上上下下移動，不久後嘴角泛出些許笑意。

「原來如此。」

我聽到這樣的呢喃。那人放開交抱的手臂，轉過身去，不疾不徐地踩著來賓用的拖鞋，消失到校舍門口裡面了。

剛才那個人，我是不是在哪裡見過？約大學生年紀，看起來相當活潑的小姐……想不起是什麼人。可是我覺得那張臉似曾相識。我對於記人的長相和名字應該很有自信的呀。

「唔……」

還是想不起來。可能是心理作用吧，或許。

050—♠13

一樣無人光顧的地科教室。不過雖然埋怨著沒人上門，但好歹我也親手賣出了近三十本，或許不該這麼抱怨也說不定。

不忙是件好事，但每次瞄到那個紙箱，就連我也不由得感到一絲焦急。那只是個平凡無奇的紙箱，可是對於現在的我而言，那完全就是個恐怖箱。

那裡面沉眠著永遠都不會被閱讀的無數鉛字。它們在不會被開啟的箱中一點一滴地變化，文字與文字相互替換，頁數與頁數摻雜在一塊兒，發酵轉換成毒害精神之物。鉛字們自我變化為只要讀上一遍，就會烙印在心中永遠無法抹滅的黏稠故事。在永遠沒有光線照進來的潮溼場所，它們不停地呢喃著「讀我」、「讀我」，為了讓人來讀，不斷地重生為更具魅力、更印象十足的東西。可是它們依然永遠沒有被人閱讀的一天，終有一天腐敗毀朽，或是被付之一炬……

哎，我就是閒到可以像這樣胡思亂想。還有一百四十一本。交給入須的二十本也無法保證能否真的賣完，看來似乎是立下覺悟的時候了。滿滿一百多本的社刊，保存起來也沒有意義。如果剩下大量庫存，真的就只能收在哪裡的倉庫任其腐朽，或是拿去資源回收了吧。

伊原畫的兔子與狗互咬的封面圖樣。騎馬釘裝訂，ＰＰ封面。

「………」

唔，如果它做得更簡陋點就好了。

噯，總之現在也沒其他事可做了。我在書桌撐起腮幫子。可能是從體育館傳來的，遠方隱約傳來吹奏樂器的聲音。我望向中庭另一頭的普通大樓，被遮光窗簾遮住的各處教室，看起來就像蛀牙。

交換撐腮幫子的手。

……拿「十文字」事件當招攬顧客的熊貓，把客人帶到古籍研究社來，這發想並不壞。如果壁報新聞願意放上「最後的目標——古籍研究社」這樣的聳動標題，應該會有不少人捧場前來吧。

可是我有個稍微不同的點子。為了賣完《冰菓》，稍微不同的點子。雖然也不能保證是否順利……

沒有客人。時間多得是。我慢慢地盤算起這個點子。

【剩餘一百四十一本】

051—♣17

「全球行動社」換個說法也算是「國際活動社」，所以我模糊地猜想他們的展覽應該會是孟加拉的洪水慘況或印尼內戰之類的內容。不巧的是，我對那方面的事務不感興趣，所以覺得應該不太好玩。

然而出乎意料，並非如此。壁板的內容是「你也可以動手做的玉蜀黍麵包（墨西哥）」、「以市售牛奶製作優格（保加利亞）」，幾乎都是重現民族料理風采。我對社長說這主題滿好玩的，結果那個男生苦著一張臉說：

「我們又不是料理社，其實是國際義工社團耶。我們是會分送舊衣等等，不過還是展示這種異國美食題材比較好玩吧？實際上我們也經常做來吃。……噯，不過不管是哪邊，好像都沒人要看。」

沒錯。不知道是壁報效果還是口碑效果，隨著時間過去，偵探志願軍愈來愈多，這些人又吸引更多的人群，三年E班教室的人口密度變得相當擁擠。雖然沒有向總務委員會報備，不過他們好像會實地製作玉蜀黍麵包分給參觀者吃。可是那些麵包在點名結束後不到一個小時，就全被偵探志願軍給蠶食個一乾二淨了。社長會嘆息也不是不能理解。但是一想到古籍研究社也可能迎接這樣的盛況，社長的嘆息聽起來也像是高興的歡呼了。

話說回來。

「……什麼事都沒發生嘛。」

我聽到無聊地如此呢喃的聲音。是谷同學。近一個小時前開始，他就淨說著這種話。可是就連我也不禁漸漸想要同意了。懷表的指針已經快要走到十點了。如果犯罪聲明是每隔兩小時發出，那麼怪盜再不登場就不太對勁了（神高的上課開始時間是八點）。然而不管如何睜大眼睛觀察，都看不到半點可疑的行動。

心中總甩不開「不會吧」的心情。「十文字」盯上的會不會其實是謎研？不不不，這才是「不會吧」。謎研的活動已經結束，社員們應該三三兩兩分頭去享受文化祭了。就算要從謎研偷東西，要從哪裡偷什麼才好？

可是若從要偷什麼的觀點來看，這全球行動社也很難說。我四處調查過，上次魔術社「蠟燭」的教訓也讓我試過英文發音，可是全球行動社裡找不到半樣以「ku」開頭的物品。在神高，學生都穿室內拖鞋。總不會是偷走拖鞋，然後硬拗說「我收下鞋子（kustu）啦哇哈哈哈哈」吧（漫研的角色扮演、其他幾個社團的服裝有鞋子，算是特例）。我認為怪盜「十文字」會像從無伴奏合唱社偷走AQUARIUS動元素那樣，要個花招，不過都這個時間了依然毫無動靜，也教人忍不住要懷疑怪盜是不是放棄了？

偵探志願軍之間也傳出這樣的聲音：

「我膩了，我要走了。」

「如果出了什麼事，傳簡訊給我唷。」

羽場學長也好像社團有事，中途就消失了。從頭一直守候監視到現在的，大概只有我和谷同學兩個人而已。

怎麼啦，怪盜「十文字」是被這大陣仗給嚇著了嗎？哈，多麼窩囊啊，時間都已經超過十點啦！

……忽然間，谷同學把手插進口袋裡。他掏出手機。好像收到簡訊了，他盯著螢幕看。

然後谷同學突然大叫：

「……什麼！」

嗯？出了什麼事嗎？

谷同學闔起摺疊式手機也不收進口袋，就這麼準備跑出去。他前進的方向就站著我。

我以極為平靜的語調問：

「出了什麼事嗎？」

谷同學用力抿起嘴巴。如果是跟我完全無關的事，直說就是了，既然他會沉默不語，表示事情和「十文字」有關。

再推個一把嗎？

「我不巧沒你那麼幸運，有那麼好的朋友通風報信，如果你願意，可以透露一點給我嗎？」

我低聲下氣地說，結果輕易成功了。谷同學張大了鼻翼說：

「哼，可惡的『十文字』，居然聲東擊西。」

「聲東擊西？難道是謎研？」

谷同學搖搖頭，不知為何得意洋洋地笑了。

「不是。」

「那……」

谷同學應該是為了避免讓周圍的偵探志願軍聽到，把聲音壓得極低說：

「……輕音樂社（keionbu）的『弦（gen）』被偷了。」

輕音樂社？輕音樂社？

我忍不住跟谷同學相反地高聲叫起來：

「你說的是真的嗎！」

谷同學的表情頓時苦了起來：

「如果你懷疑，自己不會去確定？再見。」

他留下這句話，小跑步離開三年E班了。一瞬間我想要追上去，但還是作罷了。因為我知道那是白費工夫。

看來「十文字」的彈性遠超出我的預測和能力。因為有「依五十音順」和「約隔兩小時」這個制約，才能守在現場，期待歹徒手腳敗露。然而既然怪盜因為全球行動社的戒備森嚴，就改向下一個輕音樂社下手，他如此變幻莫測，我也束手無策了。

這表示從行竊狀況來鎖定嫌犯的正攻法行不通。

另一方面，即使想要出其不意，我也沒有想出那種奇襲妙招的才能。如果我想得到，一開始就那麼做了。

這……

昨晚我想過了。「十文字」潛藏在匿名人海中。要逮到他，我唯一能做的就是在現場逮住現行犯。除此之外別無他法。

可是現在「十文字」靈巧地閃過追捕。如果他拋棄了法則，那麼我要怎麼樣才能逮住他下手的現場？

應該重新思考。

我還有其他能做的事嗎？

052—♠14

不愧是星期六。隨著日頭愈爬愈高，客人也愈來愈多了。

入須的錄影帶電影似乎也很受好評，寄賣的二十本社刊好像真的賣完了。千反田又追加了十本拿去。

客人的絕對數目夠多，就會有許多人一時興起來到這種校園邊陲之地。兩名結伴而來的中年婦女只因我陪她們多聊了一、兩句，就慷慨地買了兩本回去。聽了可別吃驚，這兩本加上一早開始賣出去的量，總共已經九本了。起步雖然緩慢，但看這樣子，往後大有可期。

謝謝惠顧——就在我擠出生澀的笑容送出客人之後。

……想去出個恭。

只有一個人顧攤，就是這點麻煩。不能拜託旁邊的人顧一下。商品是社刊，應該是不用擔心被偷，但也不能把錢丟下，去解決生理現象。我蓋上取代收銀機的糖果罐，放進自己的斜背包。然後拿出檔案夾，抽出寫著「休息中　社刊《冰菓》　一本兩百圓　欲購買者請自行投幣取書」的活頁紙。

包包底下有個陌生的物體在發光。拿出來一看，是昨天伊原拿來砸我的愛心型別針。我不經思索地把它放到《冰菓》書山的旁邊，再抽出一張活頁紙，寫下「別針　以物易物欲索取者，請留下任意價值的物品」。

好了，我去去就來。

出恭中。

回來了。

呃，才離開不到五分鐘，別針就不見了耶，喂。而且桌上還擺了兩百圓。賣掉了嗎？有人上門時就是會有人上門呢。

我發現提及別針的活頁紙上寫了一些字。我一看，表情自然變得苦澀了。這筆跡我認得。讀了內容，是誰來過，更是一目瞭然。

——不要丟下商品摸魚。這別針是什麼？我拿走了。交換物放在冰菓上面。能不能當作消遣，就看你自己了——

是姊姊。沒想到她真的來了。可是居然趁著短短五分鐘的空檔來襲，也太不湊巧了。不，對我來說應該算湊巧嗎？

從姊姊的鋼筆開始，換了胸章、葛洛克、麵粉、別針，看來稻草交易在這裡又回到姊姊了。她拿什麼來跟我交換？那可是我姊，應該不會是什麼好東西。我望向《冰菓》書山。

書山上擺了一本尺寸和《冰菓》一樣，類似校刊的東西。騎馬釘裝訂，封面是普通紙，精緻度比《冰菓》遜色許多，不過相當厚。封面上畫的是一個女人的側臉。畫風並不寫實，是漫畫風。

我先將糖果罐放回原處，把應該是姊姊留下的兩百圓投進去。應該不必確定還剩下幾本吧。就算是姊姊，也不可能會偷《冰菓》。我在椅子坐下安頓好後，拿起姊姊的交換品。

封面的角落小小地直書著書名。《夕暮已成骸》？感覺真不吉利的書名。另一邊的角落有作者名，「安心院鐸玻」這看起來像是和尚的名號，當然應該是筆名，讀音是「anshinin takuha」嗎？

標題也好、筆名也好，不會是什麼超常現象書籍吧？我心想著翻開來一看，原來是漫畫。場面從水手服女生走出木造建築物車站開始。噢，我忍不住出聲。畫技非常好。

原來如此，漫畫的話，拿來打發時間正好——雖然姊姊釋出如此直白的好意令人心裡發毛。不過她都特地從家裡拿來了，應該不會是多糟的作品吧。我就心懷感激地慢慢欣賞吧。

開始看之前，我好奇有沒有後記，瞄了一下最後一頁。

有後記。

各位覺得《夕暮已成骸》如何？

雖然像在自責自誇，不過我覺得成品還不差。但我只幫忙畫了背景而已，貢獻微乎其微。如果這本漫畫給您帶來一些樂趣，那不是我的功勞，而是原作者與作畫者的功勞。

我們都不是漫畫研究社的社員。我們只是喜歡漫畫，聊過之後意氣投合，興起了合作畫漫畫的念頭，最後決定實際動手，完成的就是這個故事。以處女作來說，我覺得相當不錯，不過太稱讚自己人好像也不夠謙虛。實際如何，就交給拿到本書的讀者自行評斷吧。

然後，我們並不打算只合作這一次就解散。我們已經朝著明年的KANYA祭開始起步了。原作A說下次要大幅改變作風，走推理懸疑路線。A表示正計畫將克莉絲蒂的超級名作做出別開生面的改編，還說書名已經決定好了。

我在這裡預告，下次作品的書名是「庫特利亞芙卡的順序」。……又是陰沉的標題（笑）。

那麼明年KANYA祭的時期再會。

安心院　鐸玻

是一板一眼的手寫字體。

「……」

知道自己蹙起了眉頭。我再重讀了一遍。

KANYA祭。那麼這本漫畫是神山高中學生的作品嗎？而且可以肯定的是，是在文化祭上販賣的作品。

還有「庫特利亞芙卡的順序」。我不知道庫特利亞芙卡是什麼，但「順序」這個詞令人介意。不，如果只有「順序」，我可能不會放在心上吧。我之所以介意，是因為前面有

「將克莉絲蒂的超級名作做出別開生面的改編」這段話。

而且這本書是姊姊拿來的。我再一次確定姊姊留下的便條。

——能不能當作消遣，就看你自己了

為什麼要看我自己？如果她的意思只是看漫畫可以打發時間，這種寫法太古怪了。而且——沒錯，姊姊絕對不會想什麼「弟弟應該正覺得無聊，我帶本漫畫去給他解解悶好了」。要我打賭也行。

「她該不會是帶來了什麼麻煩事吧？」

我呢喃著，重新深深地坐到椅子上。

畫技很棒。只看後記也沒意思，仔細讀一下內容好了。雖然不能當真，但後記不是也對劇情自信十足嗎？即使這是姊姊別具深意的玩笑，應該也能發揮它用來打發時間的原本目的吧。

【剩餘一百二十一本】

053——♣18

整理出想法了。

我的結論是這樣的：「這件事不是我應付得了的。」

無論好壞，太乾脆都是我的特質。

那麼我能夠做的，似乎只剩下一件事了。我把它變換為平靜的言詞：

「我期待你的表現，奉太郎。」

054—♥12

我在找一個人。

不是別人，就是廣播社社長。除了福部同學以外，我也從其他人那裡聽到全球行動社因為「十文字」事件的效果而門庭若市。自稱「十文字」的人是誰？他為何要不斷地偷東西？我非常好奇。一想到這件事，我就滿腦子不斷想著為什麼、到底是為什麼？可是我把這樣的心情暫時先擱了下來。雖然應該沒辦法放棄去追究，不過我還是把追查的行動先擱置一旁。儘管這令人很難熬。

如果「十文字」事件有那麼大的號召力，應該把它當成一個機會才對。碰到機會就要大膽行動，這是已經系統化的行動之一。我想要拜託廣播社在中午的節目中報導古籍研究社。

而且託入須姊的指導之福，我和壁報社談判獲得了成功，如果要更進一步進行宣傳活動，對象非廣播社莫屬。

可是我本以為只要去廣播社就能見到社長，卻撲了個空，社長不在。女同學以在校內廣播聽慣了的嗓音詢問我的來意後，納悶地歪起頭說：

「社長大部分時間都在這裡，不曉得他跑去哪裡了。……廣播節目的主題還沒有決定，所以跟社長談談，或許有機會唷。」

幸好我認得廣播社社長，知道要找的目標長相。我在校內四處徘徊，尋找他的身影，卻遲遲找不到人。

找著找著，來到專科大樓三樓，決定去探望一個人攬下顧攤工作的折木同學。剛才我去拿入須姊答應追加寄賣的十本社刊時，他看起來非常地睏。

剛走上樓梯，我就發現有個人影正朝地科教室走去。令人驚訝的是，那就是我一直在找的廣播社社長吉野康邦學長。這意料之外的狀況令我有些困惑，但我稍微理好領結，小跑步追上吉野學長。

「吉野學長，午安。」

吉野學長停下腳步，睜大眼睛回看我。率性的髮型與濃濃的眉毛讓人感覺他是個自我意識很強的人。

「妳是哪位？」

我低頭行禮：

「我是古籍研究社的社長，千反田愛瑠。我有事想要拜託吉野學長，正在找你。」

然而吉野學長沒有把我的寒暄聽到最後。我才剛說完名字，他就以大得嚇人的音量蓋過我的話說：

「咦！妳就是古籍研究社的社長！哎呀，太巧了，妳來得正好。我有事正在找妳呢，務必拜託。」

咦？

什麼事呢？我還沒來得及問，吉野學長就匆匆地接著說了：

「壁報社寫的那是真的嗎？是真的吧?!『十文字』最後的目標是古籍研究社！哦，『十文字』的事引起很大的回響唷。然後啊，我們準備中午的廣播節目就拿這件事當題材。今天下午以後沒什麼值得矚目的活動，我們正在發愁呢。發生這種類似奇案的事，真是太好了。我們在考慮要邀請誰來當來賓，想到怪盜最後目標的社團社長這樣的宣傳最有吸引力。怎麼樣？妳能上節目嗎？不用擔心，妳只要回答問題就行了。妳的聲音很悅耳，上廣播正好。怎麼樣？怎麼樣？」

哎呀哎呀。

用不著使出入須姊教我的談判方法了。可是沒想到我會成為廣播社的節目來賓。因為我原本只期待如果廣播社願意稍微提到古籍研究社就好了。來賓……這麼說的話，我會像第一天的謎研社長那樣接受訪談嘍？

……我能夠勝任嗎？

我好像有點沉默得太久了。吉野學長搔著頭說：

「哦，我們不勉強啦，可是……」

「啊，不……」

我想到堆積如山的《冰菓》。還有發現訂單錯誤時摩耶花同學的表情。還有折木同學和福部同學。

似乎不是猶豫的時候。我再一次深深地行禮。

「我才是，請多多指教。」

「哦，妳願意答應嗎？」

吉野學長展露笑容。

「那麼十二點見唷。十二點在廣播室。節目從十二點半開始，妳可以帶便當去。那就這麼說定了，麻煩啦！」

「我才是，請多多指教。」

我能冷靜從容地接受訪談嗎？我很不安。吉野學長說只要回答問題就好，應該不會問到太私人的事吧。我做了個深呼吸，鎮定情緒。

啊，對了。我是來探望折木同學的。地科教室的門關著。活動期間應該都要開著的，是忘記打開了嗎？我敲了敲門，走進教室。

教室裡面除了折木同學以外，還有福部同學。福部同學朝我微微舉手致意。

「嗨，千反田同學。請入須學姊寄賣的社刊好像賣得不錯呢。」

「是的，我們又追加了十本，請學姊寄賣。」

我說著，望向折木同學。折木同學正專心地讀著一本類似社刊的東西，頭也不抬。或許他連我進來都沒有發現。福部同學可能是注意到我的視線，大大地聳了聳肩說：

「他在看漫畫。看得太專心，連我的話聽不進去。」

折木同學眼睛盯著書頁回道：

「我在聽啊。跳過『ku』，『輕音樂社』遭竊了。」

「如果你不了解這件事有多麼重大，就不算聽進去了。」

頓了一會兒，折木同學尖聲說：

「大團圓了。等一下。」

福部同學再一次聳肩，就像在說「看吧」。

「等一下」這句話是真的，不到三十秒，折木同學就闔上手中的漫畫了。他深深地嘆了一口氣。看到那樣的折木同學，福部同學調侃道：

「沒想到奉太郎會沉迷於同人漫畫。你要拜摩耶花為師嗎？」

同人漫畫和一般的漫畫有什麼不一樣嗎？我對漫畫不是很了解……

折木同學瞥著福部同學，我覺得他平日那有些慵懶的氛圍裡，似乎又加上了一點陶然的神色。折木同學有些難為情地垂下頭，低低地說：

「這真的很不錯。」

「真的嗎？那晚點再跟你借來看吧。」

我第一次看到折木同學那種表情，湧出了興趣。湊過去看那本書。上面畫著一個可愛但有點哀愁的女孩。一眼就看得出哀愁的感覺，讓我覺得很厲害，但她身上的衣服質感也讓我感動得睜大了眼睛。女孩穿著與我身上款式相同的水手服，看得出有微風從她的正面吹去。

……

呃。

我好像又犯了老毛病，微微歪起頭來了。福部同學問我：

「千反田同學，妳怎麼了？」

「沒什麼……」

我再看一次。雖然有些哀傷，但畫風可愛的女生。很有質感的衣物畫法。

「我好像在哪裡看過這張圖。」

「錯覺吧。」

折木同學當場否定。

「這是我姊今天拿來的同人漫畫，妳不可能看過。」

是嗎？

我再一次細細地端詳。……不，錯不了。我滿懷自信地宣告：

「我看過這張圖。不，不是這張圖，是畫這篇漫畫的人的圖。」

「以前嗎？」

福部同學問，我搖了搖頭：

「不，應該是最近。」

啊啊，應該想得起來的！沒辦法明確地想起來，一定是因為只稍微瞥到一眼而已。如果仔細地看過，我不應該那麼快就忘掉了。

唔……唔……

「呃，我……」

「千反田，現在有很多事要忙。」

折木同學勸諫似的聲音響起。我明白。現在有很多事要忙。即便不是如此，我也因為好奇心太強，經常惹得折木同學不悅。我非常明白。可是怎麼樣都沒辦法。我好想知道，太想知道了，所以還是說了。

「……我很好奇。」

我把手按在自己的喉嚨上。

「都來到這邊了。」

「吞下去。」

「吞不下去。」

「想辦法吞下去。」

「請讓我看其他頁。」

折木同學嘆了一口氣，把漫畫交給我。我看了封面，但《夕暮已成骸》這個書名我完全沒有印象。

我隨手翻閱。……有男生的圖片。我叫出聲來。

「啊！」

「嗯，想起來了嗎？」

不知為何，折木同學露出洩氣般的表情。雖然有點令人在意，但我微微點頭說：

「是的，大概。這個男生的圖片很像。我在會議室旁邊的布告欄看到的。應該是文化祭宣傳海報的圖……」

最後的聲音變小了。我對漫畫並不熟。我覺得畫風應該一樣，可是不敢一口咬定。

「那張隱藏版海報嗎？」

福部同學好像知道那張海報。仔細想想，他是總務委員，知道是當然的。福部同學就像剛才我做的那樣，仔細地看圖，然後說：

「……唔，感覺是很像，可是沒辦法斷定呢。拿去比對應該是最快的。」

是的，那樣做就行了！

「折木同學，這本漫畫請借我一下！」

折木同學身體往後縮了一下。啊，我好像又靠太近了。折木同學幽幽地搖著頭。那個模樣與其說是在否定，感覺更像是認命。

「好吧。妳都說好奇了，卻只要這樣就可以滿足的話，就該謝天謝地了。……不過要馬上拿來還我唷。我還要用。」

「好的，我馬上就拿來奉還！」

我把《夕暮已成骸》緊抱在胸口。

阿福和小千好像都認為《冰菓》要賣，就得期待第三天，不過把銷售社刊的重點擺在第三天，漫研也是一樣的。

而實際上我們還沒有準備好，第一預備教室前面就已經有幾個人在等開門了。開始之後，人潮也多到跟前兩天完全無法相比。令我頗為開心的是，宣傳海報很受歡迎，不止一次有人詢問一張多少錢。其實如果可以一張賣個一百圓，對預算也很有幫助，但神高文化祭的原則是禁止營利，所以即興增加「商品」算是禁忌。湯淺社長沒有冒險，不過因為拒絕不了，最後她決定把海報分送給幾個人。

而送出去的海報空缺，又由我們來填補了。

我會畫的角色沒有多少，所以只能用已經分送出去的海報角色換個方向或姿勢來矇混過關。今天我的服裝是有好幾個口袋的卡其色外套和解放帽。我聽到客人看到我的解放帽，說了許多角色名，但正確地看出我在角色扮演誰的，只有河內學姊一個人而已。

「……難道是那個看到鳥就會縮成一團的刑警？」

「是的。」

「妳那是縮成一團的版本？」

不要拿我的身高做文章。學姊的角色也和警察有關，在格鬥遊戲的中國類型角色中可算是始祖。她穿著開岔到幾乎露大腿根的衣服。雖然不知道是不是自己縫製的，但以重現度來說，我不得不承認非常棒。手環上的尖刺那金光閃閃的金屬光澤，讓我擔心會不會不小心刺傷人。

專注在畫圖中，可以忘掉許多事。不管是昨天的事、「十文字」事件或《夕暮已成骸》都是。不過因為忘得太乾淨，我開始漸漸有種如果沒法就這樣永遠畫下去，接下來就難受了的預感，令我消沉。畫好第一張，上主線，擦掉底稿。

「好了。下一張。」

「隨便畫畫就好。」

是的，我會隨便畫畫。

面對白色肯特紙，我一瞬間猶豫該畫什麼。教室裡人滿多的。這樣的話，再怎麼挑剔的傢伙也沒法說這叫門可羅雀了吧。社刊《世阿彌's》好像銷路很好。河內學姊的角色扮演特別受到校外大哥哥們歡迎，她忙著招呼客人，沒辦法加入上色陣容。河內學姊的跟班集團幫忙她上色，但隨便一看，也知道技術和速度差得遠了。我不太喜歡河內學姊，也經常被她那些天兵跟班搞得啞口無言，但河內學姊的高超創作實力卻讓我不得不認同。

用來洗畫筆的水桶已經相當混濁了。有人從旁邊拿起水桶說要換水。是臉和名字搭不起來的一年級生。那女生沒有勉強穿過擁擠的教室，而是沿著人潮的外側走。就要穿過我前面的時候，我覺得那女生的臉上露出了期待的表情。那種期待與其說是龍碰上老虎的鬥志，更接近貓發現老鼠時的喜悅。

「哎唷喂呀！」

女生假惺惺地失去平衡，嘩啦一聲，一滴水濺到我的桌角上。

我知道的。那個女生只打算做到這種地步的。她只是想要使一點壞，教訓一下囂張地頂撞她敬愛的河內學姊的傢伙罷了。只要潑上一滴水，那個女生就心滿意足了。

然而事情並沒有這樣就結束了。不曉得是誰推的，我也沒看清楚。或許是擠進第一預備教室的人群裡有人失足或踉蹌罷了。那個女生本來就故意絆到，這下子更是頓時失去了平衡。緊接著響起的不是「哎唷喂呀」，而是慘叫般的聲音。

我至多只能勉強扭開身體。

「……」

沒有當頭被潑得一身溼，或許該說是萬幸了。水滴，或者說幾乎一整桶的水潑上了我的胸口。從右肩到身側一帶的衣服都變色了。這水一直被拿來攪洗畫筆，都非換不可了，臭得噁心。

污水也正中準備要畫上圖案的肯特紙。肯特紙被黃濁色的髒水浸成了一片斑駁。

「對、對不起，伊原，我不是故意的……」

戰戰兢兢、泫然欲泣的表情。

可是怎麼說，這就叫「彷彿被當頭潑了一盆冷水」嗎？還是不是？

我一點都生氣不起來。我從口袋掏出手帕，按在不停地滴水的外套上。白色的手帕一下子就染成了黃濁色。

嗯。反正本來就是卡其色，大概不會太顯眼吧。

第一預備教室直到剛才都還熱鬧滾滾，這下子卻變得一片死寂。我總覺得過意不去，慢慢地從椅子站起來，尋找社長的身影說：

「社長，不好意思。接下來交給妳了。」

因為我的衣服不像河內學姊那樣不能穿在外面行走，所以我是穿著角色扮演服裝從家裡直接上學的。不管看起來再怎麼普通，既然知道自己是在角色扮演，對於穿成這樣在外面走，我還是感到抗拒，可是我已經聽阿福說更衣室大家都搶著用，可能排不到。而現在重要的是，我的制服在家裡。

不過慶幸的是，我把體育服放在學校。之前我把乾淨的體育服帶來學校，可是體育課自習沒穿到。我在擠滿了準備登台演出戲劇的學生更衣室角落悄悄地換衣服。

這麼說來，古籍研究社怎麼樣了呢？阿福好像有什麼計畫，小千應該也不會袖手旁觀吧。訂單的疏失也是我的責任，最後一起迎接活動結束或許也不錯。

體育服的這種顏色其實應該叫做淺蔥色，可是淺蔥色給人一種神職人員或新選組（註）專用色的印象，所以神高的體育服原則上稱為「水藍色」。我穿上水藍色的運動服，往地科教室走去。我進入專科大樓，一步步踏著三層樓的樓梯慢慢走上去，聽見上面傳來室內拖鞋的輕快聲響。

「啊，摩耶花同學！」

小千高興地向我揮手。我想問她急著要去哪裡，卻先被她抓住了手腕。我漫不經心地想著她的手掌好溫暖。

註：新選組是江戶末期在京都取締反幕府勢力的警察組織。

喂，這裡是樓梯，很危險耶。

「等、等一下啊，小千！」

小千好像沒聽到我的抗議，一股作氣地說：

「太好了，有摩耶花同學陪著就太可靠了。我一個人實在沒有自信。妳現在方便嗎？沒有急事吧？」

我？可靠？

「咦，什麼？妳要我做什麼？」

小千右手抓著我的手腕，但左手把一本像是社刊的東西抱在胸前。書背有釘書機的針，看起來不是製作得很精美。

「這本書！」

可是看到它的封面，我禁不住大叫起來。

「為、為什麼小千會有這本書！」

這個畫著女生側臉的熟悉封面，是《夕暮已成骸》！

「這不是我的，是折木同學的書。」

那就更奇怪了。為什麼《夕暮已成骸》會在折木這傢伙手裡？這是去年的文化祭，在走廊角落宛如神祕小攤的地點悄悄販賣的刊物啊。明明不可能，我卻一瞬間甚至懷疑起是不是折木偷了我的書。我忍不住把手伸向小千手中的那本書。瞬間小千像要保護它似地把它緊抱在胸懷。

「摩耶花同學，妳知道這本漫畫？」

我縮回手說：

「嗯……唔，我知道。」

「那妳知道這本漫畫是誰畫的嗎？」

我瞬間迷惑了一下，她指的是筆名的安心院鐸玻，還是原作者安城春菜？小千可能看透了我的困惑，改口說：

「畫圖的人。」

「不知道。」

結果小千更加興奮地說：

「我跟妳說，文化祭有宣傳海報！我很好奇畫那張海報的人是不是就是畫這本漫畫的人。」

原來如此，是這麼回事啊。

我懂。小千經常說著「我很好奇」，到處調查許多事，但她好奇的事，我很少也一樣感到好奇。可是這次小千的心情我很了解。有兩個畫風相似的漫畫，卻不知道作者是誰，這真的會讓人非常好奇是不是就是同一個人。

呃，文化祭海報的作者和《夕暮已成骸》的作畫者是同一個人？

如果是這樣，我也無論如何都得確認一下。只要查出是不是，就可以同時知道原作者和作畫者是誰了。即使原作者安城春菜轉學了，只要作畫者還在學校，或許我可以得到

「安心院鐸玻」的新作品。

我逐漸興奮起來，嗓門忍不住變大：

「那張海報在哪裡？」

小千已經抓著我的手開始跑下樓梯了。小千頭也不回，回答的聲音越過肩頭傳來：

「在會議室旁邊！」

好，走吧！

一對男女學生正在設置大型立牌。立牌上寫著「第四十二屆KANYA祭」，還有詳細的日程。

這就是小千說的那張海報的大致設計。色彩濃淡頗為分明，重點突出。《夕暮已成骸》全篇都是黑白的，所以也得考慮到彩色稿與黑白稿的印象差異。

比對漫畫稿和插畫稿，判斷是不是出於同一人之手，有時候是一件相當困難的事。可是這次的鑑定並不困難。作者在這一年之間，畫女生的技巧似乎多了些變化，但男生的畫法卻沒什麼改變。我瞥上一眼便想：啊，是同一個人。為了慎重起見，我退後一步眺望整體，或前進一步觀察細節。小千好像把注意力放在衣服的質感處理上，不過兩者決定性相似的地方在於耳朵的形狀。耳朵的畫法完全相同。

我回望小千說：

「十之八九，或者說百分之九十九，是同一個人畫的。」

小千聞言，伸手撫摸自己的胸口。是表示放心的動作吧。

「這樣啊。謝謝妳，這下我心頭舒暢多了。」

那好像是表示心中豁然開朗的動作。我也跟著露出笑容。我覺得自己好久沒笑了。

「哈哈，碰上這種事，真的教人很在意呢。」

「是呀。可是我沒自信可以比對判斷出來……」

「我也沒有什麼特別的觀察技術啊。」

那麼我也來滿足一下自己的興趣好了。我敲了敲布告欄旁邊的會議室門。

「請進。」

裡面傳出應聲。會議室裡只有一個男生正在看行程表。從他衣領上的學級徽章可以看出是二年級生。他回看我們，露出像是在問「誰呀」的詫異表情。

「田名邊學長好。」

小千低頭行禮。田名邊？記得他好像是總務委員長嗎？人選正好。話說回來，小千真的認識好多人呢。我自認為對人名的記憶力也不是那麼差，可是絕對比不過小千。

田名邊學長好像想到了，親切地微笑說：

「嗨，妳是……呃……」

「古籍研究社。」

「對對對。妳來又有什麼事嗎？」

有事的是我。小千退後半步，讓我站在前面。沒必要來什麼開場白，我開門見山地問：

「我想請問一下，貼在門外布告欄上的海報是誰畫的？」

田名邊學長微微蹙起眉頭。文化祭的海報有許多版本，要他當場回答出其中一種海報的作者，考驗可能太大了。如果可以快點知道，那當然最好不過，可是不能抱太大的期望。

「唔，妳說門外那張海報是吧？」

「是的，男女學生一起立招牌的那張。」

停頓了半晌後，田名邊學長微微點了幾下頭。他是想起來了嗎？不愧是委員長。學長用一種沒什麼的語氣告訴我答案：

「那張海報的話，是陸山畫的。」

咦？

小千在後面叫出聲來：

「陸山宗芳學長嗎？學生會長。」

「沒錯，就是那個陸山。」

這名字還真讓人意外。陸山學生會長的話，我也知道。他看起來是運動健將型的，沒想到居然會畫漫畫。

這樣啊。原來他就是安心院鐸玻的作畫者啊。我努力在腦中回想那張只遠遠地看過，無法清楚回想出來的臉。而田名邊學長顯得有些驕傲地說：

「是我叫他貢獻一些，逼他畫的。畫得滿不錯的吧？」

「是的，我覺得那張海報非常棒！」小千說道。

「哈哈，要是本人聽到，一定會很高興的。」

不只是原作者，現在連作畫者都知道是誰了，誰說福無雙至呢？我本來想說既然如此，順便問一下陸山學長現在的筆名，好能追他的作品，但委員長應該也不曉得那些詳情吧。這不算什麼問題，晚點再去問本人就行了。或許他與安城春菜的黃金搭檔現在也以某種形式繼續著呢。

如果真是如此……好想看他們的作品。期待湧上心頭。

我和小千鄭重地道謝，離開了會議室。

目的達成，小千笑逐顏開。我也和小千爭先恐後地一起小跑步前往地科教室。

056—♠15

「我查出來了！」

不到十分鐘就這麼叫著跑進來了。千反田的確是說馬上就拿回來奉還，可是也不必急成這樣吧？不，千反田或許不是為了我，而是為了她自己的好奇心而急。

「哦，真的是同一個人嗎？」

里志抬頭問，然後不等回答又接著問：

「咦，摩耶花？」

真的。千反田身後跟著伊原。而且她應該要角色扮演，卻穿著體育服。還是那身體育服是在角色扮裝誰……不，應該不是。那怎麼看都是神山高中官方體育服。她好像碰上什麼好事，表情很開朗。

「摩耶花，妳不用去漫研嗎？」

里志問，伊原微微地笑著，點了點頭：

「嗯，我請人代替我了。」

可以請人代替唷？不過我也不了解漫研的狀況。

千反田踩著小跳步般的腳步來到我面前。她輕輕地把《夕暮已成骸》擺回桌上。

「跟你說唷，是同一個人，也知道是誰了。」

「哦，那太好了。」

「是陸山宗芳學長！我一直覺得他是個英姿煥發、儀表堂堂的人，沒想到他居然還有這麼棒的繪畫才能，真令人驚訝。」

那是誰？

我看里志。

「你知道她是在說誰嗎？」

我問出口的瞬間，里志僵住了。

「奉、奉太郎，你那是在說笑吧？」

「那個人很有名嗎？我跟你認識的奇人怪人距離遙遠。」

里志掩住眼睛，慢慢地搖頭，一副我沒救了的模樣。一旁的伊原一樣露出鄙夷的眼神，低低地說：

「學生會長。」

學生會長。陸山宗芳（KUGAYAMA MUNEYOSHI）。

「啊，原來如此。」

我的聲音變小了。我一直以為陸山念做RIKUYAMA，這件事可得保密。可是我又不是完全不認識陸山宗芳，光是這樣我就想稱讚一下我自己了。我若無其事地拿起《夕暮已成骸》，小心不被看出我想轉移話題的意圖。

「這麼說的話，這個筆名安心院鐸玻（ANSHININ TAKUHA）裡面，負責畫圖的是陸山嘍？」

然而即使我換了話題，里志還是維持那「沒救了」的姿勢。他掩著眼睛，不住地搖著頭。我正奇怪這傢伙怎麼一反常態地死纏爛打，里志維持著相同的姿勢說：

「什麼ANSHININ，那是哪裡的寺院啊？」

「不是這麼念的嗎？」

「那寫做安心院，念做『AJIMU』。是九州的地名，葡萄盛產地。」

「九州的什麼市嗎？」

「不，是町。」

這是重要到不曉得就得被嘲笑為無可救藥的知識嗎？還是除了我以外每個人都知道這

件事……？我這麼擔心著，觀察千反田的臉色，千反田一臉詫異地說：

「名字的念法，封面左下角有羅馬標音……。雖然字的確很小。」

咦？啊，這麼小。「AJIMU TAKUHA」。真的。

令人意外地，伊原表現出激烈的反應。她睜圓了眼睛，連嘴巴都張得大大的。伊原應該才剛看到我借給千反田的這本書，怎麼會受到那麼大的衝擊？不過既然是伊原，她對漫畫類應該有特別的興趣，可是就算是這樣——

里志站在我旁邊，俯視著《夕暮已成骸》說：

「至於內容，既然奉太郎都稱讚了，應該不賴吧。」

「……、……」

剛才那怪聲也是伊原發出來的嗎？里志好像沒聽見，他以輕鬆的語氣接著說：

「不過我覺得這筆名有點不敢領教呢。安心院鐸玻啊，三個字的姓，是隨便取的姓氏最常見的特徵吧。」

噢，地雷發言！

「……怎、怎麼會……」

千反田一陣踉蹌。千反田愛瑠。

「什麼隨便取的，我家的姓氏好歹也是……」

「啊啊，不是不是！」

里志慌了。他揮手撤回前言。

「其實我要說的是名字啦，名字！底下的名字！」

哦？

可能是注意到我的視線，里志的眼神飄移起來。折木，奉太郎，今後也請多多指教。

「唔，奉太郎另當別論啦，嗯。」

又亂說沒根據的話。況且你怎麼不了解你的發言最糟糕的地方不在「我的」名字是三個字？

「哦，折木另當別論呀？」

里志好像總算發現了。他的臉糾成一團，隨時都要哭出來的樣子。伊原的全名是伊原摩耶花。我覺得三個字的名字一點都不稀罕，但里志為了避免冒犯千反田，自掘墳墓了。用「我說的是筆名」搪塞過去應該是最恰當的做法吧。嗯。

我適時打住，不再奉陪里志的獨角戲，再次拿起《夕暮已成骸》。這是本有趣的漫畫。可是如果它與現況有關，應該是後記的部分吧。

一刀刀地凌遲著里志的伊原突然丟下獵物，來到我面前。

「那本同人誌的作畫者是陸山學生會長，不過聽說原作者是叫安城春菜的人。」

「哦？」

我抬起正在看後記的視線。

「妳知道這本同人誌？」

「這是我最喜歡的一本漫畫。我在去年的文化祭買的。」

伊原不太會提她喜歡什麼，或稱讚什麼東西好。正因為如此，我沒料到她會這麼輕描淡寫地說出「最喜歡」這樣的肯定來。不過我覺得這本作品確實精采，禁得起這樣的讚美。伊原望著書頁，聲音莫名消沉地說：

「我說折木，這本書可以借我一下嗎？」

……怎麼這麼低聲下氣的？沒想到繼千反田之後，連伊原也要向我借它。我是很想說「好哇儘管拿去」，但我說道：

「當然可以，不過先等一等。」

「嗯，你要我等我就等，不過你大概什麼時候可以借我？」

我想了一下。不久後，我用手背拍了一下後記那一頁說：

「等我把這一頁背起來。……如果可以影印，我當場就可以借妳。」

伊原一臉訝異。沒辦法明確地說明，真令人著急。因為我連自己都不是很明確地知道這有什麼用處。若要說得正確點，應該是「等我想通這東西有什麼用，或確定它沒用」。

突然間，千反田拍了一下手說：

「啊，對了，我有事要跟各位商量。」

「商量？什麼事？」

「是的，其實我要參加廣播社中午的節目播出。」

什麼？

「咦？中午的廣播節目，是昨天和前天也有的校內廣播節目嗎？」

「是的。」

里志吹了一下口哨說：

「太厲害了！千反田同學，妳太能幹了，沒想到妳居然說動了神高最強的傳媒協助！和『十文字』事件搭上關係，這下《冰菓》一定可以賣完。」

「不，其實不是我拜託的，不，我本來是想要拜託的……」

「總之幹得漂亮！好，那麼就讓我這個忠實聽眾來好好指導妳該怎麼進行來賓應答……」

公關事務交給里志就沒問題了吧。我瞥著興致高昂的里志，又回到後記。

怎麼說，我總覺得到處隱藏著與怪盜「十文字」有關的情報和線索。坐著顧攤，閒了三天，這樣實在不能讓我覺得是把必要的事盡快做完了。我必須推出我自己的促銷方案才行。為了這個目的，我怎麼樣都得揪出「十文字」才行。哎，世事諷刺。千反田為了賣出《冰菓》而壓抑著對事件的好奇，節能主義者的我卻得為了相同的目的挺身挑戰謎案。我托著腮幫子，視線落在《夕暮已成骸》上，幾乎沒意識到自己在看它。

我尋思起來。

【剩餘一百一十八本】

057—♥13

我一邊聆聽福部同學親切的指導，發現了折木同學的不對勁。

聽說摩耶花同學與折木同學從小學就一直同班。就我所知的範圍內，福部同學應該是與折木同學最要好的男生。

然而為什麼兩人都沒有發現呢？

折木同學像那樣姿勢固定、眼睛焦點有些渙散的時候。

……就是他正在思考的時候。

他思考出來的結論，有時候完全異於我們的預測。而事後發現的事實證明了他的結論不錯，也並非一次、兩次的事了。

我聽著福部同學的話，在視野一隅持續觀察著折木同學的模樣。

058—♠16

「……這麼想啦，你覺得怎麼樣，奉太郎？」

嗯？

突然有人叫我，我抬起頭來。里志、千反田，連伊原都在看我。我搔搔耳朵上面。

「不好意思，我沒在聽。」

瞬間傳出一陣盛大的嘆息。

「奉太郎……這可是攸關古籍研究社生死的廣播節目作戰會議，你怎麼能那種態度呢？像話嗎？」

什麼時候開起會議來了？而且還是戰略級的會議。

忽然我注意到，千反田不知為何用一種屏氣凝神的表情看著我，深深地、定定地。她的眼睛還是老樣子，好大。不，重點不在這裡。

「千、千反田，幹嘛？」

「怎麼樣呢？」

「什麼東西怎麼樣？」

「哦，沒有……」

然後是嘆息。不過她的嘆息跟里志剛才的嘆息不同，輕微的，而且自然。怎、怎麼了嘛？我做了什麼讓她非這樣理所當然嘆息不可的事嗎？

哎，算了。反正我的推理也碰上了瓶頸。其實我很想說給他們聽聽，邊聊邊推論，可是……

千反田真礙事。

我彎彎食指，叫來里志。

「Come on。」

「嗯，幹嘛？」

我站了起來。總覺得坐了好久。

「不好意思，你來一下。」

「現在這麼忙，要去哪啊？」

「跟現在在忙的事有關。去哪都行。」

坐在桌上，擺動著搆不到地板的雙腳的伊原把臉撇向另一邊說：

「難道是『十文字』事件？」

不需要的時候就把第六感關起來啦！啊啊，千反田果然臉色大變了。

「咦，折木同學，你果然在想那件事嗎？難道你發現了什麼！」

「沒發現、沒發現。」

「那你不是在想『十文字』事件嗎？」

厭惡說謊是里志的信條，但即使是我，被人這麼當面詢問，也不好堂堂否認說不是。而我的猶豫完全被看穿了。

「……果然是『十文字』事件。」

「啊，不……」

千反田的手掌重疊在身前。那雙手緊緊地握成了拳頭。她本人意識到了這些變化嗎？

「我明明這麼樣地好奇……為什麼你只肯告訴福部同學一個人呢……？」

比平常更低的聲音。微微低垂的臉被劉海遮住看不見。如果她繼續接著說「負心漢、我好恨」，我一定會忍不住道歉。

真教人沒轍吶。我絕對不希望千反田在場的。

沒辦法，拐個彎好了。我還沒試過這種招數，不曉得會不會有效？我擺出一本正經的表情說：

「的確，關於『十文字』事件，我有事想告訴里志。」

「那我也……」

「可是內容非常地下流齷齪，這樣妳還是要聽嗎？」

噢，有效。而且威力十足。

抱歉，千反田。如果這算得上性騷擾，算我欠妳一次。我抓起《夕暮已成骸》，穿過好似當機的千反田身邊，帶著苦笑的里志離開了地科教室。即使背對著，我也感受得到伊原冰冷到了極點的視線。

「快點告訴我那下流齷齪的內容吧。」

一路強忍笑意的里志做了個深呼吸，總算開口了。

我選擇在大樓間通道的屋頂與里志談話。怎麼說，只有這裡不太有文化祭的氣氛，可以靜下心來談事情。

相對於里志，我一臉苦澀。

「不好意思硬把你拖出來。」

「不會啦，我甚至覺得高興呢。『十文字』事件的怪盜如果能被最後的目標古籍研究社反過來揪出，如此搶盡鋒頭的發展，我求之不得。」

……我倒是沒怎麼想過這種事。

隔了幾拍，里志浮現不懷好意的奇妙笑容說：

「好了，我很期待唷，奉太郎。」

還不曉得能不能滿足你的期待呢。我把身體靠到扶手上說：

「我並不是在想什麼令人期待的事，只是想到了幾點讓人無法信服的事情。我總覺得這些疑點有某些意義。」

「說到無法信服的地方，到處都是吧。既然有『十文字』是誰這個大問題存在。」

「那是不知道的事，不是無法信服的事。順帶一提，也不是矛盾。」

「你找到missing ring了嗎？」

米其林？什麼？

我露出呆呆的表情，里志苦笑。

「Missing ring，失去的環節。我是在問你找出『十文字』下手行竊的社團有什麼不為人知的關聯嗎？」

哦。我要說的是這方面的事嗎？我想了一下。

「……不，也不是。」

「那你是發現怪盜『十文字』出了什麼紕漏了嗎？」

「也不算是。」

里志的動作頓時停住了。他用一種我沒怎麼看過的認真神情，目不轉睛地盯著我看。里志那不像他的態度讓我有些退縮。他開口：

「兩邊都不是？

怪盜耶？連續竊案耶？嫌疑犯有一千人耶？

然而沒發現失去的環節，也沒發現失誤，你還是要從一千人的範圍裡去找出歹徒嗎？」

「唔……算是吧。」

「怎麼找！」

怎麼莫名激動成這樣？里志的推理興趣不是只限於夏洛克．福爾摩斯嗎？不過依里志這人的個性，即使昨天還在迷柯南道爾，今天就開始改追高木彬光，我也不會覺得奇怪。

「哎，我還沒想到竊賊的事。我想要整理一下想法，你可以聽我說說嗎？」

我這麼拜託，里志不知為何聳了聳肩。我還沒來得及想是什麼意思，里志已經恢復他一貫的笑臉說：

「這還用說嗎？」

然後里志學我也倚靠在對面的扶手上。一陣秋風吹過。

好了，該從哪裡開始說起呢？

我想了一下，不是比給里志看，而是為了整理自己的想法，折起右手一根手指。

「首先，為何『十文字』要從十個社團偷走十樣東西？這說法是根據從『十文字』這個署名推論出來的，『十文字』會襲擊十個社團的假說。」

「事到如今，我覺得這個假設也沒什麼好質疑的。」

唔，我也不是在質疑。我彎起食指。

「第二，為什麼『十文字』要在現場留下問候卡？里志，你身上有竊賊留下的問候卡吧？」

「有，這個是吧？」

他理所當然似地從束口袋取出昨天在御料理研找到的問候卡。

> 御料理研　已失去湯杓
>
> 十文字

「魔術社的問候卡也是同一類型。你總不會說要找出賣卡片的店，過濾購買者吧？」

誰會幹那種麻煩事？

可是這麼說來我都忘了，「十文字」留下的文章是這樣的內容。我只看過一遍，所以忘了。雖然是預定之外的疑問，但我還是彎起中指說：

「第三，為何『十文字』要用『失去』這種說法？為什麼不更像怪盜一點，像是說『我收下御料理研的湯杓了』？」

雖然或許只是裝模作樣罷了。我彎起無名指。

「第四，為何『十文字』要留下《KANYA祭指南》？」

我本來以為這是仿傚「ＡＢＣ時刻表」，可是仔細想想，刊登社團一覽表的不只有《KANYA祭指南》而已。不過《KANYA祭指南》應該也準備了分發給來賓的份，所以或許是與容易取得有關。

「啊，還有這個。」

里志把手伸進束口袋，這次拿出了《KANYA祭指南》。

「是『十文字』留在御料理研的那一份唷。」

這傢伙還是老樣子，一絲不苟。我雖然也有自己的《KANYA祭指南》，不過還是收下了。

我彎起留到最後的小指，右手握成了拳頭。接下來是與古籍研究社也直接相關的問題：

「第五，為何『十文字』要選擇園藝社（engeibu）下手？為什麼不是電影研究社（eigakenkyukai）或戲劇社（engekibu）？為什麼不是超常現象研（okarutoken）、開運同好會（omajinaidoukoukai），而是御料理研（oryouriken）？像御料理研，如果不看一覽表，一般人應該都會以為是『料理研』（ryouriken）。如果想要依照五十音順精確地進行，為什麼要選擇御料理研？」

「這個問題直接關係到怪盜會選擇古籍研究社（kotenbu），還是工藝社（kousakubu）呢。」

乍看之下，這像是攸關死活的問題。

不過我本身對此相當樂觀。壁報社報導古籍研究社是「怪盜最後的目標」，而中午廣播社也會以這樣的觀點來介紹，那麼無論實際上怪盜的目標是哪一邊，都一樣能為古籍研究社帶來莫大的宣傳效果。

我從拳頭伸出食指說：

「第六，你以為我在看漫畫，沒有認真聽你說話，不過倒也並非如此，你說的那一點是最奇怪的。……為什麼『十文字』會跳過『ku』，先對『ke』下手？」

「哦，這是為了穿越天羅地網。我不是說了嗎？全球行動社那種狀況，實在不可能下手行竊。」

我了解里志的說法，可是我覺得那樣實在不對勁。原因在於最後一個疑問。我伸出中指說：

「第七，」

我把手中的《夕暮已成骸》打開到後記給里志看。我頓了一會兒後，指著「A表示正計畫將克莉絲蒂的超級名作做出別開生面的改編」的部分說：

「里志，說到克莉絲蒂的超級名作……」

沒有半點猶豫遲疑，里志立刻回答：

「是啊，《一個都不留》、《東方快車謀殺案》、《羅傑．艾克洛命案》、《ABC謀殺案》……這四部吧。」

我點點頭。

「如果是我，就會再加上《史岱爾莊謀殺案》。不過大概就這些吧。然後能被稱為『超級名作』的這些作品中，可以改編成漫畫，以『庫特利亞芙卡的順序』做為書名的，你覺得是哪部作品？」

里志對推理小說應該不熟，程度頂多和我半斤八兩吧。可是里志平素以資料庫自居，他似乎知道他所舉出的那些「超級名作」的作品大意。里志抱起雙臂想了幾十秒後，以不像他的慎重語氣開口：

「說到庫特利亞芙卡，那是被塞進太空梭裡繞著地球轉的狗的名字吧？直到氧氣用盡之前，都相信著自己能夠回到底下的星星。」

「是這樣唷？」

沒有人知道狗相信著什麼吧？

「如果把重點放在這裡，應該是《一個都不留》吧？可是『順序』這個詞非常吻合《ABC謀殺案》的意象呢。」

「我也持相同意見。不過如果是從賣點放在死光光的《一個都不留》改編，不太適合那種像是在說『下一個輪到你』的標題。大概六比四的比例，我覺得是《ABC》。」

「會嗎？說到庫特利亞芙卡，給人的印象就是死於非命。《ABC》富遊戲性質，而且我覺得不適合庫特利亞芙卡這種帶有死亡含義的詞彙。如果是我，會是六比四，選《一個都不留》。」

這樣嗎？

……不過算了，這部分不脫猜想範圍，即使意見分歧也無妨。

「我好像猜到你要說什麼了。」

里志低聲呢喃。

在說出里志猜到的內容之前，我還得先確認一件事。

「里志，這場文化祭裡有人販賣叫《庫特利亞芙卡的順序》的漫畫嗎？」

「……不，沒聽說。如果要賣東西，就得向總務委員會報備，賣的是漫畫的話，委員會會先確定內容。如果是漫研出的漫畫，摩耶花不應該沒提過。」

那就對了。我瞪著秋空說：

「去年的神山高中文化祭裡，有人販賣了一本叫《夕暮已成骸》的漫畫。它的後記預告說要在明年文化祭推出改編自克莉絲蒂超級名作的漫畫。而這部超級名作據我們大膽推測，應該是《一個都不留》或《ＡＢＣ謀殺案》。若是更慎重一點，至多再加上《東方快車》和《羅傑．艾克洛命案》吧。

然後到了預告的時間——今年，同樣是神山高中文化祭，發生了顯然是借鏡自克莉絲蒂的《ＡＢＣ》的事件。第七個令人不解的地方就在這裡。這會是巧合嗎？」

「你的意思也就是，」

里志立刻接話說：

「**『十文字』事件已經在《夕暮已成骸》裡預告過了**，是吧？」

我還沒有斷定到那個地步。

「我只是覺得《夕暮已成骸》，或者說『庫特利亞芙卡的順序』跟『十文字』事件之間若是毫無關聯，也未免太湊巧了。若是有什麼關聯，這可是暌違一年重出江湖，『十文字』有可能只是個單純的享樂犯罪者嗎？他只是想攪亂文化祭，藉此取樂罷了嗎？」

這當然是反諷。是享樂犯罪者嗎？不，絕不是。里志沒有回話。他的沉默，我當成是對反諷的同意。

「我說里志，這個事件是有意義的。如果意義這個詞不好，代換為意圖也行。沒有預告、沒有花俏的宣傳，偷的東西也只是水槍、蠟燭這些小玩意兒。這不是享樂犯罪。我甚至可以感覺到竊賊企圖不給社團添麻煩、同時不受打擾地完成『十文字』事件的意志。然而卻在這個時候跳過『ku』，實在格格不入。如果真想下手，應該也不是完全沒辦法，為何『十文字』要跳過『ku』……」

到此為止了。接下來還得再更進一步思考才行。我閉上嘴巴。

片刻沉默。里志慢慢地開口：

「……我要回去了。讓千反田同學就那樣上陣接受廣播社採訪，我有點不安。」

我忍不住苦笑。

「是啊，拜託你了。」

「你呢？」

「我要再研究一下你給我的東西。」

里志點點頭，轉過身去。

啊，對了。差點忘了。不管「十文字」的意圖是什麼，有件事是宣傳古籍研究社絕對必要的。我不認為里志和伊原會遺漏，但還是姑且提醒一聲：

「里志，叫千反田準備名稱以『ko』開頭的東西，在全校廣播裡宣傳。」

里志停步，只回過頭來，露出邪惡的笑容說：

「釣客人上門的誘餌是吧？的確，目標明不明確，樂趣大不相同……放心，我已經想好了。我預定拿『校畢原稿』（kouryougenkou）上陣。可是奉太郎，你這人也真壞呢。」

哪裡哪裡，道行還差得遠了。

「啊，還有，麻煩你顧一下攤子。」

里志沒有對這句話回頭，只揮了揮手。

和別人說說話，果然能夠整理思緒。我和里志說著說著，想到了一個可能性。這個猜測雖然大膽，不過或許有可能。

我的手中拿著問候卡和《KANYA祭指南》，還有《夕暮已成骸》。

要閱讀紙類，室內比較適合吧。可是我出於莫名的執著，在吹拂的風中一一檢視這些東西。

我思考。

材料是有。該想些什麼也整理過了。

調查，理出頭緒。

風好像有點冷……

【剩餘一百一十八本】

059—♣19

即將進入校舍前，我回頭看奉太郎。

奉太郎靠在扶手上，正瞪著秋空。

他的思考，終點會落在何處？我完全沒有頭緒。

一點都不懂。

笑意從我的嘴唇消失。

吹上來的風很冷，所以我垂下了頭。

5—2 061～062 「十文字」vs.古籍研究社

061—♥14

我開始緊張起來了。

這種時候是有祕訣的。把眼前的對象當成南瓜。我家也栽種南瓜，所以很容易想像。不是藉由這樣做來平靜心情，而是想到這樣做就可以冷靜，如此一來就夠能冷靜了。

啊啊，不行，沒辦法。現在我的眼前又沒有人，有的是麥克風呀！

那麼換個方法好了。在手掌上寫「人」字，吞下去。

寫了三次，吞下去之後我才發現。

我剛才吞的不是「人」，而是「入」。

「音樂一結束就開始。準備好了嗎？」

「好、好了。」

「音樂結束。五、四、三……」

「好了，剛才的音樂是prodigy的BREATHE！

接下來要為各位聽眾介紹KANYA祭的熱門話題。今天最後一天的來賓是古籍研究社的社長，一年A班的千反田愛瑠同學（拍手）！哎呀，真是個大美女呀。只能讓各位聽眾聽到聲音，我真是覺得遺憾極了。」

「……」

「呃，咳咳。好了，KANYA祭終於進入最後一天。說到今天的重頭戲，當然非『十文字』事件莫屬。為不知道的聽眾簡單說明一下，KANYA祭剛開幕沒多久，就有個怪盜從許多社團偷走各種東西。真是太不像話了。（雀躍地）不過這個怪盜秉持著某種美學，他第一個對無伴奏合唱社下手，接著是圍棋社，再來是占卜研究社，然後是園藝社，像這樣依著五十音順下手。偷走的東西也是AQUARIUS動元素、石頭、塔羅牌的命運之輪，以及……（裝模作樣地）呃，什麼去了？」

「（有些倉皇地）啊，呃，是ＡＫ。」

「啊啊，是啊，是啊，（悠哉地）欸，ＡＫ是什麼東東去了？」

「水槍。聽說園藝社為了隨時滅火，準備了水槍。」

「唔，不愧是切身問題，古籍研究社已經徹底研究過了呢。噢，如果大家好好看過《神高月報　KANYA祭號外》，這已是眾所皆知的事實了，千反田同學所屬的古籍研究社，就是怪盜最後一個下手的目標！怪盜狂妄地自稱『十文字』，暗示要對十個社團下手。從『a』開始，結束在五十音第十個字母『ko』。千反田社長，請問您現在心情如何？」

「啊，是（短暫沉默）。如果能夠獲得各位同學的協助，我想一定能夠逮捕自稱『十文字』的怪盜。」

「哦、哦？（高興地）本以為千反田社長是個乖乖牌，沒想到自信不小！」

「不，也不是有自信……」

「（搶話尾）可是妳剛才說一定能夠逮捕怪盜。」

「……之所以這麼說，是因為古籍研究社的社辦位在專科大樓四樓的邊角。我們借用地科教室做為社辦。（流暢地）大家都知道，走廊盡頭處的理科類教室，每一間都只有一個出入口，而地科教室也是如此。這對怪盜來說是相當不利的條件。

除此之外，若是能再加上各位同學協助逮捕自稱『十文字』的怪盜，絕對不會讓他逃之夭夭的。」

「妳說請各位同學協助，這意思是……」

「如果能請各位到地科教室來守候，將會有很大的幫助。因為我們古籍研究社總共只有四名社員，實在無法做好萬全的警備工作。（加深印象，感情十足地）我們全仰仗各位幫忙了。」

「唔……（深刻地）被這樣拜託，教人如何忍心拒絕呢！」

「（停留足夠的空白）其實，為了與自稱『十文字』的怪盜對決，我們也下了一點工夫。」

「工夫！哦，鬥志十足呢。那麼，（稍微壓低聲音）妳說的工夫是？」

「說工夫或許有點不正確。

自稱『十文字』的怪盜耗費整整三天文化祭，只差一點就可以偷完十個文字了。然而我們的古籍研究社裡找不到名稱以『ko』開頭的物品。如果在最後的關鍵勝負不戰而敗，怪盜『十文字』也會感到懊喪不已吧。而且這樣也無法滿足各位想要知道怪盜『十文字』是誰的期待。

因此，（稍微放慢語調）我們古籍研究社準備了社刊《冰菓》的原稿。」

「（不解地）原稿？」

「是的。古籍研究社在這次文化祭裡販賣社刊《冰菓》。刊名很特別對吧？其實這個刊名裡面隱藏著意義。追查它的意義，就可以發現神山高中文化祭俗稱為『KANYA祭』的某個祕密，我想內容一定可以滿足各位。如果各位能夠順道購買一本，我們會非常高興。」

「哦，聽到KANYA祭有祕密，讓人好奇起來了呢。可是這跟『十文字』有什麼關係？」

「啊，對不起。我們準備的這份原稿並非一般的原稿，而是最後只剩下送印步驟的原稿，也就是『校畢原稿』。」

「（開朗地）啊啊，原來如此，也就是名稱從『ko』開始的物品呢。安排好決戰舞台，等待『十文字』上門踢館是嗎？」

「唔，嗯，（害羞地）就是這麼回事呢。……不過，我們也不是沒有不安。」

「哦，怎麼說？」

「自稱『十文字』的怪盜在過去的竊案中，行事時都沒有被任何人目擊。他是個小心謹慎又大膽無比的人。所以想到他是否會傾全力對付最後的目標——古籍研究社，我們四人都有些不安。（強調似地放慢語調）或許他會以完全意想不到的方法進攻。」

「原來如此。會是一場生死鬥是嗎？」

「是的。（含笑的柔和聲音）我們也不希望自己準備了目標物，卻輕而易舉地被偷。因此為了阻止竊案，希望有更多的人到地科教室來幫忙警備。」

「所言甚是。……（興奮地）好了，最後的目標古籍研究社已經做好萬全的準備了！唯一不足的就是人手！想要看到攪亂KNAYA祭的怪盜『十文字』的最後下場，或是想要親手逮捕怪盜的人，請務必助古籍研究社一臂之力！或者『十文字』能無視於如此森嚴的警備，成功下手……？總而言之，最後一天的下午，專科教室四樓地科教室的古籍研究社絕對不容錯過！

以上是來賓古籍研究社社長，一年A班千反田愛瑠同學。感謝妳接受採訪，祝妳們武運昌隆！」

「謝謝。我們會加油。」

麥克風關起來了。

我深深地吁了一口氣。

與福部同學和摩耶花同學討論後寫下的備忘裡，「校畢原稿」和「冰菓的內容介紹」、「社辦的地點」應該全部都提到了。而且我在備忘的角落也寫下了入須學姊教我的「不能提供回報」、「不能讓問題顯得太嚴重」。關於前者，我什麼也不能提供，至於後者，我刻意不提《冰菓》還有多到數不清的庫存。而我想學姊教誨中的「讓對方認為我們沒有其他方法」，我應該也實踐了。

由於事前準備和心理建設，得以堅強地參加這場校內廣播。我輕輕閉上眼睛，對協助我的每個人獻上感謝。

「妳表現得可圈可點。雖然沒有花俏的宣傳詞，不過反正那也不合妳的特色嘛。」

吉野學長說著，輕拍了一下我的肩膀。不過，我感覺到一種很像尖刺的東西。不，不是指吉野學長話中有話。是我自己心中有什麼牽掛的事。在這場文化祭期間，它一直卡在我的心中。而剛才這場廣播，似乎讓它刺得更深了一些。雖然我無法確切地說明具體上是什麼樣的感覺……

不，現在應該要想的是古籍研究社的事。真的能夠順利進行嗎？結果將在接下來的地科教室分曉。我按住自己的胸口，再一次深呼吸。

062—♠18

看看時鐘，過兩點了。

就連我在瞥手表的瞬間，也有個男生面無表情地把《冰菓》擺到我面前。

「兩百圓。」

男生付了兩百圓。很快地，下一個客人放下了《冰菓》。

這不是午覺裡的美夢。客人又來了。賣掉一本。這是現實。地科教室裡人滿為患。里志說，今早的全球行動社也盛況空前。只是成為「十文字」下手的目標就能引來那麼多的人潮，那麼被報導為最後目標，還在校內廣播中宣傳的古籍研究社會比全球行動社更加熱鬧滾滾，也是理所當然的事。即使道理上明白，然而看到之前一小時只能賣出一、兩本的《冰菓》賣得這麼火，實在令人不禁感慨。

不是有人潮就有銷路。能賣得這麼好，應該還是千反田和里志一路腳踏實地宣傳帶來的成果吧。我賣出了一本，再次為他們的行動力感歎。

他們也在社辦裡。還有身穿體育服的伊原也在這裡。丟著漫研不去沒關係嗎？

三人在地科教室中央附近，背對背地呈三角形站立。手背在身後，雄赳赳、氣昂昂地站著。他們三人形成的三角形內側還有一個三角形——貼在桌上的黃色膠帶形成的三角形。

在這當中，千反田等三人與黃色膠帶這雙重三角形的中心，擺著一疊約十頁的A4稿紙。最上面放著一張粗紙充當封面，以簽字筆寫著「冰菓．原稿」。那正是古籍研究社對「十文字」的挑戰信——「校畢原稿」。

附帶一提，那是伊原的原稿。因為我和千反田合寫的部分頁數太多，而里志負責的部分頁數太少。

千反田他們站在那裡保護校畢原稿，炒熱「十文字」vs.古籍研究社的氣氛。「十文字」不知何時才會來襲。想要參加逮捕活動而來到地科教室的人會因為無聊難耐，或想起里志他們的宣傳內容，向顧攤的我買本《冰菓》解悶——我們打的就是這樣的如意算盤。從我這裡看不到，不過門口應該貼著伊原即興畫好的海報。海報營造出義大利式西部片的決戰氛圍，冷靜看看實在教人羞恥，不過對於想要盡情享受祭典歡樂直到最後一刻的神高生而言，這種程度的譁眾取寵或許算是恰到好處。

我忙著賣《冰菓》所以不太清楚——

等一下，這話聽起來真悅耳，再說一次。

我忙著賣《冰菓》所以不太清楚，不過這群制服、水手服和少數便服的集團之中，或許已經有「十文字」混進裡面了。怪盜是否正虎視眈眈地尋找破壞千反田、里志與伊原組成的黃金三角警備的機會？我交互看著，沒有人能夠靠近的校畢原稿和《冰菓》的庫存，心裡期待怪盜還不要下手。讓這個狀況再拖久一點，等我們賣夠之後，再點燃最後的煙火吧。

這群不曉得是想要親手逮捕傳聞中的怪盜「十文字」的愛出鋒頭鬼，還是單純來湊熱鬧的客人，他們的對話自然地傳進我的耳中。

「……真的會來嗎？……」

「……早上真的被偷了嘛……」

「……我倒是覺得那個『十文字』會不會是學生會什麼的自導自演？……」

「……啊，這本《奔向地球》（註1）不是你之前在看的嗎？……」

「……那也太誇張了吧？圍成那樣，誰偷得走啊？……」

「……魯邦三世（註2）的話就沒問題！……」

不巧的是，「十文字」並不是魯邦，只是神山高中裡的一介學生。他根本沒辦法把手伸進被那三個人圍在內側的校畢原稿。伊原應該感到不安吧。如果就這樣把原稿死守到底，「十文字」事件就要無疾而終了。

靜觀其變。

註1：竹宮惠子的科幻漫畫傑作。

註2：《魯邦三世》是MONKEY PUNCK的漫畫作品，陸續改編為動畫、電影等等。主角魯邦三世的設定為怪盜亞森羅蘋之孫。

《冰菓》賣得很好。五本、十本、二十本。

時間過去。五分、十分、二十分。

本以為永遠不會再打開來的紙箱終於打開，內容物也逐步確實減少，雖然只有一部分，但終於見底了。太讚了。先前的烏龜步調算是什麼？這就叫做大賣特賣嗎？太爽了，爽到都教人想要哼起歌來了。如果我不是個節能主義者，今天的這次體驗，可能會讓我立志將來要成為大商人。

可是唔，差不多也到了極限了吧。大概賣了八十本有嗎？銷售速度漸漸慢下來，看熱鬧的群眾開始對什麼事都沒發生而發出不滿。立正不動的三名警備人員似乎也差不多累了。做人不能太貪心。或許差不多是閉幕的時候了。

「……」

我的視線掃過群眾之間。

緊接著。

閃光灼亮眼睛。

「……嗚哇！」

我不曉得是誰狼狽大叫。可是那聲音幾乎是慘叫，原本就要陷入死氣沉沉的群眾頓時緊張起來。

「咦？」

「哇，怎麼了！」

眾人幾乎同時發現出了什麼事吧。若有人慢了幾拍，那不是千反田就是伊原。因為事情發生在她們身後，也就是三個人背對背保護的「校畢原稿」。

原本應該平安無事的校畢原稿居然噴出了火苗。

最初的閃光那鮮豔的殘像烙印在眼底。

火勢並不強，只是一道火光亮起這點程度的起火。可是由於事發突然，每個人都嚇呆而動彈不得。千反田回頭發現背後發生的事，可能是眼前的情景讓她大受震驚，她怔在原地無法動彈。

有人回過神來大叫：

「起火了！快滅火！」

雖然應該也不是聽到這話才反應，但里志第一個行動了。他迅速回望校畢原稿。其實那個時候第一道火光幾乎熄滅得差不多了，但里志還是沒有坐視不管。他迅速抓起校畢原稿，拉長自己的學生服袖口，用袖子拍打了原稿兩三下。啪啪啪的激烈聲響惹人不安。

里志迅速的應對發揮效果，火苗似乎完全被撲滅了。然而就在這短暫的一瞬間，校畢原稿的封面已經燒出了一清二楚的焦痕。里志用手指捏起那份原稿。

任誰都看得出來，校畢原稿上開了個大大的焦洞。

里志的表情不甘心到了極點地扭曲著。我看到他的嘴唇掀動了幾下。好像是在呢喃

「失手了」。

衝擊過去，喧嚷聲彌漫開來。

「……那就是嗎？……」

「……剛才那是『十文字』搞的？……」

「……燒起來了耶，喂……」

「……原稿被燒掉了……」

隨著喧嚷四起，興奮也徐徐充塞群眾。

又有人大叫：

「尋找犯罪聲明！」

這一瞬間，看熱鬧的和打算揪出「十文字」的人立刻展現出不同的反應。有些人與一旁的朋友興奮地談論剛才發生的事，有些人則東張西望觀察四周。

……不一會兒，犯罪聲明就被找到了。有一本《冰菓》掉在地上，被人群踩踏著。被踩得可憐兮兮的我們的社刊書頁之間夾著《KANYA祭指南》。當然還有問候卡。

里志跑近發現的女生旁邊說：

「給我，快給我看！」

而伊原插進里志旁邊說：

「等一下，這搞什麼啊！」

我抱起糖果盒站起來，從里志的肩膀後面看過去。

和先前款式相同的問候卡上，寫著與先前相同的冷漠字句：

> **古籍研究社　已失去校畢原稿**
> **十文字已達成**
>
> **十文字**

我瞄了千反田一眼。

手掩在嘴邊，瞪大了眼睛的千反田似乎還無法從驚嚇中振作過來。

【剩餘冊數未計算】

5—3　063～065　閉幕！

063—♣20

為期三天的狂歡祭典、特別的時間迅速地迎向終點。我身為總務委員，必須幫忙準備閉幕典禮才行。

古籍研究社落敗，怪盜「十文字」精采地讓古籍研究社失去了最後的獵物校畢原稿。這個消息由壁報社迅速地披露，衝擊性十足的最終結局透過口耳相傳散播開來。最後目標敗下陣來，「十文字」事件落幕了。我想這也讓大家意識到神山高中文化祭最後的活動結束，文化祭本身也告終了。

閉幕時間已近，我和穿著體育服的摩耶花前往體育館。我已經聽說摩耶花為何今天大半時間都得穿著體育服度過。我這樣說奉太郎一定不相信，但我這人嘴巴很拙。對於摩耶花，我連半點像樣的安慰都說不出口。

可是摩耶花就像根本忘了漫研的事一樣，為了別的事而生氣。

「難以置信！居然用火攻，哪有那樣的？那是丟了火柴還是其他東西？可是又沒發現火柴棒……」

她從剛才就一直這樣。她認為裝出警備森嚴的樣子，就已經算得上製造出促銷《冰菓》的十足噱頭了，沒想到卻真的遭到「十文字」下手，她應該是打從心底吃驚極了吧。我淨是聳肩，只能打馬虎眼地應著「不曉得呢，到底是怎麼弄的呢」。不過就我來說，比起無精打采的摩耶花，現在這樣的摩耶花更讓我開心多了。

就在我們來到一樓的時候。

「噢，福部。」

我被叫住了。是谷同學。

我露出適合輸家的、有些卑躬屈膝的笑容。事實上我的確是輸家，所以這樣的表情並不難裝。只是我輸的對象不是谷同學罷了。

「嗨，谷同學。徹底被打敗了呢。那個時候你也在地科教室對吧？」

「當然啦。」

了。

可是谷同學的口氣聽起來欠缺先前的自信。這也難怪吧。儘管知道答案，我還是問

「那麼你怎麼樣？抓到『十文字』的狐狸尾巴了嗎？」

谷同學瞬間板起了臉。我想應該是出於屈辱。不過他馬上又恢復了從容不迫的態度，就彷彿這樣才算是男子漢。

「沒有。對手太難纏了。」

「這樣啊。」

「噯，線索太少了啦。條件不夠，想破頭也不可能推理出答案啊。」

是啊，如果條件真的不夠的話。

「那你呢？查出什麼了嗎？」

谷同學雖然笑著，卻眼神嚴肅地問我，我露出苦笑搖頭。谷同學頓時似乎露出了放心的神色。

「這樣啊，這樣啊，你也沒有成果啊。我本來還在期待你呢。」

「辜負了你的期待，真抱歉。」

「不會啦。不過真是場愉快的文化祭。料理大賽之仇，總有一天我會回報的。」

哦，我都忘了那件事了。感覺已經是好久以前的事了。

我揮手道別，帶著摩耶花加快腳步。摩耶花悄聲問我：

「你朋友？」

……算嗎？

「算不上朋友吧。」

「不是朋友是什麼？」

「唔，我想想，也不單純只是同班同學……」

我想了一下。

「國文很糟的同學吧。」

「這樣。國文不及格？」

「不，不是說考試，他一直用錯詞。」

摩耶花皺起眉頭，一副我又在胡言亂語的模樣。我對她笑道：

「他啊，太常把『期待』這個詞掛在嘴上了。」

「……那有什麼不對嗎？『期待』又不是什麼禁語。」

「不是不是。」

我豎起右手食指擺動了兩三下。

「這可是很深奧的。文化祭順利結束的慶祝會上我再告訴妳。」

「阿福，我說你啊……」

「對自己有信心的時候，不可以說什麼期待。」

我打斷摩耶花的抗議。相反的情況是有，但我打斷她的話非常罕見。摩耶花似乎欲言又止，但就這樣保持沉默。

我望著裝飾得琳瑯滿目的走廊遙遠另一端笑了。我擅長露出笑容，幾乎都忘了正經的表情是什麼樣子。

「聽說『根據《廣辭苑》（註）』是典型的開場白之一。那我改用『雖然我不知道《廣辭苑》裡面怎麼寫』這樣的開場白好了。雖然我不知道《廣辭苑》裡面怎麼寫，不過摩耶花，期待這話是出於放棄喲。」

「……」

怎麼不應個聲呢？這樣豈不像是我在自言自語嗎？

「時間或財力、能力上的不足，它們造成的放棄會讓人心生期待。納爾遜號召說『英國期待諸位完成各自的義務』時，不認為靠他自己一個人能夠打贏法國。期待若是沒有那種非如此不可的無奈，就顯得空虛了。

谷同學對我並不期待。他認為他自己也辦得到，怎麼可能期待我呢？年輕人日語能力低落的問題實在太嚴重了。現在正值國語教育的轉換時期。所謂期待呢，比方說……」

摩耶花果然出色。我以為她默默在聽，沒想到她用有些生氣、也就是一如往常的聲音說：

「比方說你對折木那樣？」

Bravo。我獻上掌聲。

註：岩波書店出版的中型國語辭典，為日本代表性的辭典。

「……太精采了。妳怎麼知道？我沒有告訴過任何人呀。」

「你啊，我一看就知道了。」

我是那麼藏不住心事的人嗎？

體育館近了，走廊上都是笑容滿面的神高生。這三天讓每個人都獲得滿足，或仍然不夠盡興吧。在笑聲與交談聲之中，我們彼此的聲音變得難以辨認。所以摩耶花的下一句話，其實我也可以裝作沒聽見。

「……你想贏過折木？」

可是我不能對這句話聽而不聞。不是的。我半點那種意思也沒有。只是……

「這個嘛，這是男人微妙的心理。唯有這一點，就算是妳也不可能懂的。」

我朝旁邊一瞄，摩耶花的嘴唇稍微動了一下。雖然沒有出聲，但我從嘴唇的動作看出，似乎是「才沒那種事」。不過摩耶花的表情過於平靜，所以我還是當作沒看見。

相反地，我快活地笑著，把手交疊在後腦勺。

「仔細想想，這事打從一開始就知道了嘛。對吧？摩耶花，我也太傻了。如果我能夠更明確、更片刻不忘地把這件事銘記在心，就不必白費力氣四處奔波了。」

這事是指哪件事？摩耶花沒有問，而是微微偏頭。我們從走廊進入通道，舉行閉幕典禮的體育館就在眼前。我用被周圍的神高生聽見也無所謂的音量明確地說了。畢竟這是被誰聽到都不丟臉的、明確的事實。那當然了。

「區區一介資料庫是做不出結論的。」

摩耶花落寞地笑了。

064—♥15

結果入須姊把我們古籍研究社寄賣的三十本《冰菓》全部賣完了。等於她負責了印刷總數百分之十五的銷售數量。沒想到入須姊提供了我們這麼大的協助，我連該怎麼道謝都不曉得了。

入須姊把裝有營收金額的尼龍袋交給我，輕聲說：

「我很想用定價幫妳們賣的。」

「請別這麼說，入須姊已經幫了我們很大的忙。」

這三十本雖然是以低於定價五十圓的價格販賣出去，不過與零相比，一百五十圓已經是莫大的數字了。遑論與那三十本非丟掉不可的結果相比，即使便宜一些，只要賣得出去，就令人開心無比了。

我還沒有問折木同學正確的數字，不過光是今天下午，在地科教室好像就賣掉了很多本。原本全是不安的這場文化祭似乎可以稍微開朗地結束了。剩下的……對，剩下的就是去調查那位自稱「十文字」的怪盜是誰。我要去調查。已經沒有任何事情可以阻擋我了。

雖然無法完全表達，但我向入須學姊道謝之後，準備回去，卻被入須學姊叫住了。

「什麼事呢？」

「嗯……我覺得還是該跟妳說一聲。」

入須學姊居然支吾其詞，這真是罕見。是什麼重要的事呢？我稍微站正。一段像是在尋思該如何開口的空白。

「因為是我教妳的。……我聽到廣播社的校內廣播了。」

嗯，那是全校廣播，只要人在校內，就一定聽得到。我明明知道，但是聽人當面這樣說，總覺得害羞極了。

可是入須姊是讓我順利完成廣播訪談的恩人。對了，我還沒有為這件事道謝。

「呃，多虧了入須姊指導，我才……」

「就是這件事。」

入須姊以強硬的語氣打斷我的話。

「我想得太膚淺了，沒想到妳會就那樣執行我交代的內容。我知道妳想了很多，然後才去參加廣播節目。妳應該也事先準備了備忘吧。可是我要清楚地告訴妳，妳不適合那些。」

「……」

我在不知不覺間微微地歪起腦袋。

一旦起了頭，入須姊的話就再也沒有遲疑。

「我知道妳是一個懂得自助自救的人。除非我的眼光有錯。可是妳像那樣試圖操作『期待』，實在讓人看不下去。用妳那種說話口氣和舉止去那樣做，聽起來就像在撒嬌。要讓人誤會妳在依賴是非常有效的做法，可是被人誤會妳在撒嬌，別說長期，就連短期，風險也太大了。」

我覺得入須姊這番意見非常嚴格。

沒錯，我自己也注意到廣播節目結束後那種如鯁在喉的感覺原因了。我是在介意那個時候——不，這三天之間，我是不是太過於依賴別人了。

過去我和折木同學的關係也經常讓我感到介意。我不懂的事，折木同學卻一清二楚，所以我經常感到不安，懷疑自己是不是沒有充分盡到該盡的努力。

可是，依賴不特定多數的人，至少別人看起來像是在依賴的行為，怎麼說……沒錯，如果以折木同學的方式來說，是嚴重地違反了我的生活信念。

為了解決自己的問題，非得藉助別人的力量，這是很常見的事。為了販賣社刊，只靠古籍研究社本身，確實是束手無策。但我大概是因為不習慣吧，沒辦法明確地去區分期待對方與依賴對方。昨晚在臥房感覺到的異樣的疲勞，那會不會是這類不安的象徵呢？

我用摻雜著些許恐懼的聲音問：

「聽起來像是那樣嗎？」

入須姊把手舉到臉的旁邊，豎起小指。一根小指，意思是……

「……女朋友？」

「不是。是有那麼一點。」

入須姊接著說：

「持續偽裝，不知不覺間卻變成了真心，這是常有的事。妳的談判方式的確還不到家……可是那樣的話，就期待其他會談判的人，讓他們去做就是了。妳最好別把我的話當真，拙劣地要心機、使心眼。人各有所長。只能單刀直入是妳的缺點，卻也是難得的武器。唔……妳懂我的意思嗎？」

我懂。我也明白入須姊是在擔心我。

可是雖然對入須姊不好意思，但她那是杞人憂天了。我露出微笑，要入須姊放心地說：

「嗯，我也這麼感覺。……這些事一點都不適合我。呃，也就是說……我已經吃足苦頭了。」

入須姊似乎也輕輕微笑了。

065—◆12

閉幕典禮結束，神山高中文化祭的活動全部告終了。可是並不是下個星期一開始，就可以直接恢復到平常的校園生活。神高接下來將動員全校師生進行大掃除。

在這當中，我拿著向折木借來的東西前往第一預備教室。我不太想去漫研，事到如今也不想擊敗河內學姊，可是我想讓她看看這部作品，這本《夕暮已成骸》。拋開我在漫研的立場、文化祭的呈現方針等等，我想要以一個漫畫愛好家的身分，讓學姊看看這本作品。

巧的是河內學姊正在教室外面與湯淺社長說話。我從有些距離的地方出聲喚道：

「學姊。」

兩人同時回頭。

「……是伊原啊。」

河內學姊嘆了口氣。然後她一如既往，用有些慵懶的態度說：

「有事嗎？」

「雖然晚了一點……」

我把《夕暮已成骸》拿到胸前。

「我拿來了。這是我相信總有一天能畫出名作的人的漫畫。」

河內學姊的視線變得凌厲，彷彿要刺上我的胸口。學姊幾乎是在看仇人似地瞪著《夕暮已成骸》，可是沒多久，她嘆了一口氣，吐出比剛才更深的嘆息。

「換個地方談吧。」

學姊把我帶去的地方，是昨天我和湯淺社長說話的地點——通道的屋頂上。河內學姊靠在扶手，俯視著中庭。我站在離學姊一步以外的地方，看著她的背影。正在收拾善後的校舍裡，漫無秩序的吵鬧聲及各種東西拆除的聲音化成嗡嗡聲響傳來。這個沒有遮蔽的地點，在夕陽即將西下的現在感覺有些寒冷。

我站在俯視著中庭的學姊背後。像這樣望去，不知道是不是因為肩寬的關係，河內學姊顯得相當嬌小。學姊背對著我說：

「……原來妳真的有。」

「是的。不過這一本不是我的。」

我覺得唇乾舌燥，在嘴裡悄悄地舔了一下。

「學姊認識畫這本漫畫的人對吧？」

「湯淺跟妳說的？她也真是大嘴巴。」

「社長說學姊跟這本漫畫的原作者是朋友。」

學姊背對著我，所以看不到表情，但她的聲音好像帶著笑意。

「朋友……是啊。不曉得春菜過得好嗎？雖然我也知道她的手機號碼，可是好久沒聽到她的聲音了。」

「學姊看過這本漫畫嗎？」

沒有回答。

膝蓋微微顫抖。不是因為冷。雖然我習慣打阿福的頭，卻不習慣逼問別人。……我好怕。怕的心臟愈跳愈快，膝蓋發抖。

可是在這只有兩人的地方，也不能淨是畏縮不前。我緊緊地、緊緊地握住自己的拳頭。

「……河內學姊說的話，我也稍微可以理解。有趣不有趣說穿了只是主觀問題，合不合說穿了只是本質問題，這我稍微可以理解。

可是我還是不認為那是對的。因為那樣豈不是太空虛了嗎？」

學姊的聲音非常沉著：

「所以妳才選了《夕暮已成骸》是吧？可是那是題材嚴肅的作品。如果我是只看搞笑作品的人，看都不會想看一眼。不就是這麼回事嗎？」

「不是的。根本不讀，算不上讀。而只要讀了，就一定會了解，是有作品具備這種力量的。」

「對於看得出不同的人而言，是吧？」

「河內學姊！」

學姊背對著我，不願回頭。她慢慢地把手伸向口袋，掏出什麼東西來。好像是筆，我聽到取下筆蓋的聲音。然後學姊開始在扶手上塗鴉起來。

「開玩笑的。」

「咦？」

我以為我聽錯了。可是河內學姊再一次說：

「開玩笑的。怎麼可能是真心的嘛？任何人的、什麼樣的作品，在主觀的名下都是等價的，我怎麼可能真心說這種話？妳也真是不懂玩笑。」

「……」

我緊握住的拳頭一口氣鬆開了。耳邊響起湯淺社長的呢喃：「亞也子那話不是真心的。」

冷風鑽進我身上的體育服。

河內學姊的呢喃被風聲攪亂，幾乎快聽不見了。

「怎麼樣都逃不掉呢。」

「……？」

「我沒有讀完那本漫畫。我只看到一半。看到一半就不看了。雖然實在是狠不下心丟掉，可是我應該再也不會看它了。妳知道為什麼嗎？」

我搖搖頭。

背對著我的河內學姊應該看不到我的動作，但她頓了一下，以帶笑的聲音接著說：

「看了就知道了。妳不是這麼說的嗎？是啊，看了就知道了，不容分說地見識到了。可是啊，人有時候就是不願意去承認。

妳的話會怎麼樣？以為不怎麼看漫畫的朋友，第一次擔任漫畫原作就創作出那種作品的話……喏，一定會覺得這搞什麼吧？」

「……」

妳的話會怎麼樣？

朋友擔任原作創作的漫畫，再也不願意去讀的心境，我實在是無法理解。

……不，真的無法理解嗎？

譬如說，如果小千明天突然畫起漫畫來，我會怎麼樣？

然後她畫出來的作品是媲美《夕暮已成骸》的傑作的話，我會怎麼樣？

我能笑著去讀它嗎？

河內學姊沒有停下塗鴉的手。她的語氣是未曾聽過的沉靜。

「所以我把它塞進櫥櫃裡。塞進最裡面的箱子內，當作沒看見，同時裝成根本沒有什麼名作。可是真的逃不掉呢。沒想到應該在去年的KANYA祭只悄悄賣了幾本的那部作品，會被一年級的學妹拿來當成王牌。而且還是在KANYA祭當天。

……真是，命中注定呢。」

學姊說道，蓋上筆蓋。她彈跳似地離開扶手。

學姊揮了揮手，往校舍走去。看也不看我。

「難得妳拿給我，可是不好意思，我是不會看它的。如果不是妳的，就拿去還給人家吧。因為妳想想嘛。

要是讀了，我不就會打電話了嗎？可是我又不能在電話裡說：『我看了妳的漫畫嘍。真的太厲害了！我期待妳下一本新作！』對吧？」

我沒法挽留河內學姊。學姊就這樣踩著若無其事的輕快腳步從我的視野消失了。結果來到這裡之後，河內學姊沒有讓我看到她半點表情。

我注意到留在扶手上的塗鴉。那是誇張化的二頭身角色。貓用兩腳站立著，身上什麼都沒穿，腳上卻套著鬆鬆的長靴……我發現我認得這個角色。我禁不住呢喃：

「這是……《BODY TALK》的……」

原來如此。

原來是這麼回事。

我的兩本寶物。《夕暮已成骸》和《BODY TALK》。兩本都是傑作。雖然都是傑作，但要我從這兩本當中挑選一本，雖然是個痛苦的選擇，我還是會選擇《夕暮已成骸》。

河內學姊也知道我會選擇那邊。

我……

我想著《夕暮已成骸》，想著《BODY TALK》，然後想著自己無聊透頂的漫畫，忽然再也無法承受，稍微……

5—4 060 後台

060—♠17

神山高中文化祭第三天，正午。

自行車停車場。

距離閉幕典禮只剩四小時。……時間上幾乎沒有餘裕了。

肚子餓了，但也只能忍了。而且也不是可以邊吃便當邊談的氣氛。

校內廣播應該馬上就要開始了。聽說千反田要上節目，那傢伙真的可以順利接受訪談嗎？如果和前兩天的節目內容一樣，她應該是在節目終盤登場吧。最好不要開口第一句就是：「我有事要拜託大家，請大家購買古籍研究社的社刊吧！」

除了我們以外，沒有任何人的氣息。沒有牆壁，屋頂連成一長串的停車場塞滿了自行車的景象，總顯得有些寒傖，彷彿只有這裡是從文化祭的熱鬧中完全被隔絕開來。我把自己的斜背包放在地上。塞滿了東西的包包頗沉重，肩膀一下子輕鬆了。

「那麼你找我有什麼事？」

對方問。我努力裝出從容不迫的模樣說：

「如果是正經事，就不會請你來這裡了。」

「不會是要勒索吧？」

「唔，也可以說類似吧。」

苦笑。

「我就開門見山說了吧。你就是『十文字』吧？」

「哦？」

他──「十文字」露出違反我預期的愉快表情。

「你這是在亂槍打鳥？」

「亂槍打鳥的話，正確率不到千分之一。我不是胡猜的。」

「雖然我也不是那麼閒，不過還是聽聽你的說法好了。」

他說，隨便找了根柱子靠上去。相對地，我從口袋裡面取出問候卡。

「你趕時間嗎？其實我也是。那麼咱們速戰速決吧。

那麼首先從這裡開始好了。留在犯罪現場的卡片。卡片為何要用『失去』這種裝模作樣的說法？更進一步說，不是用『偷走』而是用『失去』，這中間有什麼不同嗎？」

他的表情依然滿是愉快，沒有變化。

「從無伴奏合唱社偷走，無伴奏合唱社已經失去，感覺似乎沒什麼太大的不同。如果途中不是偷走而是破壞了什麼，那應該就是一種伏筆吧。但你全部都是用偷的。那麼這樣的措詞是為什麼？」

這次的「十文字」事件既然已經在《夕暮已成骸》裡面預告過，單純耍帥或取樂的可能性就變低了。如果有什麼意義的話——

「問題在於『ku』。『ku』被跳過了。沒有東西被偷。

然而如果嚴密地依據犯罪聲明來考證這一點，就不是『ku沒有被偷走東西』，而是『ku沒有失去東西』。

那麼『十文字』為何不讓『ku』失去東西？少掉一個字，『十文字』的美學就崩壞了。里志說這是怪盜為了避開戒備森嚴的全球行動社，但不是的。對照『十文字』過去的行動，這顯然不自然。總不可能再往後一個的五十音第十一個字母『sa』才是怪盜的主要目標，這未免太明顯了。」

我暫時停頓。空氣乾燥，覺得喉嚨有些渴。

「美學崩壞了、不自然——即使這麼感覺，還是看不出跳過『ku』的意義。可是如果想成怪盜仍然維持著美學、這並非不自然的話，又會如何？也就是假設『十文字』其實仍然依照著預定犯案……

……假設『ku』也已經失去。

更忠實地依據卡片內容來說，就是這樣：『以ku開頭的對象　未失去以ku開頭之物』。而如果其實它已經失去的話，會是怎麼樣？」

我瞄了對方一眼，但他的表情還沒有變化。是已經覺悟到告發，還是我想錯了？不，不能在這種時候示弱。我也得展現出我的膽識才行。

「那麼就是這樣：『以ku開頭的對象　早已失去以ku開頭之物』，用不著『十文字』特別揭示。」

沉默。我知道他不會回答，逕自說下去。

「這是一篇批判文。是一種告發，宣示：它已經不存在於你們手中了。換句話說，**『十文字』事件本身是否就是一種暗號**？為了宣告以『ku』開頭的對象『早已失去』的訊息。」

「十文字」頭一次插話：

「好複雜的暗號呢。這教人怎麼看得出來呢？」

「是啊，一般是看不出來的。」

「怎麼能用看不出來為前提推測呢？」

然而倒也不盡然如此。

「假設『ku』那一方懂得這種訊息的傳遞方法，那就另當別論了。你傳出暗號，而『ku』解讀它。這一點都不困難。」

「哦？但這只是假設。」

「不只是假設。學長，我就直說好了，我認為這就是《庫特利亞芙卡的順序》的劇情。」

原本冷靜的他一聽到《庫特利亞芙卡的順序》，頓時瞪大了眼睛，就像在說「你怎麼會知道它」似的。這反應等於是不打自招。我內心鬆了一口氣，但表現得一切都在意料之中，傲然地接著說下去：

「《庫特利亞芙卡的順序》，是改編自克莉絲蒂的超級名作。而『十文字』事件也是如此。竊賊的參考書就是《庫特利亞芙卡的順序》。而接收暗號，以『ku』開頭的對象……」

我從正面凝視著他。

「就是陸山宗芳學生會長，《夕暮已成骸》的作畫者。我說的不對嗎？」

他吞下剛才的動搖，把手抵在下巴上思考。他是在盤算該怎麼做嗎？沒多久他慢慢地開口：

「『十文字』下手的目標全是社團，卻只有『ku』是人名，這令人難以信服。」

我當場回答：

「『十文字』只是以這個署名暗示對應十個字母，並沒有說是要對十個社團下手。」

「太牽強了。」

「一點都不牽強。怪盜，也就是你，提出了名單表明會從這當中挑選目標。怪盜『十文字』為何不只是犯罪聲明，還需要在犯罪現場同時留下《KANYA祭指南》？這不是模仿克莉絲蒂的『ABC時刻表』，而是因為**這張名單就是被害人名單**。你留下《KANYA祭指南》的時候，總是翻開這一頁，是為了表示『十文字』事件是一場公平競爭。在原作《庫特利亞芙卡的順序》裡，應該就是這樣做的吧。而你翻開的那一頁，就是參加團體的一行感言單元！」

也就是這裡。

・**輕音樂社**　樂團系表演請一定要先登記為輕音樂社。全天包下武術道場表演。

・**圍棋社**　於第二預備教室舉辦初學者指導講座。當然也可對奕。

・**無伴奏合唱社**　固定於3－C表演。第一天十一點半起在中庭公開演唱。請大家欣賞！

・**壁報社**　KANYA祭期間每兩小時發行一次號外。預定報導最新、最熱門的話題！

・**御料理研究社**　第二天十一點起，在操場舉行料理比賽「野火料理大對決」！歡迎報名參加。

・**園藝社**　烤地瓜。……這算園藝嗎？是農業吧？社長，你說話啊?!

・**銅管樂社**　每天一點半起在體育館表演。每日曲目不同。

・**魔術社**　在2－D進行近距離魔術表演，第一天十一點半起在體育館舞台表演。

・**占卜研究社**　三樓樓梯處。

・**古籍研究社**　神高文化祭為何稱為「KANYA祭」？答案就在社刊《冰菓》中！於地科教室販賣，一冊兩百圓。

執行總部

陸山宗芳（學生會會長．KANYA祭執行委員長）　你們別我給瘋過頭啦！以上。

八崎慶太（學生會副會長）　文化祭期間執行總部設於學生會室。任何報告、連絡、諮詢請盡速。

33

「被害人全是從這第三十三頁當中挑選出來的。被相中的不是超常現象研而是御料理研、不是電影研究社而是園藝社，這都不是巧合。遺留在現場的《KANYA祭指南》與其說是犯罪聲明，更接近犯罪預告。對吧？」

「……」

「而這第三十三頁裡面，並沒有以『ku』開頭的社團。有的只有陸山學生會長的名字。」

我深深地嘆了一口氣。

「不過只要稍微繞點路，發現這一點的時候，就可以知道『十文字』是什麼樣的人了——他隸屬於哪個團體。《KANYA祭指南》的第三十三頁碰巧全是被選為被害人的社團，這未免湊巧過頭了。裡頭當然有人為操縱。如果可以操縱，能操縱的就是總務委員會，而且是負責製作這份指南的人。

加之還有御料理研的事。御料理研的社長說他們檢查過準備的道具。已經準備好，卻在比賽開始後失竊，這表示竊賊也參加了活動的準備工作。里志過於投入參與活動，好像沒怎麼認真去幫忙委員會的工作，不過協助這些活動的準備，據說也是總務委員的工作之一，對吧？」

他對此似乎也只能苦笑。雖是苦笑，依然是一種笑，我覺得比較好說話了。

「不過說是總務委員，也超過二十名以上。只是這樣還不算是過濾出嫌犯。

可是與《夕暮已成骸》的原作者安城春菜搭檔的陸山學生會長，應該也知道這本《庫特利亞芙卡的順序》。這表示陸山可以解開『十文字』事件的暗號。

那麼歹徒，也就是『十文字』是誰？能夠模仿未完成的漫畫《庫特利亞芙卡的順序》的劇情，把『十文字』事件裡面的暗號傳遞給陸山的人是誰？

規則是從『a』偷走『a』。還有『早已失去』的告發。

這雖然是大膽的猜想，但陸山是不是遺失了《庫特利亞芙卡的順序》的原作？也就是離開神高的安城春菜留下的原作。歹徒無法原諒搞砸了『安心院鐸玻』第二部作品的陸山。為了批判、為了挖苦，他執行了『十文字』事件。

也就是說，歹徒的訊息其實是這樣的。——**陸山早已失去《庫特利亞芙卡的順序》**。

而《夕暮已成骸》的後記不是安城寫的，也不是陸山寫的。是第三個人，幫忙畫背景的人所寫的。這傢伙，『安心院鐸玻』的第三個成員，是『十文字』唯一可能的身分。」

我從放到地上的斜背包取出《夕暮已成骸》。封面的角落有著「AJIMU TAKUHA」的文字。我看著它說：

「『AJIMU TAKUHA』，這真是個古怪的筆名。聽說這個安心院是九州某縣的某町，不過這只是穿鑿附會。如果說穿鑿附會太嚴重，這其實是平等表示合作完成《夕暮已成骸》的三個人的筆名。就像太郎與次郎搭檔出道，取『太次』當團體名一樣，有點隨便呢。

安城春奈（ANJO HARUNA）。

陸山宗芳（KUGAYAMA MUNEYOSHI）。

從『AJIMU TAKUHA』扣掉這兩個人的名字。這是三個人合作的筆名，總共六個音，所以一個人分配到兩個音。扣掉『A』、『KU』、『HA』、『MU』，剩下的是『JI』和『TA』。

去年也能夠參加文化祭的二年級以上的學生、同時是總務委員、姓名各有『TA』與『JI』的人。要再加上與陸山熟識、知道他會畫漫畫這些條件嗎？符合這些條件的只有一個人。」

我的聲音冷靜得連自己都吃驚。

「那就是你，田名邊治朗（TANABE JIRO）學長。」

「太精采了。沒想到除了阿宗和安城以外，居然有人解得出來。」

田名邊為我拍手。我臭著一張臉接受。我又不是為了贏得讚賞才這樣做的。也不是因為這樣，我接下來的語氣變得比先前更冷了。

「我不懂的是，為什麼要用這麼拐彎抹角的暗號？如果有什麼想說的話，當面直接跟他說不就好了？」

我說著，但早已預期到回答。然後不出所料，田名邊苦笑。

「如果能夠當面說，我早就說了。而且……你的問題戳中要害了。你也隱約了解為什麼我選擇了這種方法吧？」

太高估我也教人為難，不過若說隱約察覺，那的確是。

「學長們自從推出《夕暮已成骸》以後，到這場文化祭，中間過了整整一年。是為了一週年紀念，還有對轉學的安城春菜的懷念是嗎？」

「哈哈，是感傷。是啊，這也是理由之一。還有想在難得的文化祭上主導開一點小玩笑，這樣的心情也有一點。老是關在會議室裡實在無聊，我也想要參一腳。」

感傷與玩心。如果是為了這些理由而執行了這場「十文字」事件，那麼田名邊這個人的價值觀確實異於我這個節能主義者。

田名邊以幾乎聽不見的小聲又加了一句：

「……可是占最大成分的，還是因為說不出口吧。」

我不認識田名邊，也不清楚陸山這個人。兩人之間有什麼樣的糾葛，更是無從得知。而老實說，我也沒什麼興趣。我輕咳了一聲。

接下來是重頭戲。

我以稍低一點的聲音說：

「好了，什麼事都得商量後才知道。」

比起剛才的掌聲，我更希望田名邊學長幫忙我別的事。」

「哦，什麼事？」

遭到告發，對方提出交涉，田名邊卻也沒怎麼驚慌的樣子。剛才他聽到《庫特利亞芙卡的順序》時，反應還要更大。這表示他是個膽識不凡的人嗎？

「很簡單，這些。」

我說著，把斜背包裡面的東西全部拿出來。

「……請你買下來。」

當然，裡面裝的是社刊《冰菓》。

這就是我的擴大銷路計畫。揭露「十文字」的真面目，逼他買下《冰菓》——大量地。這比起在比賽中獲勝，得到宣傳機會更要確實多了吧。

「社刊《冰菓》。總共三十本。」

即使是田名邊，聽到這突如其來的要求也禁不住眼睛直眨。

「你……是流氓股東嗎？」

「什麼意思？」

「你這是在威脅我，如果不想被揭穿『十文字』的身分，就買下這些社刊嗎？」

我努力不給人惡棍的印象，擠出笑容說：

「不，我不是這個意思。我完全不打算請學長自掏腰包買下。」

剛才的從容少了許多，現在的田名邊是滿臉困惑。

「……我不懂。你要我把這些社刊怎麼樣？你不是叫我買下來嗎？」

「是的。不過買的是……」

我隔了一拍接著說：

「總務委員會。」

「什……」

田名邊臉色大變。萬一他激動起來，事情就不好談了。我慌忙接著說：

「這一點都不奇怪。

我看到神山高中的網站了。網站上不是也在販賣文化祭推出的商品嗎？如果是在文化祭上掀起話題的社刊，在網站販賣也很正常吧？只要請總務委員會先買下來，然後在網站販賣就行了。」

田名邊噤聲不語。他好像正在努力沉思。

「……你們的社刊又沒在文化祭掀起話題。」

「如果掀起話題，就可以在網站販賣嗎？」

是不想被抓住話柄嗎？田名邊的口氣變得謹慎許多。

「如果掀起話題的話。不過那些要在網站上賣的商品讓我們傷透了腦筋。如果你們的社刊可以在網路上販賣，我們甚至求之不得呢。而且本來就是由總務委員會買斷。……只是也不能毫無理由地獨厚古籍研究社啊。」

一點都不錯。可是——

「這本《冰菓》會變成熱門話題唷。」

「怎麼說？」

「當然是『十文字』事件啊。既然怪盜事件變得這麼熱門，也不能因為訊息已經傳達出去了，就省略『ko』算了吧？如果那樣的話，期待最後一場大活動的學生不曉得會有多失望。

我，還有我會拜託福部里志，協助怪盜達成最後的事件。不只是目標裡面有內應這麼單純而已。

『十文字』最後的目標古籍研究社會有大批看熱鬧的人上門。姑且不論實際上會不會造成話題，但社刊也會賣出不少本吧。這麼一來，就有了在網站上販賣的名義。而學長也可以親手了結自己發起的事件。如何？」

好了，他會怎麼反應？

如果田名邊在這時候生氣，策略就失敗了。落得《冰菓》賣不出去，我和學長結仇的結果。雖然是風險十足的行動，但為了把賣出兩百本社刊的不可能化為可能，這個風險也只能冒了。而盡可能多賣出一本社刊，是必要的事。雖然沒辦法盡快解決……

我屏著呼吸，等待田名邊做決定。不好，我愈來愈緊張了。

田名邊，你幹嘛不吭聲啊？這對你來說應該沒有任何壞處呀。

……還是他不中意像這樣被人要脅？不，不會吧。可是心臟跳得好厲害。

然後田名邊他……

表情緩和下來了。

「的確，這條件不壞。就像你說的，『十文字』事件得做個了結才行。網站販賣的商品也得更充實一些。咱們利害一致。」

如果可能，我真想深深地、大大地吁一口氣。呼吸變得比平常更深，甚至讓人深切地體會到這就叫做鬆一口氣。看來我的計畫成功了。

田名邊的態度恢復了從容。他甚至略帶微笑地問我：

「……那麼你要怎麼支援『十文字』最後的事件？」

哦。

其實我是從先前的福井縣發電廠事故想到的。

「古籍研究社準備了『校畢原稿』做為目標。我會說服千反田——社長，要她站在那裡監視，不讓任何人靠近。」

「哦？」

看來田名邊並非只是照著原作重現《庫特利亞芙卡的順序》，而是天性就喜歡這類事情。他感興趣地探出身子。

「然後呢？」

「我會請學長和兩個地方交涉一下——化學社和糕點研究社。《KANYA祭指南》上說，化學社好像要展示鈉的化學反應。請他們分一點鈉給我們。糕點研究社的話，要找的是到處推銷餅乾的兩個行腳南瓜。她們應該有葛洛克17的水槍，請向她們借來。」

田名邊微微瞇眼：

「……這點子還真危險吶。」

我淡淡地笑了：

「這是場祭典，而且都到尾聲了，就來點豪邁的吧。

我會設法把鈉夾在校畢原稿的紙頁裡。學長就依我的暗號射擊原稿。之所以要由我來決定，是因為萬一在《冰菓》賣得差不多前，『十文字』事件就結束的話，我們就虧大了。用《冰菓》遮住手，拿里志當遮掩的話，應該不容易曝光吧。」

「萬一真的燒起來怎麼辦？」

「我只會放進一點點鈉。簡而言之，只要一瞬間看到火焰就行了。校畢原稿會事先燒焦開個洞，觀眾看了會以為是被火燒出來的洞吧。」

田名邊把手放在下巴上，若有所思地笑了。

「唔嗯……算是點小魔術，是吧。化學社我有門路，糕點研那裡萬一不行，也可以向園藝社借吧。……你想好怎麼處理犯罪聲明了嗎？」

我點點頭。

「夾在《冰菓》裡面，乘機丟到地上，如果不行，請塞進桌子裡。到時候應該人潮眾多，沒問題的。」

「不，這請你預先準備比較好。現場要做的事愈少愈好。」

確實，這話說的沒錯。我攬下這份差事。

「那麼請學長買下犯罪聲明用的《冰菓》。」

「你也太精打細算了吧。」

「我們也實在是沒轍了啊。」

我從苦笑的田名邊手中收下兩百圓。

「那麼請依我的眼神行動。」

「了解。……你叫什麼名字去了？」

咦，我忘了自我介紹嗎？我有點裝模作樣地咳了一下。

「一年B班，折木奉太郎。」

臨別之際，田名邊沒什麼似地輕描淡寫說：

「你說『十文字』事件是為了告發陸山的暗號裝置。」

已經背好包包，只等著要走的我停下腳步。

「是啊。」

「還說是因為陸山弄丟了《庫特利亞芙卡的順序》。」

「不是嗎？」

不過我的聲音自然變小了。因為田名邊想要告發陸山什麼，我只能依靠猜想。

田名邊的聲音也很小。我實在無法由此探究出他的心情。

「不是的。哎，這也是當然的。全世界能夠了解的，就只有安城同學了。」

嗯？

「不是陸山和安城兩個人？」

「阿宗——陸山不懂。他完全不懂。」

什麼意思？我有些混亂了。

「安城春菜她……」

「轉學了，今天應該也沒來。」

「那你的目標是……」

田名邊就像為立場逆轉而高興，稍微笑了開來。

「是陸山沒錯。只是我想傳達的訊息跟你想的不同。

我希望能被這樣解讀：『陸山早已失去了庫特利亞芙卡的順序』。而裡頭的意思是……

陸山，你不打算畫安城同學原作的漫畫嗎？」

啊。

「是催促嗎？」

「是比催促更前面的階段。」

田名邊露出一抹笑容。然而他的笑看起來沒有力道，甚至有一種認命的感覺。

「陸山對畫漫畫沒興趣。

你也看過《夕暮已成骸》了吧？安城同學雖然是個天才，但我也沒想到阿宗那麼會畫。我不喜歡用天賦一句話帶過，可是看了成品，真的只能說是天賦了。

然而本人卻半點幹勁也沒有。的確有《庫特利亞芙卡的順序》的原作。我手上有，阿宗應該也有一份，那是個很棒的故事。只要阿宗有那個意思，應該可以成為超越《夕暮已成骸》的作品吧。可是不管我怎麼探問，對阿宗來說，畫漫畫都只限於去年一年的消遣罷了。」

這……

姊姊給我的《夕暮已成骸》掠過腦海。那是篇出色的漫畫，畫技傑出。然而那樣的畫居然是只限一年的消遣。

田名邊替我說出了我的心聲。

「太浪費了。你也覺得可惜吧？

這算什麼呢？明明擁有我們期望也得不到的實力、有著連競爭的念頭都無法興起的差距，阿宗卻完全不想畫。如果他說一句話他要畫，我願意犧牲一切在所不惜。我一直在等他開口。對於畫技拙劣的我來說，阿宗完全就是希望之星。然而看了真教人無法接受。那傢伙也很聰明，只要他想，即使沒有安城同學的原作，遲早也能畫出大傑作。」

儘管笑著，田名邊的語氣卻悲痛至極。我甚至覺得他字字句句間彷彿滲透出內心的懊恨。

「絕望的差距會萌生出期待。可是如果期待完全得不到回應，等在盡頭的就只有失望。一年之間，我相信阿宗會再一次提筆。而我還想要期待阿宗。」

我漸漸了解。了解田名邊想說的其實是什麼。

田名邊已經不再說話，視線落在地上。如果說絕望的差距會萌生出期待這樣的說法妥當的話，那麼我似乎在任何方面都甚至沒有發現到差距。我也不懂甚至渾身顫抖的殷切期待。我不懂憧憬。眼前沒有明星。

……或者總有一天，這「順序」也會輪到我頭上？

可是即使是現在的我，似乎也懂得田名邊行動的意義。

我低低地說：

「那麼『十文字』事件裡，你真正想要傳達的……無法說出口的問題是這樣嗎？——陸山，你讀了《庫特利亞芙卡的順序》沒？」

田名邊微微抬起頭來。

「甘拜下風。」

「而答案是……」

「嗯，沒錯。

阿宗對於安城同學的心血之作，連翻都沒有翻開。暗號沒有被解開，訊息沒能傳達出去。」

那麼你的期待已然成了失望嗎？

就算是我，也還懂得不能提出這個問題的分寸。我沒有再說什麼，轉身離去。

回頭一看，田名邊還佇立在原地。

校內廣播傳來：

「……好了，KANYA祭終於進入最後一天。說到今天的重頭戲，當然非『十文字』事件莫屬……」

【剩餘八十八本】

六

迎向慶功宴

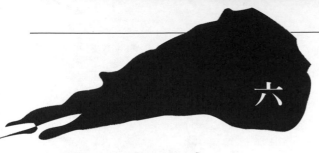

6 066 迎向慶功宴

066—♠19

「那麼結果還剩下幾本呢？」

我默默地把紙箱倒放過來。

啪沙啪沙，掉下來的《冰菓》只有少少五本。「十文字」的效果以雙重意義來說，威力驚人。

「噢、噢噢，沒想到、沒想到居然能走到這一步……！」

里志無限感慨。

「可是……好可惜呢。就只差這麼一點點。」

千反田的發言意外地貪心。

然後伊原聲音顫抖地說：

「……我本來絕望到底了，一直在想該怎麼賠償才好……」

完全超越損益平衡點了。即使加進入須打折賣出去的份，甚至都還有盈餘。一旦有了盈餘，就開始怨恨起「黑字要上繳學校」的規定來了。我這人也真貪心吶。唔，一半是玩笑話啦。

「可是真的光是一個下午，就賣出了一百本以上嗎？」

不管再怎麼感動，不愧是伊原，觀察入觀。因為已經沒必要瞞了，我咳了一聲說：

「其實我請神山高中的網站販賣《冰菓》了，我把三十本交給了總務委員會。」

「咦，什麼時候？」

千反田睜圓了眼睛。

「抱歉，我不是故意要嚇妳們的，只是沒機會說。」

前半是真的，後半是假的。

「可是折木，那樣的話，萬一網站那邊的賣剩了，結果不是也一樣嗎？」

「放心！」

同為共犯的里志快活地拍拍伊原的肩膀。

「給總務委員會的《冰菓》是買斷的。接下來都是總務委員會的問題，古籍研究社不必擔心。」

「真的，折木同學，你什麼時候交涉好這件事的？我完全沒有發現。」

那當然了，就是要做得神不知鬼不覺啊。

之所以這麼說，也是……

發現「十文字」就是田名邊之前，我就計畫要逼「十文字」事件的歹徒買下《冰菓》了。雖然對手若是太難纏、風險太高，我應該會臨機應變改變計畫，不過基本上我要做的事就是「恐嚇」，實在不可能告訴千反田。

結果「十文字」是田名邊，得以成功地和總務委員會綁在一起。原本預定要恐嚇，最後變成單純的談判，這無論對我或古籍研究社來說，都可算是幸運。而且真的事到臨頭，我有沒有膽子恐嚇也是個大問題。

沒錯。回顧一看，這三天我們可說是相當受到幸運女神眷顧。網站販賣的事如此，「十文字」事件最後的目標就像先前預測的，是以「ko」開頭的社團也相當幸運。我會恰好拿到《夕暮已成骸》，雖說有姊姊神祕的參與，但說起來也是一種幸運吧。畢竟這樁「十文字」事件若沒有《夕暮已成骸》，是絕對破解不了的。里志說有許多偵探志願軍，但他們以條件來說不可能勝任偵探角色。能解開謎團的只有我，其他勉強要說的話，頂多就是里志，而我能在當中推理出竊賊就是田名邊，用不著說，是因為我運氣好。這表示稻草交易並非完全只適用於物品嗎？怎麼說，難道是有誰幫我燒香祈福了嗎？

不過，哎，這也不是實踐我最喜愛的俗諺「坐等好運臨門」，然後真的乖乖坐著就有幸運找上門來。如果這樣想，我也就罷了，對里志和千反田就太不公平了。

好了，問題是，剩下的這五本要怎麼辦？

「既然剩下來了也沒辦法，一人再買一本好了。」

里志的提議立刻被接納，每個人各丟了兩百圓到糖果罐裡。

千反田把社刊抱在胸前，里志捲起來塞進束口袋，伊原輕輕拿起來，撫摸封面。

好了，還剩一本。

……我再追加了兩百圓。

「咦，奉太郎？」里志出聲。

「我會丟去我姊的房間。」

做為漫畫的謝禮。雖然不曉得算不算得上謝禮，如果她不要，會自己拿去墊鍋子吧。

我拿起最後一本。

紙箱已成了空箱。

千反田百感交集地說道：

「這樣就全部賣完了。」

「賣完了……」

「乾、乾杯……」

全賣完了……

第一天滿懷絕望仰望的焦褐色「書山」，現在已經成了一片平地。

可是千反田維持著陶醉的語氣接著說：

「剩下的就只有『十文字』事件了。這下子我就可以無牽無掛地盡情好奇了。」

「哦，那件事。」

里志別具深意地笑。

「奉太郎好像有點想法哦。」

「咦，真的嗎？」

瞬間，千反田眼神大變，猛地逼近過來。就叫妳不要靠那麼近了。真不曉得被她這種反應嚇過多少次了。

用不著慌，時間也多得是。我像要逃離千反田過近的大眼睛似地，把上半身靠到椅背上，然後用帶著笑意的聲音說：

「怎麼樣，慶祝社刊銷售一空，來開場慶功宴如何？順帶在會上說明『十文字』事件。」

「你、你怎麼了？這風流的提案一點都不像折木啊！」

當著我這總是愛好風流的雅士，說的這是什麼話。

里志的氣勢一下子上來了。

「我贊成！擔心學生指導部的話，還慶什麼功嘛，對吧！浮世的憂愁最好是盡情作樂把它給忘了吧！明天可是星期天，要怎麼狂歡好呢！」

這二天之間不知為何總有些消沉的伊原，現在表情也顯得開朗。

「嗯，是啊。我幾乎都沒能來古籍研究社，告訴我中間出了哪些事吧。……應該也有很多好玩的事吧？」

一旁的千反田平靜地微笑著。露出這種沉穩的表情時，千反田看起來真的是清純可人。我覺得這真是詐欺。

「那麼大家要不要到我家來？雖然沒什麼，但請讓我款待一下。」

千反田家啊。有點遠，可是大到怎麼吵都沒問題。唔，真感激。

「那就這麼決定。我們走吧！」

「是啊，關校門的時間也到了。」

「啊，要不要叫壽司？」

「小、小千，走平民路線吧……」

就在所有的人都站起來的時候，鐘聲響了。

是催促還在校內的學生放學回家的鐘聲，也是通知三天的文化祭結束的最後鐘聲。它的音色，聽起來甚至像是在祝福皆大歡喜的結局。

我們每個人應該都有同樣的感覺。

【感謝支持，熱銷一空】

後記

大家好，我是米澤穗信。

我親身參與的文化祭裡，最令我印象深刻的是一個文藝社的社員。她在太陽照不到的通道上擺了一組書桌椅，放上幾本充場面的社刊，而她自己從早到傍晚，就坐在那兒一直看書。

這年的文化祭上，我為班展拍攝的錄影帶電影寫了一篇推理劇的腳本。電影已經完成了，因此當天我沒有什麼事要做，所以我向她買了一本社刊，但沒有讀過的印象。因為我已經準備了別本書要讀。

本書的主角其實就是文化祭。為了以無形的活動為主角，做為當然的手法，我採取了多視點的形式。不只是在技術面上，故事面也追求了多視點。——否則主角成天坐在椅子上，也不用談什麼推理了。

總算完成小說的時候，忽然讓我陷入困擾的是書名。從祭典前晚深夜開始，隨著祭典結束告終的這篇小說，我覺得除了「文化祭」、「學園祭」以外，完全不適合其他任何標題。最後雖然命名為《庫特利亞芙卡的順序》，但我認為這次推出文庫版時附上的英文標題（Welcome to KANYA FESTA!），應該更能夠反映出內容。

我在這個系列的第一本《冰菓》的後記裡寫下了一點小謎題，其實原本打算在第二集的後記揭開謎底的，但因為頁數關係，怎麼樣都擠不進去。

距離《冰菓》出版，居然已經過了七個年頭了。拙作能夠維持七年之久的命脈，全賴各位讀者支持。我在後記寫下的「壽司事件」，解決篇在本書第五十五頁起的某一節。我想各位應該可以看得出是哪裡，不過其實說穿了也沒有什麼。如果真有什麼的話，我應該已經把它發展成一篇推理小說了……此外，《愚者的片尾》的後記中提到的第五章章名的由來，簡而言之就是「agitation」（註）。

本書就此結束，不過我衷心期望《庫特利亞芙卡的順序》這場祭典能夠留存在各位讀者心中，並成為下一場祭典的伏筆。

感謝各位。

二〇〇八年四月
米澤穗信

註：《愚者的片尾》第五章標題〈很有料〉（味でしょう，ajideshou），發音與agitation相似。

解說

動機的秘密，橫渡青春之海的必經關卡

elish

※本文涉及故事重要情節，未讀正文者勿看。

米澤穗信的古籍研究社系列至今已累積五部作品，出版十一年後驚喜般地交由京都動畫改編，並於二〇一二年四月開始在日本電視上播放。精緻作畫與細膩而別出心裁的演出令系列知名度大開，小說更因此吸引了不少新讀者。最直接的影響莫過於整體銷量大幅提升，作者亦在採訪中鬆口，表示考慮將故事延續至角色高中畢業以後，不過當然，那還需要一段時間。

眼前台灣讀者的最新進度正是手上的系列第三作，《庫特利亞芙卡的順序》這回的劇情背景是前兩集便不時提起，也占了一定地位的神山高中文化祭。不但故事頭一回以多視角切入書寫，大型活動特有的氛圍，更一轉前兩作的恬淡風格令故事熱鬧滾滾。不過，這仍是推理小說，一部帶有濃濃青春味道的推理小說。

若細心注意便能發現米澤穗信在系列中，特意向不少經典推理作品致上敬意。無論是日版附加的英文標題，又或者謎團本身的設計，都在表達自身用意之餘，展現出對過往名作核心概念的另類重現。本書經引用做為謎團原型的，正是阿嘉莎．克莉絲蒂（Agatha Christie）的代表作之一《ＡＢＣ謀殺案》。

如同作者小心翼翼地避免洩露《ＡＢＣ謀殺案》謎底，這篇解說也將以小說本身揭露的範圍做限制，不會白目的驚爆尚未讀過該作的讀者，這點敬請放心。

本書情節中出現好幾部令人印象深刻的書中書，其中最重要的莫過於同書名的漫畫原稿，並藉由「真實」角色之口與其行動，顯現出那應該是則致敬《ＡＢＣ謀殺案》，同樣以字母（五十音）作為順序展開犯罪的故事。而且和《ＡＢＣ謀殺案》類似，想解開《庫特利亞芙卡的順序》的謎團，在嫌疑名單難以限縮的校慶場合，動機自然成為重要線索。連帶閱讀本書的我們也不禁再次檢視起推理小說中，動機與謎團間微妙而糾結的關係。

現實世界的人類之所以犯罪通常都事出有因（那怕理由可能很蠢，或者純粹基於快樂），而這也是實務上不得不一併處理的必要事項。但在推理小說裡頭動機卻不見得是重要關鍵，甚至在部分早期作品，或者極端的推理派別作家眼底，動機僅是謎團的配菜、結局來臨之時的陪襯。食之無味，棄之可惜，只是小說尾段似乎有必要交待一下的合理化要素（當然在比較不好的時候，可能會遺憾地成為整篇故事唯一不合理的地方）。但完全脫離人性的小說終究有些走火入魔（當然這麼形容或許會讓部分基本教義派讀者不愉快），於是無論那個時期、派別，推理作家或多或少仍會努力讓故事展現人性的一面。

甚或有些作品根本將動機本身，及其背後代表的意義，拉抬到比謎團更重要的地位。先不提這也會產生過猶不及的麻煩，總之既然寫的是推理，想達成人性化的目標，又有什麼比作案動機更加好用？然後，如果能把動機和推理兩種要素相互結合，不是很有意思的嘗試嗎？在《ABC謀殺案》裡動機正是解開真相的主要線索，答案揭曉之際那一體兩面的關聯令人驚豔。而《庫特利亞芙卡的順序》的動機，則成為繁雜事件之間挑選線索的觸媒，末了更化作結尾餘韻所在。

為什麼要做這件事，成為了解謎的關鍵。

米澤穗信在本書中平衡了推理樂趣與人性，並呈現出不負青春推理之名，少年少女在青澀中成長的故事。《庫特利亞芙卡的順序》的動機，有關於怪盜十文字期待落空的傷感、難以啟齒的責難和嘲諷；更是平凡之人面對有才能者，內心感慨萬千的苦楚與嘆息。這令人聯想起美國導演米洛斯．福曼（Milos Forman）的經典名片《阿瑪迪斯》（*Amadeus*）。片中男主角薩里耶利對莫札特始終抱懷複雜情緒。身為創作者，面對遠遠超越自己、耀眼得難以直視的才華，在極度的羨慕與妒恨下，無法釋懷的他最終犯下卑劣的罪行。

但古籍研究社系列屬於洋溢青春風采的日常推理，自然不會出現如此陰暗沉鬱的發展。相對的，他反倒以明快爽朗的筆調，述說一群未成熟的青少年，如何面對個人實力差距的心境轉折。透過多視角敘事，作者呈現出數種面對問題的態度，某方面而言幾乎隱含著其中總有那個能夠觸動到人心的意圖。無論是倔強地以不服輸的態度忽略問題，但其實內心早已苦澀地接受事實；還是明白差距與性向所在，決定坦然視之。又或者認清現實，並將希望寄託至他人身上。甚至為了宛若永遠追不上的距離而哭泣落淚。每種應對方式皆因平凡而顯得格外動人，細膩且豐富的層次，在在邀請讀者一同感受那難以言喻的苦澀。不同角色的心境與立場衝突，更形成故事最終繚繞於讀者內心的深沉感觸。

青少年階段往往是所謂天分、才能影響表現最大的時期。因為大多數人此時尚未立定志向，於是只要其中那個比同輩擁有更多才華，經常便能鶴立雞群，成為眾人稱道的天才——或許青春那不成熟的未完成特質也加重了這分感覺。在人生初期的十字路口，只有少數學生會將興趣與未來完全重疊。於是先別提是否已盡到最大努力，眼下說不定連瓶頸的影子都尚未看見，將來的路還長得很，更遑論各行各業皆需要一段時間的努力才能達到高峰。

如莫札特般天才縱橫且始終不為人所遺忘的專業人士，在歷史上終究極度稀少（更別提他亦曾經歷紮實的修習）。一旦出社會進入職場，高手齊聚一堂（裡面有不少在學生時代全是所謂有天分的人），很快便會發現世上厲害的傢伙未免太多。到了這時候，比起似乎有些虛無飄渺的才能，是否下過苦工不斷自我提升往往才是最重要的。也因此看在成人眼中，還是小毛頭的孩子為了所謂才能侷限在苦惱，不免顯得有些稚嫩且無足輕重。

但話說回來，誰沒年輕過？在那個當下遇見的困惑與焦慮皆是初次體驗，無比真實地影響著內在情緒。縱使多年後回憶起來可能會覺得沒啥意義可言，但那意念在年少時期總如此熱切且確實必要，那能說放下便放下。只不過遺憾的是現實終究殘酷，只要在同一個領域內，人與人之間便不可能沒有差距，連帶這也將是延續終生皆必須與之相處的課題。於是，在學生階段嚐試與這樣的情緒共處，學會調適及應對方式，找出適合自己的未來方向，或許才是青春時期最重要的關卡之一。更是作者透過《庫特利亞芙卡的順序》，呈現出的角色成長之巧思與細膩所在。

這系列一直以來皆將青春那未成熟、莽撞卻又相當真摯的特質表現得很好。搭配緊扣主題，一板一眼、紮實認真的推理設計，總令故事情節格外觸動人心。每當真相隨劇情揭曉時，讀者總會在不知不覺間回憶起屬於自己的昔日歲月，以及曾經的所思所想。解謎同時，過往的青春碎片也將緩緩浮現，牽引讀者內在的共鳴。

我想這正是米澤穗信的古籍研究社系列能深深觸動讀者心靈的最大理由吧。

本文作者介紹

elish，業餘作家，部落格ELISH的蘇哈地的主人。

家圖書館出版品預行編目資料

庫特利亞芙卡的順序 / 米澤穗信著；王華懋譯.
-- 初版.--.臺北市：獨步文化, 城邦文化出版：
家庭傳媒城邦分公司發行， 民101.02
面 ； 公分. --（日本推理名家傑作選；40）

譯自：クドリャフカの順番

ISBN 978-986-6043-42-0（平裝）

861.57 101027055

BN 978-986-6073-42-0
inted in Taiwan

日本推理名家傑作選 40 **庫特利亞芙卡的順序**

原著書名／クドリャフカの順番
原出版社／角川書店
作者／米澤穗信
翻譯／王華懋
責任編輯／張麗嫺
特約編輯／林俶萍
編輯總監／劉麗真
總經理／陳逸瑛
榮譽社長／詹宏志
發行人／涂玉雲
出版／獨步文化
城邦文化事業股份有限公司
台北市中山區 104 民生東路二段 141 號 5 樓
電話：(02) 2500-7696
傳真：(02) 2500-1967
發行／英屬蓋曼群島商家庭傳媒股份有限公司
城邦分公司
台北市中山區 104 民生東路二段 141 號 2 樓
讀者服務專線／(02)2500-7718; 2500-7719
24 小時傳真服務／(02)2500-1990; 2500-1991
服務時間／週一至週五：09:30～12:00
13:30～17:00
讀者服務信箱／service@readingclub.com.tw
劃撥帳號／19863813 戶名／書虫股份有限公司
香港發行所／城邦（香港）出版集團有限公司
香港灣仔駱克道 193 號東超商業中心 1 樓
電話／(852) 2508-6231 傳真／(852) 2578-9337
E-mail／hkcite@biznetvigator.com
馬新發行所／城邦（馬新）出版集團
Cite (M) Sdn Bhd
41, Jalan Radin Anum, Bandar Baru Sri Petaling,
57000 Kuala Lumpur, Malaysia.
Tel: (603) 90578822
Fax:(603) 90576622
email:cite@cite.com.my

美術設計／戴翊庭
印刷／中原造像股份有限公司
排版／浩瀚電腦排版股份有限公司
□2013 年 2 月初版
□2024 年 1 月 23 日初版 19 刷
定價／380 元

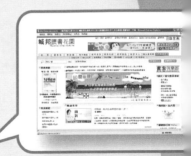

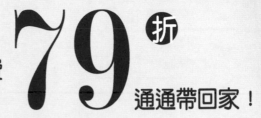